Edgar A. Poe

2

Horror

에드거 앨런 포 소설 전집 2
공포 편 _검은 고양이 외

1판 1쇄 펴냄 2015년 6월 1일
1판 2쇄 펴냄 2017년 5월 18일

지은이   에드거 앨런 포
옮긴이   바른번역
감수   김성곤
펴낸이   하진석
펴낸곳   코너스톤
주소   서울시 마포구 독막로3길 51
전화   02-518-3919
ISBN   979-11-85546-58-2 04840

에드거 앨런 포
소설 전집

2

E d g a r   A . P o e

공포 편
검은 고양이 외

에드거 앨런 포 지음
바른번역 옮김   김성곤 감수

코너스톤
Cornerstone

차례

검은 고양이

검은 고양이

    지금부터 들려주는 이야기는 지독하게 난잡한데다 지극히 사적이어서 독자들이 믿을 리도 없거니와 믿어달라고 간청할 생각도 없다. 직접 겪은 나조차도 온몸의 세포들이 이 일을 부인하려 드는데 남이 믿어주기 바라는 건 미친 짓일 것이다. 하지만 나는 미치광이도 과대망상증 환자도 아니다. 내일 있을 죽음에 앞서 오늘 내 영혼의 짐을 벗고 싶을 뿐이다. 한낱 가정사에 불과한 일련의 사건들을 군더더기 없이 담담하고 솔직하게 세상에 내려놓으려 한다.

    그들은 나를 공포로 몰아넣고 고문했으며 끝내 파멸시키고야 말았다. 굳이 시시콜콜 설명하지는 않겠다. 내게는 공포 이상의 사건이었다 하더라도 여느 사람에게는 한낱 괴이한 일쯤으로 여겨지리라. 훗날 어떤 지혜로운 이가 나서 내 망상을 평범한 일상사로 되돌려놓을지 모를 일이다. 보다 이성적이고 냉정하며 논리적이고 차분한 현인은 두려움에 떨며 기술한 내 이야기를 그저 원인과 결과가 만들어낸 예사로운 연쇄 반응으로 이해할지도 모를 일이다.

어린 시절 나는 순하고 인정이 많은 아이였다. 친구들은 지나치게 마음이 여린 나를 놀려대기 일쑤였다. 이런 나를 위해 부모님은 내가 좋아하는 동물이라면 갖고 싶어 하는 만큼 얼마든지 집 안에 채워주셨다. 집 안에서 온종일 동물들과 지내며 먹이를 주고 안아주었고 녀석들을 쓰다듬을 때 나는 더없이 행복했다. 세월이 흐르면서 나의 독특한 성향은 더욱 깊어져 동물들과의 사랑이 삶에 즐거움을 주는 원천이라 여길 정도였다. 충성스럽고 영리한 개와 깊은 교감을 나눠본 사람이라면 그것을 통해 느낄 수 있는 꾸밈없고 강렬한 만족을 어렵잖게 이해할 수 있을 것이다. 털끝만 한 욕심도 없이 무조건 주기만 하는 동물의 사랑은 하찮은 우정이나 미세한 충성심을 수시로 저울질해대는 인간의 사랑과는 차원이 다르다.

나는 일찌감치 결혼했고 아내도 나와 비슷한 성향인 사람이라 기뻤다. 내가 남달리 동물을 좋아한다는 것을 알게 된 아내는 기회가 닿는 대로 마음에 드는 동물을 사들였다. 우리는 새와 금붕어, 토끼를 여러 마리씩 키웠고 멋진 개 한 마리와 작은 원숭이 그리고 고양이도 한 마리 키웠다. 고양이는 몸집이 매우 크고 우아한 자태를 뽐내는 녀석으로 온몸이 새까맣고 놀라울 정도로 영리했다. 녀석의 영리함은 곧잘 우리 대화의 주제가 되곤 했는데, 미신을 꽤 신봉하던 아내는 툭하면 검은 고양이들은 모두 마녀가 변신한 것이라는 옛말을 들먹였다. 그때는 그저 그러려니 했지만 이제 와 생각해보니 그보다 적절한 비유도 없을 듯하다.

플루토는(고양이의 이름이다) 내가 가장 사랑하고 제일 많은 시간을 함께 보내는 친구였다. 먹이를 내가 도맡아 먹여서인지 집 안 어디를 가든 내 뒤를 졸졸 따라다녔다. 외출이라도 할라치면 큰길까지 따라나서는 녀석을 막느라 여간 곤혹스러운 게 아니었다.

우리들의 우정은 내 기질과 성격이 온전했던 동안만큼은 이런 식으로 지속되었다. 모든 사실을 고백하는 지금은 부끄럽기 이를 데 없지만 언젠가부터 술의 악령이 나를 지배하는가 싶더니 나를 철저히 다른 인간으로 바꾸어놓았다. 나는 매일 우울증에 시달렸고 신경질적으로 변했으며 다른 사람의 감정 따위는 아랑곳하지 않았다. 아내에게 폭언을 일삼는 스스로를 견딜 수 없을 때도 있었지만, 결국 손찌검까지 서슴지 않게 되었다. 포악해진 성질은 동물들에게도 고스란히 전해져 녀석들을 보살피기는커녕 매질을 일삼았다.

가끔 반가운 마음에 토끼나 원숭이, 강아지가 내게 다가올라치면 주저 없이 주먹을 휘두르는 지경에 이르렀지만 플루토에게만은 자제하고 있었다. 그러나 그 빌어먹을 술이란 놈은 점점 나를 갉아먹었고(아, 알코올 중독만큼 잔인한 병이 또 있을까!) 급기야 플루토에게까지 마수를 뻗쳤다. 녀석 또한 제법 나이가 들어 전처럼 나긋나긋하지 않았기 때문인지도 모르겠다.

마을 어귀 단골 술집에서 인사불성이 되어 집으로 돌아온 어느 날 밤, 녀석이 슬금슬금 나를 피한다는 생각이 들었다. 술기운에 녀석을 확 낚아채자 내 광기에 놀란 플루토가 날카로운 손톱으로 손등을 할퀴는 것이 아닌가! 순간, 악마와도 같은 분노가 나를 휘감았다. 나는 더 이상 제정신이 아니었다. 본연의 영혼은 내 육신을 떠나버리고 온몸의 조직은 술에 잘 양육된 잔인한 악의로 전율했다. 나는 가엾은 짐승의 목을 틀어잡고 조끼 주머니에서 포켓 나이프를 꺼내 놈의 한쪽 눈알을 조심스레, 천천히 도려냈다. 지옥에 떨어져야 마땅할 그 극악무도한 짓을 고백하려니 부끄럽고 수치스러워 온몸이 떨린다.

밤이 허락하는 무절제의 향연을 잠으로 털어내고 여명과 함께 이성이 돌아오자, 지난밤 내가 저지른 악행이 떠올라 두려워하기도 하고 얼마간 후회하기도 했다. 하지만 나의 죄책감은 망가진 영혼을 구제할 만큼 강렬하지도 분명하지도 않았다. 나는 또다시 폭음에 빠져 허우적거리며 그 끔찍한 기억마저 와인 속에 쑤셔 박아버렸다.

그럭저럭 플루토는 회복되었다. 안구가 빠져나간 눈은 소름 끼치도록 끔찍한 형상이었지만 더 이상 고통스러워 보이지는 않았다. 플루토는 여전히 집 안 여기저기를 어슬렁거리며 돌아다녔다. 하지만 나와 마주치기라도 할 때면 소스라치게 놀라며 달아나 버렸다. 왜 아니겠는가. 애정이 자못 남아 있던 때라 끔찍이도 따랐던 녀석이 노골적으로 혐오감을 드러내는 모습에 가슴이 아렸다. 하지만 이 감정도 이내 짜증으로 바뀌었다. 그리고는 마치 돌이킬 수 없는 최후의 파멸과도 같은 사악한 기운이 스멀스멀 스며들었다.

사악함은 철학으로도 풀어낼 수 없는 영혼이다. 그것은 인간의 가장 원초적 충동이며 떼려야 뗄 수 없는 본성 혹은 감정으로 인간의 성격을 결정짓는 요소임을 나는 확신한다. 하지 말아야 하는 것을 알고 있다는 이유만으로 비열하고 어리석은 짓을 수 없이 반복하지 않는가? 법을 이해하고 있는 최고의 분별력은 집요하게 그것을 어기라고 사주하지 않는가? 마침내 사악한 영혼이 나를 전복시키려 찾아왔다. 죄 없는 녀석을 학대하고 결국 죽음으로 몬 것은 자신의 영혼조차 사랑할 수 없어 괴롭히다 그저 본능적으로 죄를 위해 죄를 짓는 사악한 영혼의 갈망이었다.

어느 아침, 나는 천연덕스럽게 밧줄로 녀석의 목을 감고 나뭇가지에 매달았다. 솟구쳐 흐르는 눈물과 함께, 가슴을 파고드는 쓰디쓴 회한과 함께 녀석을 매달았다. 녀석이 얼마나 나를 사랑하는지 알고 있었기 때문에, 녀석에게 아무런 잘못도 없다는 것을 알고 있었기 때문에, 내가 죄를 짓고 있으며, 그 죄는 가장 선하고 전지전능한 하느님조차도 불멸의 영혼을(그런 것이 존재하기라도 한다면) 구해낼 수 없을 만큼 위태롭게 한 것임을 알고 있었기에 그를 매달았다. 극악무도한 죄악에 빠진 바로 그날 밤, '불이야!' 하는 사람들의 비명을 듣고 잠에서 깨어났다. 집은 온통 화염에 휩싸였고 침실 커튼에도 이미 불이 옮겨붙어 있었다. 아내와 하인과 나는 간신히 불길에서 빠져나올 수 있었다. 파멸은 완벽했다. 파멸의 불길은 나의 전 재산을 오롯이 집어삼켰고 나를 절망의 구렁텅이로 밀어 넣었다.

나는 그 화재와 내가 저지른 악행 사이에 인과 관계를 찾아 헤맬 만큼 정신이 나약해빠진 인간은 아니다. 다만 그간의 일들을 세세하게 나열하면서 발견될지도 모르는 석연치 않은 가능성을 하나라도 남겨놓고 싶지 않을 뿐이다. 불이 난 다음 날 폐허로 변해버린 집터를 찾았다. 모든 벽이 깡그리 무너진 가운데 덩그러니 한쪽 벽만이 남아 있었다. 건물 한가운데쯤 내 작은 침실의 침대 머리맡에 있던 그리 두껍지 않은 벽이었다. 최근에 넓게 덧바른 회칠 덕분에 큰 화재를 견뎌낼 수 있었던 것 같았다. 벽 주위로 사람들이 몰려들어 한곳을 예의 주시하며 수군대고 있었다.

"이럴 수가!"

"저런 신기한 일이!"

여기저기서 터져 나오는 탄성들이 내 관심을 끌었다. 그들이 보고 있는 흰 벽엔 마치 부조로 새겨놓은 듯한 커다란 고양이의 형상이 있었다. 어떻게 이렇게까지 정교할 수가 있을까. 벽 위 짐승의 목에는 두꺼운 밧줄이 둘려 있었다.

유령이라는 단어 말고는 달리 부를 수 없는 그 형체를 처음 봤을 때 이루 말할 수 없을 만큼 경악했고 마음속 깊은 곳에서 두려움이 차올랐다. 하지만 생각을 더듬으며 평정심을 되찾아 갔다. 지난밤, 집 앞 공원에서 고양이의 목을 매달았던 기억을 떠올렸다. 불이 났을 때 곧 공원은 사람들로 가득 찼고, 내 방이 화염에 휩싸이자 이들 중 누군가 나를 깨울 요량으로 고양이를 나무에서 떼어내 침실의 열린 창문으로 던진 것이 틀림없었다. 나머지 벽이 무너지면서 내 잔인함의 희생자는 최근 회를 칠해 비교적 부드러웠던 벽으로 밀려 들어갔을 테고, 죽은 몸에서 뿜어져 나오는 암모니아와 석회가 타면서 내뿜는 물질이 내가 봤던 그 형체를 만든 것이다.

이성적으로는 쉽게 설명할 수 있을는지 몰라도 양심은 그렇지 못해서 이 놀라운 사건은 머릿속에 깊은 인상을 새겨놓았다. 여러 달이 지나도록 나는 고양이의 망령에서 헤어나지 못하고 있었다. 그즈음 딱히 회한이라고는 할 수 없는 뜻 모를 감정이 되살아나고 있었다. 또다시 죄악의 소굴을 들락거릴 즈음, 그렇게 떠나보낸 것이 못내 안타까워 녀석과 닮은 고양이가 없을까 주변을 기웃거리고 다녔다.

그날도 여지없이 인간을 죄악의 길로 인도하는 술집에서 넋을 놓고 멍하니 앉아 있었다. 술집 안을 온통 장식하고 있는 진 혹은 럼주가 담긴 커다란 술통들 사이에 검은 물체가 웅크리고 있는 것을 발견했다. 줄곧 시선을 두고 있었는데 그제야 의식할 수 있었다는 것이 신기할 정도였다. 나는 가까이 다가가 녀석에게 살그머니 손을 대었다. 그것은 대단히 큰, 플루토만큼이나 큰 검은 고양이로 한 가지만 제외하고는 플루토와 거의 모든 부분이 닮아 있었다. 플루토는 흰 털 하나 없이 온통 새까맸는데 녀석은 가슴 부위에 설명할 수 없는 모양으로 크고 하얗게 흰 털이 덮여 있었다. 내가 녀석을 살짝 건드리자 곧장 자리에서 일어나 큰 소리로 갸릉갸릉 우는가 싶더니 이내 알아봐 주어 기쁘다는 듯 손에 얼굴을 비벼댔다. 내가 찾던 바로 그 녀석이다 싶었다. 당장 사겠노라고 가게 주인에게 말하자 그는 한 번도 본 적이 없고 아는 바가 없는 녀석이라 자신에겐 팔고 말고 할 권리가 없다고 했다.

쓰다듬어주는 손길 아래 얌전히 있던 녀석은 내가 돌아갈 채비를 하자 분명하게 따라 나서겠다는 듯한 태도를 보였다. 나도 넌지시 모르는 척했고 집으로 오는 길에 때때로 몸을 숙여 녀석의 등을 쓸어주었다. 집에 도착하자마자 녀석은 바로 길들여졌고 금방 아내의 사랑을 독차지했다.

하지만 나는 왜 자꾸 녀석이 미워지는지 영문을 알 수 없었다. 애초의 예상과는 전혀 달랐다. 이유도 까닭도 없이 그저 유난스레 따르는 녀석이 짜증스럽고 지긋지긋했다. 그리고 아주 천천히 짜증과 성가심은 강도를 더하며 쓰디쓴 증오로 변해갔다. 과거에 저질렀던 잔혹한 행위와 부끄러운 기억을 떠올리며 두 번 다시 같은 죄를 짓지 않으려고 부단히 녀석을 피해 다녔다. 그리하여 녀석을 때리지도 괴롭히지도 않을 수 있었다. 하지만 점점, 정말 서서히 조금씩, 극도의 혐오감으로, 마치 역병 환자의 숨결을 피하듯 그 끔찍한 녀석으로부터 멀어졌다.

무엇보다 녀석을 데리고 온 다음 날 아침, 플루토처럼 한쪽 눈을 누군가에게 빼앗겼다는 사실을 알게 된 것이 내 증오의 시발점이었던 것 같다. 하지만 이런 이유로 아내는 더욱 각별하게 녀석에게 애정을 쏟게 되었는데 이런 품성은 이미 얘기했던 것처럼 동물들을 돌보는 데서 가장 순수하고 단순한 기쁨을 얻던, 한때 나를 다른 사람과 구별 짓던 인간미와 같은 것이었다.

녀석은 내가 거부하면 거부할수록 점점 더 사랑을 갈구하는 듯했다. 이 글을 읽고 있는 독자들이 상상할 수 없을 정도로 집요하게 내 주위를 맴돌았다. 어디든 내가 앉는 곳이라면 의자 밑에 웅크리거나 무릎 위로 뛰어올라 질색할 정도로 애무해왔다. 일어나 걸을라치면 두 다리 사이에서 알짱거리다 걸려 넘어지게 하기 일쑤였고 길고 뾰족한 발톱으로 옷을 움켜쥐고 가슴께까지 기어 올라왔다. 그럴 때면 여지없이 녀석의 목덜미를 잡아 내동댕이치고 싶은 마음이 간절했으나 그때까지는 참을 수 있었다. 지난날의 악행이 순간순간 떠오르기도 했지만 솔직히 고백하건대, 녀석이 몹시 두려웠기 때문이다. 녀석이 나에게 상처를 입힐지도 모른다는 두려움이 아닌 것만은 확실했다. 하지만 여전히 어떻게 정의해야 할지 모르겠다. 이런 감정이 몹시 부끄럽고 심지어 이렇게 흉악범의 감방에 갇힌 지금도 여전히 사라지지 않아 당황스럽다. 그 짐승이 내게 준 공포와 두려움은 생각할 능력조차 없는 미천한 키메라의 머리로나 사고할 만한 헛된 망상에서 비롯된 것이었다.

아내는 행여 내가 녀석을 다치게 할까 봐 염려스러웠는지 플루토와는 외관상으로도 완전히 다르다는 점을 강조하며 녀석의 가슴께 흰 털을 상기시켰다. 꽤 큼직하지만 무슨 모양인지 정확히 설명할 수 없는 모양이라는 것을 기억하고 있을 것이다. 하지만 시간이 지날수록 천천히 거의 눈치챌 수 없을 정도로 느리게, 무엇보다 내 이성이 상상 속에서나 가능한 일이라고 부정하는 동안 그 윤곽이 드러나기 시작했다. 그것은 입에 담기조차 몸서리쳐지는 사물의 모습을 재현하고 있었다. 이것에 대해서라면 무엇보다 혐오스럽고 두려워서 할 수만 있다면 그 괴물을 내 손으로 없애버리고 싶었다. 이제 와 생각해보니 그 흉측한 형상은, 그 섬뜩한 형상은 바로 교수대였던 것이다! 오, 소름 끼치도록 음산한 범죄로 얼룩진 공포의 기계여, 고통이 죽음으로 이르는 장치여!

이제 나는 인간 군상 중 가장 비참한 인간이 되었다. 손끝 하나로 목숨도 빼앗을 수 있었던 한갓 짐승과 그의 동족이 감히 하느님의 형상으로 만든 나를 견딜 수 없는 고통 속에 있게 하다니! 신이시여! 낮에도 밤에도 더 이상 평안의 은총은 없었다. 해가 뜰 때부터 해가 지기 전까지 녀석은 단 한순간도 나를 떠나지 않았다. 말로 표현할 수 없는 악몽에 시달리다 눈을 뜨는 밤이면 얼굴 위로 쏟아지는 녀석의 뜨거운 숨결, 가슴을 짓누르고 있는 녀석의 어마어마한 무게! 아, 내 힘으로는 도저히 털어낼 수 없는 악몽의 화신, 내 심장 위에 영원히 군림할 지배자!

견뎌낼 재간 없는 나날 속에서 내 안에 남아 있던 극미한 선함마저 굴복해버렸다. 악마를 닮은 생각, 가장 음침하고 가장 사악한 생각만이 내 안에 남았다. 평소의 까다로운 성격은 이제 인간을 비롯한 세상만사에 대한 증오로 자라났다. 수시로 불현듯 찾아드는 억제할 수 없는 분노, 나조차 어찌할 수 없어 속수무책으로 내버려 둘 수밖에 없는 패악질을(아, 하느님!) 나의 착한 아내는 그 모든 것을 오롯이 참고 견뎌내야만 했다.

화재 후 급격히 나빠진 경제 사정으로 우리는 낡고 허름한 집에서 살았다. 어느 날 아내와 함께 뭔가를 찾으러 지하실로 내려가고 있었다. 가파른 계단을 내려가고 있을 때 여지없이 고양이가 발밑에서 거치적거리더니 급기야 나를 곤두박질치게 하였다. 순간적으로 짜증이 머리끝까지 치솟았다. 이제껏 내 안에 있던 어린아이 같은 두려움은 완전히 분노로 바뀌어 도끼를 머리 높이 치켜들게 했다. 바람대로라면 그놈은 내가 휘두른 도끼에 그 자리에서 목숨이 끊어졌겠지만 필사적으로 말리는 아내 덕분에 시퍼런 날을 피할 수 있었다. 아내의 훼방으로 저지당하고 있던 팔을 빼낸 후 더욱 치솟은 악마보다 더한 분노로 그녀의 정수리 위에 날 선 도끼를 내리꽂았다. 아내는 외마디 비명조차 지를 새 없이 그 자리에서 죽었다.

그렇게 처참하게 아내를 살해하게 된 다음, 나는 시체를 수습할 방법을 고민해야 했다. 이웃의 눈을 피해 시체를 집 밖으로 옮기는 일은 밤이건 낮이건 불가능했다. 여러 계책들이 머릿속에 떠올랐다. 시체를 잘게 토막 낸 뒤 불에 태워 없애버릴까? 지하실 바닥을 파서 묻으면 어떨까? 정원에 있는 우물에 던져버리거나 커다란 상자에 마치 상품처럼 포장해서 인부를 시켜 집 밖으로 가지고 나가도록 하는 방법도 궁리했다. 그러다 마침내 지금까지 고민한 방법들과는 비교할 수 없는 기막힌 생각이 떠올랐다. 중세 시대 수도사들이 저들의 희생자들을 벽에 묻었던 기록처럼 아내를 지하실 벽 안에 세워 넣고 그 위로 벽을 바르는 것이다!

이런 목적에 지하실은 참으로 안성맞춤이었다. 벽은 전체적으로 대충 건성건성 지어놓았고 최근에 아무렇게나 쓱쓱 회칠을 했는데 지하실 특유의 습기 덕분에 아직 채 마르기 전이었다. 게다가 한쪽 벽면은 원래 굴뚝이나 화덕의 용도로 짓다가 포기했는지 앞으로 불거져 나온 곳에 벽돌을 채워 넣어 주변과 조화시킨 모양이었다. 벽돌을 빼내고 시체를 집어넣은 다음 전과 같이 벽을 만들어두면 감쪽같이 일을 처리할 수 있을 것 같았다.

내 예상은 틀리지 않았다. 쇠지레를 이용하여 손쉽게 벽돌을 빼내고 벽 안으로 시체를 조심스럽게 옮겨 세우는 데 큰 무리가 없었다. 그런 후 원래 모양대로 벽돌을 다시 쌓았다. 신중을 기해 회반죽과 모래 등을 구해온 후 주변 색과 차이가 나지 않도록 정성 들여 회반죽을 만들어 발랐다. 작업이 다 끝나자 일이 잘 풀릴 것 같은 예감에 무척 만족스러웠다. 벽에는 손을 댄 흔적이라곤 없이 감쪽같았다. 바닥에 떨어진 쓰레기들을 꼼꼼하게 치웠다. 주위를 휘 둘러보고는 의기양양하여 혼잣말을 했다.

"흠, 이 정도면 헛수고는 아니었군."

다음 할 일은 이 엄청난 불운을 몰고 온 그놈을 찾는 일이었다. 이번에야말로 죽여버리겠다고 단단히 마음먹었다. 내 손에 걸리기만 한다면 여지없이 목숨이 날아갈 판이었지만 그 교활한 짐승은 내 잔인한 분노에 놀라 자신의 미래를 예감한 듯했다. 지긋지긋하고 몸서리쳐지는 놈이 눈앞에서 사라진 후 내가 느낀 그 깊고 황홀한 안도감을 인간의 언어로 어떻게 설명할 수 있을까? 놈은 끝내 모습을 드러내지 않았다. 그래서 적어도 녀석을 집에 들인 후 처음으로 그 하룻밤만큼은 꿀처럼 다디단 깊은 잠을 잘 수 있었다. 아, 심지어 내 영혼에 살인이라는 무거운 짐을 지고서 말이다.

이틀, 사흘이 지나도록 여전히 나를 괴롭히는 녀석은 나타나지 않았다. 나는 다시 자유로운 인간으로서 숨을 쉴 수 있었다. 그 괴물은 내 보복이 두려운 나머지 영원히 떠나버린 것이다. 더 이상 내게 고통은 없었다! 이보다 더 행복할 수는 없었다! 내가 저지른 엄청난 죄악도 나를 구속하지 못했다. 경관이 찾아와 몇 가지 질문을 했지만 손쉽게 대답할 수 있었다. 가택 수색이 시작되었고 그들은 아무것도 발견할 수가 없었다. 미래의 행복이 확실히 보이는 듯했다.

시체를 은폐한 지 나흘째 되던 날, 경관 한 무리가 사전에 연락도 없이 들이닥치더니 다시 철저하게 집을 수색하기 시작했다. 불가사의한 은폐 장소를 찾을 리 없다고 확신하고 있었기 때문에 나는 전혀 동요하지 않았다. 경찰은 내게 수색에 가담하라고 강압적으로 말했다. 이전에 수색하지 않았던 곳까지 구석구석 들쑤시고 다녔다. 마침내 서너 번 만에 그들은 지하실로 발길을 옮겼다. 나는 머리카락 하나도 떨지 않았고 내 심장은 곤히 잠든 아기 숨소리처럼 잔잔했다. 나는 지하실 이쪽 끝에서 저쪽 끝으로 걸었다. 가슴에 팔짱을 끼고 느긋하게 걸었다. 아무런 혐의도 발견할 수 없었던 경찰은 마침내 집을 떠날 준비를 했다. 완벽하게 속였다는 기쁨으로 내 심장은 터져나갈 것만 같았다. 승리를 자축하고 내 무죄를 확실히 입증해줄 한마디를 하고 싶어 견딜 수가 없었다.

"경관님들."

그들이 계단을 올라가기 시작하자 참았던 입을 뗐다.

"다행히 의혹을 푸신 듯하니 저는 기쁘기 그지없군요. 모두 건강하시길 바랍니다. 아, 그리고 앞으로는 조금만 더 예의를 갖추셨으면 합니다. 그나저나 경관님들, 이 집 참 잘 지어지지 않았나요?(그저 아무 말이나 떠벌리고 싶은 광기에 휩싸여 내가 무슨 말을 지껄이고 있는지도 몰랐다) 이렇게 잘 지어진 집을 보신 적이 있으신지. 특히 이 벽 말입니다. 아, 가시려고요? 특히 이 벽은 정말이지 튼튼하게 쌓지 않았나요?"

그리고 철부지 허세의 망령은 내 손에 들고 있던 지팡이를 들어 너무나도 사랑하는 아내의 시신을 숨겨놓은 바로 그 벽을 힘껏 내리치게 했다.

오, 하느님! 사탄의 이빨로부터 나를 지켜주소서! 휘두른 지팡이의 울림이 고요하게 잦아드는가 싶더니 무덤에서 응답의 소리가 들렸다. 처음에는 아기 울음처럼 가늘고 작은 소리가 들리다 말다 하더니 재빨리 길고 높고 지속적인 비명으로 이어졌다. 완전히 인간의 것이라고 할 수 없는 소리가 악을 쓰고 흐느끼는 울부짖음으로 변했다. 지옥에서나 울려댈 법한 공포의 비명 같기도 하고 승리의 함성 같기도 한, 지옥불에 떨어진 인간들이 극한의 고통 속에서 울부짖는 비명, 그리고 그런 인간들을 지켜보며 기뻐 날뛰는 악령의 함성과도 같은 소리였다.

당시 나의 생각을 말한다는 건 부질없는 짓이다. 나는 반대편 벽으로 비틀거리며 뒷걸음치다 그 자리에 고꾸라졌다. 계단을 오르던 경관들은 공포에 사로잡혀 일순 미동조차 없었다. 하지만 곧이어 건장한 경관 여섯이 달려들어 벽을 내리쳤다. 벽은 순식간에 무너져 내렸다. 어느새 심하게 부패하고 피가 엉겨 붙은 아내의 시신이 경관들 앞에 빳빳이 서 있었다. 그녀의 머리 위에 시뻘건 입을 벌린 채 타는 듯한 외눈을 번득이는 흉측하게 생긴 고양이가 앉아 있었다. 나에게 살인을 교사하고 그 잔인한 목소리로 죄를 알려 교수형에 이르게 한, 그 괴물을 벽 속에 가둔 것이다!

어셔가의 몰락

Edgar
A. Poe

어셔가의 몰락

그대 가슴은 천상에 매단 악기요
손길만 스치어도 울려주네요.

— 드 베랑제

정적만이 감돌던 지루하고 어둑한 그해 가을 어느 날, 구름
이 하늘 아래 숨이 막히도록 낮게 걸려 있었을 때, 나는 홀로 말
을 타고 유난히 음산한 시골길을 가고 있었다. 땅거미가 질 무
렵에야 어셔가의 거대한 저택의 음울한 전경이 시야에 들어왔
다. 저택을 처음 본 순간 이유를 알 수 없는 지독한 우울함이 내
영혼에 스며들었다. 지독하다고까지 말한 것은 대개 대자연이
거칠고 황량하여 장엄하게 느껴질 때조차도 시적 정서를 지닌
인간의 마음은 침울해지기보다는 기꺼이 감동하기 마련인데,
이곳은 전혀 달랐기 때문이다. 눈앞에 펼쳐진 쓸쓸한 대지 위
에 덩그러니 서 있는 황량한 저택과 을씨년스러운 벽, 벽에 낸
텅 빈 눈을 닮은 창을 올려다봤다. 백일몽에서 깨어난 아편 중
독자가 일상에 빠진 고통이랄까, 베일에 가려졌던 그 흉물스런

백일몽 뒤에 드러나는 절망감에 견줄 만한 처절한 마음으로 듬성듬성 자란 사초 줄기와 허연 속살을 드러낸 썩은 나무를 바라봤다. 마음이 싸늘해지고 한없이 가라앉았으며 속은 메스꺼웠다. 상상력을 한껏 발휘하여 눈에 보이는 자연을 고문한대도 도저히 회복될 것 같지 않은 황량함. 어째서 이런 기분이 드는 것일까?

나는 어서 저택의 무엇이 이토록 나를 동요하게 하는지 생각해보려고 잠시 말을 세웠다. 그 미스터리는 도저히 풀 수 없었고 고민하는 동안 나를 에워싼 어두운 공상만 늘어 골칫거리로 남았다. 결국 단순해 보이는 자연에게는 인간을 이토록 충격에 빠트릴 만한 힘이 있지만, 우리는 아직 그 힘을 분석할 수 있는 능력이 없다는 만족스럽지 못한 결론만을 내리고 물러서야 했다. 생각해보니 그 기이한 풍광을 구성하고 있는 세세한 요소들을 조금만 다르게 배치하기만 해도 지금과는 다른 느낌을 자아낼 수 있을 것 같았다. 그도 아니면 아예 비탄에 잠기려는 생각을 지워버리면 그만이었다.

이런저런 상념에 빠져 말을 달리다가, 검고 무시무시한 호수가 갑자기 끝나는 곳에서 멈췄다. 저택 옆엔 물결은 사라지고 광택을 잃어버린 어두운 호수가 있었고, 표면에 드리운 잿빛 사초와 비쩍 마른 나무줄기, 공허한 눈을 닮은 창문은 일그러지고 뒤집혀 있었다. 나는 이전보다 더한 공포로 전율하지 않을 수 없었다.

이 침울한 저택에서 나는 몇 주간 머물기로 되어 있었다. 저택의 주인인 로더릭 어셔는 내 어린 시절의 죽마고우로 멀어진 지

벌써 여러 해가 지났다. 최근 그는 꽤 멀리 떨어진 곳에서 지내고 있는 내게 절박한 편지 한 통을 보내왔다. 나는 어셔의 불안한 심리 상태를 여실히 보여주는 편지를 읽고 달려가 보지 않을 수 없었다. 어셔는 자신을 짓누르고 있는 정신 질환에서 오는 육체적인 고통을 토로하며 나의 방문을 간절히 원했다. 어셔는 내가 자신의 가장 친하고 사실상 유일한 친구라며 함께 유쾌하게 지내다 보면 자신의 치료에 상당한 도움이 될 것이라고 했다. 편지에 담긴 그의 간절한 진심이 나를 주저할 수 없게 만들었다. 여전히 참으로 묘한 초대라는 생각을 떨치지 못한 채, 그의 청을 받아들였다.

어린 시절 우리는 꽤 친하게 지냈지만 사실 나는 어셔에 대해 별로 아는 바가 없었다. 그는 언제나 지나칠 정도로 말이 없었다. 어셔 가문은 아득한 옛날부터 유난히 감수성이 예민한 기질을 가졌다고 알려져 있었고, 오랜 세월을 지나는 동안 뛰어난 예술 작품 속에 그들의 성향을 여실히 녹여내고 있었다. 그리고 최근까지 꾸준히 인색하지도 않으면서 경박하지도 않은 자선 활동을 해왔다. 그뿐만 아니라 음악에 관해서는 쉽게 이해할 수 있는 전통적 방식보다 복잡하고 난해한 아름다움에 심취했다고 소문이 나 있었다. 놀라운 사실은, 오랜 전통에도 불구하고 어셔 가문의 줄기가 지속적으로 유지되는 동안, 어느 시기에도 곁가지가 없었다는 것이다. 다시 말해 전 일가가 직계로만 계승되었다. 사소하거나 일시적인 변화가 있기도 했지만 늘 그런 방식이었다.

대지가 풍기는 이미지와 그 안에서 살아온 어셔가 사람들의 대중적인 이미지가 완벽하게 일치한다는 생각이 들면서, 오랜 세월을 거치며 대지가 그 일가에게 영향을 끼쳤을지도 모른다는 생각마저 들었다. 분가를 하지 않았던 것은 가문이 더 융성하고 커질 수 없었던 일종의 결핍이었다. 아마도 아버지에게서 아들로 이름 그대로 상속된 필연적인 결과로 '어셔 씨의 집'이라는 원래 호칭이 '어셔가'라는 고풍스럽지만 이중적인 호칭으로 불리며 집과 가족이 완벽하게 동일시되었을 것이다. 소작농들이 '어셔가'를 칭할 때 그들 마음속에는 그 일가와 영주의 저택을 포괄했던 것으로 보인다.

호수를 내려다보면서 사로잡혔던 다소 유치한 생각이 처음 느꼈던 괴이한 인상을 더욱 짙게 만들었다고 말했다. 나의 이런 미신이(이렇게 말하면 안 될 이유라도 있을까) 빠르게 커진다고 의식하는 순간, 여지없이 점점 더 깊이 빠져들었다. 내가 알기로는, 공포가 더 큰 공포를 부르는 것은 두려움을 바탕으로 하는 모든 감정의 역설적인 법칙이다. 호수 위에 드리운 그림자에서 눈을 들어 저택을 올려다봤을 때, 기이하고도 어리석기 짝이 없는 공상이 퍼져나간 것도 단지 그런 이유 때문이었을 것이다. 그래도 당시의 공상을 말하려는 이유는 나를 압도했던 힘이 얼마나 생생했었는지 보여주기 위해서다. 천상의 흔적이라곤 찾을 수 없는, 썩은 나무와 잿빛 벽과 쥐죽은 듯 고요한 호수가 내뿜는 독기. 몽환적이고 흐리고 탁해서 한 치 앞도 분간할 수 없는 납빛 자욱한 기이한 대기가 저택과 대지 그리고 그 주변만 휘감아 돌고 있다고 믿을 만큼 나는 공상에 빠져 있었다.

악몽과도 같은 망상을 털어내려 애쓰며 나는 천천히 저택의 실체를 바라보았다. 어마어마하게 오래된 건물이라는 사실이 가장 먼저 눈에 들어왔다. 세월이 선물한 퇴색은 대단했다. 가느다란 거미줄처럼 얽히고설켜, 처마에서부터 늘어진 미세한 곰팡이가 건물 외벽 전체를 온통 뒤덮었지만 이 정도로는 유달리 황폐하다고 할 수는 없었다. 석조 건물 어디에도 허물어진 흔적은 없었으나 각각의 돌은 부서지고 깨진 상태인 반면, 여전히 완벽하게 형체를 유지하고 있는 건물 사이에는 묘한 불일치가 느껴졌다. 그건 마치 오랫동안 방치된 지하실의 목공품이 세월을 거치며 부식되었지만, 바깥 공기와 접촉이 차단되어 그럴듯한 외형을 유지하는 모습을 연상시켰다. 광범위하게 이루어진 노후의 징후들이 구조물에는 크게 영향을 주지 않았다. 세심한 관찰자라면 저택의 정면 지붕에서부터 뻗어 나와 벽으로 지그재그를 그리며 아래로 떨어져 호수의 음침한 물길 속으로 사라지는, 간신히 눈에 띄는 균열을 발견할 수 있을 것이다.

주위를 둘러보며 말을 달리다 보니 어느새 짧은 둑길을 지나 저택에 도착했다. 나는 기다리고 있던 하인에게 말을 맡기고 고딕 양식의 아치형 현관으로 들어갔다. 한 시종이 조용히 잔걸음을 내디디며 몹시 어둡고 복잡한 복도를 지나 주인의 서재로 나를 안내했다. 앞서 말한 막연한 감정이 복도를 지나면서 마주치는 사물을 통해 이유 없이 고조되었다. 천장을 장식한 벽화, 벽에 걸린 칙칙한 양탄자들, 칠흑같이 어두운 흑단 빛 바닥, 걸음을 옮길 때마다 덜그럭 소리를 내는 어셔가의 환영처럼 생긴 문장을 새긴 전리품 등은 사실 어린 시절부터 익히 보아오던 것들이었다. 하지만 그 모든 사물이 얼마나 익숙한지 주저 없이 인정하는 동시에, 그 일상적인 이미지들이 왜 그리도 생소한 공상을 자아냈는지는 지금도 여전히 이해할 수가 없다.

계단을 오르던 중 어셔의 주치의와 마주쳤다. 그의 안색에는 저급한 간계와 당혹한 빛이 뒤섞여 있다는 느낌을 받았다. 주치의는 약간 당황한 표정으로 의례적인 인사를 건네고 지나갔다. 마침내 시종이 문을 열어 주인 앞으로 나를 안내했다.

내가 들어선 방은 굉장히 넓고 천장 또한 높았다. 좁고 뾰족한 긴 창들이 짙은 오크 바닥에서부터 손이 닿을 수 없을 만큼 높은 곳까지 이어져 있었다. 심홍색의 희미한 햇살이 격자무늬 유리창을 통해 들어와 사물을 더욱 뚜렷이 비춰주었다. 하지만 각도가 맞지 않는 구석까지 밝히기에는 역부족이었고 아치형 낡은 천장에도 미치지 못했다. 벽에는 짙은 휘장이 드리워져 있었다. 가구는 많은 편이었는데도 쓸쓸해 보였고, 모두 오래되어 몹시 낡고 허름했다. 책과 악기들이 제법 흩어져 있기도 했으나 방 안의 분위기를 생기 있게 바꾸지는 못했다. 나는 아픈 사람의 공기를 호흡하고 있다고 느꼈다. 황량하고 깊고 희망을 잃은 슬픔이 곳곳에 걸려 있었고 온 방에 퍼져 있었다.

방에 들어서자 소파에 길게 누워 있다시피 하던 어셔가 일어나 활기차고 따뜻하게 나를 맞아주었다. 처음엔 삶에 무료해진 사람이 억지로 꾸며내는 과장된 우정이라고 생각했다. 하지만 곧 어셔의 표정을 보자 진심으로 반기고 있다는 것을 느낄 수 있었다. 우리는 자리에 앉았고 잠시 침묵이 흐르는 동안 조금은 안타깝고 조금은 두려운 마음으로 어셔를 바라보았다. 그렇게 짧은 기간 동안 로더릭 어셔만큼 끔찍하게 변한 이도 없을 것이다. 내 앞에 앉은 사내가 어린 시절 그 친구가 맞는지 의심스러웠다. 하지만 이목구비는 여전히 범상치 않았다. 파리한 낯빛, 비할 데 없이 크고 빛나는 촉촉한 눈, 핏기 하나 없지만 얇고 놀랍도록 아름다운 곡선을 그리는 입술, 콧구멍 크기만 다를 뿐 이스라엘 인형에게서나 볼 수 있을 법한 우아한 콧날, 조금 더 튀어나오고 조금 더 열정적이고 싶다고 말하는 듯한 틀에 찍어 만든 것 같은 날카로운 턱선, 거미줄보다 부드럽고 가느다란 머리카락. 이 모든 특징은 넓은 관자놀이와 함께 쉽게 잊을 수 없는 인상을 만들었다. 하지만 빼어난 이목구비의 특징은 좀 더 과장되었고, 그것이 전달하는 느낌은 몹시도 변해 있어서 내가 누구와 이야기를 나누고 있는지 믿을 수 없을 정도였다. 무엇보다 시체처럼 창백한 피부와 괴이한 눈빛이 나를 놀라고 두렵게 했다. 명주실 같은 머리카락 역시 손질 없이 아무렇게나 자라 야생의 거미줄 같은 촉감 그대로 얼굴 주위에 흘러내리고, 아니 떠다니고 있었다. 나는 그 기하학적인 느낌을 인간의 것으로 관련지을 시도조차 할 수 없었다.

나는 어셔의 말에 조리가 없고 행동에 일관성이 없다는 사실을 이내 알아차렸다. 지나치게 과민한 신경 불안 증세로 나타나는 습관적인 근육 경련을 어떻게든 극복해보려고 노력했으나 그 효과는 너무 미약하여 소용이 없었다는 것을 알아냈다. 유년 시절의 추억과 평범하지 않은 외모와 기질뿐만 아니라, 어셔의 편지를 바탕으로 이미 예상하고 대비했던 상황이었다. 어셔는 유쾌하게 잘 지내는가 싶다가 순식간에 침울해지는 양상을 반복했다. 목소리는 생기라곤 없이 머뭇거리며 살짝 떨리는 음성에서부터 정력적이고 단호한 목소리까지 순간순간 변했다. 느닷없이 힘차고 느긋하게 울리는 음성은 횡설수설하는 술고래나 구제 불능의 아편 중독자가 극도로 흥분했을 때 내지르는 완벽하게 조절된 후두음 발성이었다.

내게 와달라고 한 동기와 그토록 나를 만나기를 갈망했던 이유와 또 내가 자신을 위해 해줄 수 있을 거라 기대하고 있는 위안에 대해 말할 때의 목소리가 특히 그랬다. 자신의 병에 대한 본질이라고 생각하는 것에 대해 얘기할 때는 제법 길게 말했다. 그 병은 체질적으로 유전되는 집안의 불행이며 치료법을 찾을 가망은 없다고 말했다. 이어서 어셔는 그저 단순한 신경성 질환이라 틀림없이 금방 사라질 거라고 빠르게 덧붙였다. 부자연스러운 감각이 갖가지 증상으로 나타났다. 어셔가 자신의 증상에 대해 자세히 말할 때는 전반적으로 용어나 설명 방식이 조심스러웠음에도, 어떤 감각은 대단히 흥미롭고 놀라웠다. 병적으로 예민해진 감각 때문에 어셔는 몹시 고통받고 있었다. 어셔는 최대한 조미하지 않은 무미건조한 음식만 먹을 수 있었고, 특정 직물로 제작한 옷만 입을 수 있었다. 어떤 꽃이든 향기는 어셔를 숨 막히게 했고 어셔의 눈은 희미한 빛조차 감당하기 힘들어했다. 어셔를 두렵게 하지 않는 특별한 소리가 있었는데 그것은 현악기가 내는 소리였다.

어셔는 이례적인 공포에서 헤어나지 못하는 노예 같았다.

"나는 곧 죽게 될 걸세. 이 당치도 않는 어리석음으로 인해 틀림없이 죽게 되겠지. 이렇게, 이런 식으로, 오로지 이렇게 사라져버리고 말겠지. 미래에 일어날 일이 몹시 두렵다네. 아니,

일 자체가 아니라 일의 결과가 무서워. 이 견딜 수 없이 불안한 마음을 자극할지도 모를 그 일을 생각하면 몸서리치게 끔찍해. 위험 따위는 두렵지 않아. 그 뒤에 남은 공포가 두려운 것이지. 이 무기력하고, 이 비참한 상황! 당장은 아니더라도 반드시 싸우고 싸우다 내 목숨과 이성을 모두 포기해야만 할 때가 온다는 사실을 알고 있네. 내가 싸워야 하는 놈은 무자비한 망령, 그것은 바로 공포라네."

나는 또, 간간이 끊어지는 모호한 암시들을 통해 어셔의 정신세계의 또 다른 일면을 알 수 있었다. 어셔는 지금 살고 있는 이 저택에 관련된 어떤 미신에 얽매여 있었고, 그 영향으로 수년 동안 감히 집 밖으로 나갈 엄두도 내지 못하고 있었다. 그것은 어떤 영향력에 대한 미신이었는데 그 상상 속의 힘을 설명할 때는 표현이 너무나 모호했기에 지금 여기에 다시 옮겨 쓸 수도 없다. 어셔는 저택의 형태와 건축 재료 속에 존재하는 괴이함이 오랜 세월 동안의 묵인을 거쳐 자신의 영혼을 지배하게 되었다고 말했다. 잿빛 벽과 작은 탑, 그 모든 것을 드리우고 있는 어슴푸레한 호수는 마침내 스스로의 존재 의욕을 유발하는 영향력을 지니고 있다고도 했다.

이런 식으로 자신을 괴롭히는 기이한 슬픔의 보다 근원적이며, 보다 명백한 원인은 오랜 세월 단 하나뿐인 벗이며 지상에 남은 유일한 혈육인 사랑하는 누이의 모진 질병이었다. 어셔는 그 질병은 이제 분명한 걸음으로 죽음을 향해 다가가고 있고, 자신의 감정이 그 질병에서 기인했다고 인정했다. 어셔는 기억에서 영원히 지워지지 않을 비통함이 담긴 목소리로 말했다.

"누이는⋯ 조만간 부서져버리고 말 희망 없는 나를, 대대로 이어온 어셔가의 마지막 생존자인 나를 떠나려 하고 있다네."

어셔가 이 말을 하는 동안 누이 매들린이 저 멀리서 조용히 나타나는가 싶더니 내 존재를 전혀 의식하지 못한 채 유유히 사라졌다. 나는 설명할 길 없는 두려움에 휩싸여 매들린을 바라보았다. 멀어져가는 그녀의 발길을 쫓자 공허함이 나를 짓눌렀다. 마침내 매들린이 문 뒤로 사라지자 내 눈은 본능적이고도 간절하게 어셔의 얼굴을 찾았다. 어셔는 두 손에 얼굴을 파묻고 있었다. 백지장처럼 창백하고 어느새 더 수척해진 어셔의 손가락 사이로는 눈물이 하염없이 떨어지고 있었다.

의술 좋은 주치의들도 매들린 양의 병을 고치지 못했다. 무감각은 만성적이었으며 그녀는 나날이 쇠약해졌다. 일시적이긴 하지만 횟수가 잦아진 강직 현상은 이례적인 증세였다. 매들린은 지금까지는 자신을 짓누르고 있는 질병을 부단히 이겨내고 죽음의 침상에 끝끝내 몸을 누이지 않고 있었다. 하지만 내가 도착한 날 밤, 그녀의 오빠가 그날 밤 극도의 불안 상태로 말한 바에 따르면, 매들린은 마침내 파괴자의 힘에 굴복하고 말았다. 그리하여 나는 조금 전에 잠깐 본 그 순간이 아마도 매들린의 몸을 본 마지막이며 적어도 그녀의 살아 있는 모습은 더 이상 볼 수 없게 될 것이라는 걸 깨달았다.

그 후 며칠간 나와 어셔 누구도 매들린의 이름조차 입에 올리지 않았고, 그러는 동안 나는 친구의 우울함을 달랠 수 있는 일을 찾느라 분주했다. 우리는 함께 그림도 그리고 책도 읽었다. 나는 어셔가 노래하며 들려주는 생생한 즉흥 기타 연주를 꿈결

처럼 들었다. 그렇게 점점 가까워지면 가까워질수록, 어셔가 영
혼의 깊숙한 곳까지 스스럼없이 나를 받아들이면 들일수록, 마
치 선천적으로 갖고 태어난 강력한 자질처럼 몸과 마음 어디든
쉬지 않고 우울함을 쏘아대고 있는 칠흑 같은 그를 밝게 해주려
는 어떠한 시도도 소용없음을 더 쓰라리게 인식하게 되었다.

  나는 어셔가의 주인과 단둘이 보낸 그 많은 엄숙한 순간을
언제까지나 기억할 것이다. 그러나 어셔가 나를 열중하게 하거
나 이끌었기에, 우리 두 사람이 함께했던 공부와 일의 방식을
정확하게 전달할 수는 없다. 흥분된 병적인 상상력이 그 모든
것을 격렬한 빛으로 덮어버렸기 때문이다. 어셔가 즉석에서 지
은 긴 애도가는 내 귓가에 영원히 울릴 것이다. 폰 베버가 지은
마지막 왈츠의 거친 멜로디를 특이하게 어그러뜨리고 과장해
서 연주해준 곡은 아직도 가슴 저리도록 간직하고 있다. 어셔
의 정교한 상상력으로 그린 그림은 붓질을 더하면 더할수록 오
싹함을 자아내는 모호함이 풍겼는데 그 까닭을 알 수 없어 더
욱 전율하기도 했다. 여전히 내 눈앞에 생생하게 떠오르는 그
림들은 단순히 몇 글자 끄적대는 범위 안에서는 아주 작은 부
분 이상을 표현하기란 불가능했다. 지극히 단순하나 적나라한
구도는 내 시선을 사로잡고 나를 제압했다. 만약 관념을 그릴
수 있는 사람이 있다면 로더릭 어셔가 유일한 사람일 것이다.
나는 적어도 그때 나를 둘러싸고 있는 환경 속에서 이 비정상
적인 우울증 환자가 캔버스에 쏟아부은 순수한 추상 개념을 보
며 억제할 수 없는 강렬한 경외심을 느꼈다. 처음부터 의도한
탓에 분명 강렬하기는 하지만 지나치게 구체적인 퓨젤리의 그

림에서는 느끼지 못한 감상이었다.

내 친구의 환영 같은 그림 중 하나는 과도하게 추상적이지 않아서 미약할지라도 말로 표현할 만한 것이 있었다. 그 작은 그림은 천장이 낮고 매끄럽고 희고 아무런 장치나 방해물이 없는 대단히 긴 직사각형의 지하의 내부였다. 구도상 일부 부속물들은 땅의 표면에서 무척 깊이 묻혀 있는 듯 보이려는 의도를 잘 전달하고 있었다. 광대한 길이에도 출구는 보이지 않았고 횃불을 비롯한 어떤 인위적인 빛의 원천도 찾아볼 수 없었다. 그러나 그 긴 공간을 내지르는 강렬한 광선 다발이 그림 전체를 섬뜩하고도 어울리지 않는 환하고 아름다운 빛으로 휘감았다.

특정 현악기 소리를 제외한 모든 음악 소리를 고통스러워하는 내 친구의 병적인 청각 신경 장애에 대해서는 앞에서 이미 말했다. 그래서인지 기타 연주를 할 때 어셔는 매우 제한된 음계를 벗어나지 않았고, 상당 부분 같은 이유로 어셔의 연주가 그토록 인상적이었을 수도 있다. 하지만 열정적인 재능을 쏟아내는 어셔의 즉흥 연주를 그런 식으로만은 설명할 수는 없다. 그의 연주가 그토록 환상적인 이유는 이전에 말한 바 있듯 정신적 불안이 최고조에 달한 흥분된 순간에만 보이는 집중력과 격렬한 영혼의 결정체가 만들어낸 결과였기 때문이다. 그리고 이런 것들은 자신이 만든 다듬어지지 않은 환상곡의(어셔는 종종 바로 작곡한 뒤 가사를 붙여 흥얼거리곤 했다) 선율뿐 아니라 가사에도 드러났다. 나는 지금도 그 서사시 중 하나를 쉽사리 떠올릴 수 있다. 나는 아마도 시의 의미가 주는 신비로운 흐름 속에서 어셔가 자신의 거만한 이성이 그의 왕좌 위에서 비틀거리고 있음을 의식하고 있다고 상상함으로써 더 큰 감동을 받았던 것 같다. 〈유령의 왕궁〉이라고 제목을 붙인 이 시는 정확하지는 않지만 거의 이런 내용이었다.

Ⅰ.
그 옛날 우리들의 골짜기에
깃들어 살던 천사들과
천사가 수놓은 초록 숲이 있었네
아름답고 장엄한 궁전,
눈부신 궁전이 솟아 있었네
사색의 제왕이 다스리던 곳
천사는 날개를 펼 수 없었지
그토록 아름다운 성문 안에서

Ⅱ.
황금빛 찬란한 깃발은
나부끼고 또 흐르고
(이제는 멀고 먼 옛날 얘기)
바람은 간질간질 장난을 쳤지.
향기로운 날에
깃털을 단 성벽이 핼쑥해지네
날개 달린 향기가 멀어져갔네

III.
행복한 골짜기는 나그네를 불렀네
반짝이는 두 창이 그를 유혹하네
류트의 연주는 아름다웠지
춤추는 영혼이 왕좌를 도네
(프로피로게니투스여, 황태자여)
제왕의 영광, 제왕의 풍모
왕국의 지배자를 보네

IV.
성문은
루비와 진주가 넘쳐나던 곳
<u>흐르고 흐르고 흘러</u>
영원토록 찬란하네
메아리 군대는 달콤한 의무를 지고
아름다운 목소리로 노래하네
제왕의 재치, 제왕의 지혜

V.
저 멀리 슬픔을 입은 악마의 무리들
군주의 영지로 밀어닥쳤네
(아, 한탄하자구나, 외로운 이여!
내일이 없음을 위로해주게)
제왕의 영광을 휘감아 돌던

사랑하고 결실 맺던 향기로운 바람
흐린 기억 속에 남은 이야기
오래전에 묻혀버린 옛날이야기

VI.
이제는 슬픈 골짜기에 돌아온 나그네가
붉은 등불이 켜진 창을 들여다보네
악령은 거짓 음악을 연주하고
괴수는 미친 듯이 몸을 흔드네
흉측한 군중이 영원히 몰려
창백한 문으로 쏟아져들며
요란스레 웃고 있네 미소는 없네

이 시는 어셔의 견해가 분명하게 드러나는 일련의 생각들로 우리를 이끌었다. 그의 견해가 다른 사람들은 생각지 못할 정도로 새로워서라기보다 고집스럽게 주장했기 때문임을 생생하게 기억한다. 어셔는 식물들이 모두 지각을 갖추고 있다고 주장했다. 무질서한 환상 속에서 어셔의 의견은 더욱 대담해져 특정 상황에서는 무생물도 생각하는 능력을 갖게 된다는 것이다. 나는 글재주가 부족하여 그가 얼마나 융통성 없고 고집이 센지, 그 신념이 얼마나 방대한지를 표현할 수 없다. 다만 내가 이미 암시한 것처럼, 어셔의 주장은 저택의 잿빛 석재와 관련이 있었다. 석재들의 배열 순서에서부터 그들을 뒤덮은 수많은 곰팡이까지. 그리고 저택 주위에 서 있는 썩은 나무들과 무엇보다 오랜 세월을 견뎌낸 힘, 호수의 미동도 없는 표면에 비친 그림자에서 무생물의 지각력은 존재했다. 내가 깜짝 놀란 건 어셔가 그 증거가 보인다고 했을 때였다. 호수의 물과 석재를 둘러싼 대기가 서서히, 그러나 뚜렷하게 엉기고 굳어서 조여들고 있다고 그는 덧붙였다. 수 세기 동안 조용하지만 끈질기고 끔찍하게 그것이 자기 가문의 운명을 결정했고, 내가 지금 보고 있는 자기 자신을 만든 것이 그 결과라고 했다. 그 견해들에 대해서는 더 이상 말할 필요가 없을 듯하다.

우리가 함께 읽은 책들은 여러 해 동안 이 병약한 이의 정신세계에 적잖은 영향을 끼쳤을 법한 책들로, 환상을 꿈꾸는 어셔의 성격과 완벽하게 일치하는 듯했다. 우리는 함께 그레세의 《베르베르와 수도원》, 마키아벨리의 《벨페고르》, 스웨덴보리의 《천국과 지옥》, 홀베르의 《닐스 클림의 지하 여행》, 로버트 플루드와 장 댕다지네, 드 라 샹브르의 《수상술》, 티크의 《머나먼 창공으로의 여행》, 캄파넬라의 《태양의 나라》를 열심히 읽었다. 신나게 읽은 책은 도미니크회 신부 에이메릭 드 지론느의 소책자 《종교 재판법》이었다. 어셔는 폼포니우스 멜라의 저서에 나오는 고대 아프리카의 사티로스와 아이기판에 관한 구절에 빠져 몇 시간이고 헤어나오지 못하곤 했다. 그러나 무엇보다도 좋아했던 책은 지금은 잊힌 교회 기도서 4절판 고딕본 《메인츠 교회 성가대에 의한 사자를 위한 기도》로 대단히 드물고 신기한 책이었다.

나는 이 책에서 읽은 미개한 종교의식이 이 우울증 환자에게 끼친 영향을 생각하지 않을 수 없다. 어느 날 밤 어셔는 느닷없이 매들린 양이 이제 더 이상 존재하지 않는다고 말하면서, 그녀를 매장하기 전 2주간 저택에 있는 지하 저장고 중 한 곳에 매들린의 시체를 보존할 계획이라고 했다. 종교의식을 떠올린 것도 이 말 때문이었다. 그러나 솔직히 내게 이 독특한 과정에 대해 왈가왈부할 권리는 없었다. 어셔는 이전에도 말했듯 고인의 사인이 일반적이지 않고, 매들린의 주치의들이 거슬릴 만큼 사인을 조사하려들며, 가족 묘지가 멀고 비바람에 노출된 상황이어서 그런 결정을 하게 되었다고 했다. 내가 저택에 도착한 첫날 계단에서 마주친 주치의의 기분 나쁜 안색이 떠올라 나역시 반대하고 싶지 않았다. 게다가 자연스러운 예방 조치이자 최상의 방법이면서 해가 될 일도 없다면 굳이 반대할 이유가 없었다.

어셔의 부탁으로 나는 임시 매장 과정을 도왔다. 우리 두 사람은 시신을 입관시킨 후, 누구의 도움도 받지 않고 관을 안치소로 메고 갔다. 관을 안치한 지하실은 너무 오랫동안 문이 닫힌 채 방치되어 답답한 공기로 가득 차 있었고, 횃불을 들고 있었지만 시야가 몹시 흐렸다. 좁고 축축하고 빛은 완전히 차단되어 있었는데 놀랍게도 그곳은 내가 지내는 방 바로 아래의 꽤 깊숙한 곳이었다. 오래전 봉건 시대에는 사악한 목적의 지하 감옥으로 사용되었고, 이후에는 화약이나 혹은 불타기 쉬운 물건을 보관하는 장소로 쓰인 것 같았다. 바닥의 일부와 우리가 지나온 긴 아치형 복도의 내부 전체가 동판으로 세심하게 마감되어 있었다. 엄청나게 큰 철문 또한 동판으로 덮여 있었다. 철문의 엄청난 무게 때문인지 문을 여닫을 때마다 경첩에서 삐걱거리는 몹시 날카롭고 귀에 거슬리는 소리가 났다.

우리는 이 무시무시한 방에 마련된 안치대 위에 비탄으로 가득 찬 관을 내려놓고 고정하지 않은 관 뚜껑을 옆으로 약간 비껴 망자의 얼굴을 내려다보았다. 그제야 어셔와 죽은 누이의 얼굴이 완벽히 똑같다는 사실을 알아차리고 소스라치게 놀랐다. 어셔가 내 동요를 눈치채고 중얼거리는 말에서 나는 그들이 쌍둥이며 둘 사이에는 거의 알아차릴 수 없는 동일한 천성이 항상 존재했다는 사실을 알게 되었다. 그러나 우리 둘 모두에게 누이의 주검은 섬뜩했기 때문에 시신을 오래 바라볼 수는 없었다. 최고의 젊음을 누릴 시기에 매들린을 관으로 몰아간 병은 경직 상태에서 으레 그렇듯 가슴과 얼굴 위에 희미한 홍조를 남겼다. 입가에 보일 듯 말 듯한, 믿을 수 없는 미소마저 띠고 있었는데 시신의 미소였기에 더욱 소름이 돋았다. 우리는 관 뚜껑을 다시 덮어 못으로 고정한 뒤, 철문을 굳게 닫고 무거운 발걸음으로 집 안으로 들어섰다. 음산한 분위기는 집 안 또한 다를 바 없었다.

비통한 애도의 시간이 얼마간 흐른 뒤, 어셔의 신경증에 눈에 띄는 변화가 찾아왔다. 그에게 걸맞던 행동이 모조리 사라져버렸다. 어셔는 매번 하던 일을 깡그리 무시하거나 아예 기억하지 못했고, 조급하고 흐트러진 걸음걸이로 하릴없이 이 방에서 저 방을 기웃거렸다. 송장 같은 얼굴의 창백함은 더해갔지만 날카롭게 빛나던 눈빛은 사라져버렸다. 이따금 들려오던 쉰 목소리는 더 이상 들을 수 없게 되었고 대신 겁에 질린 사람처럼 습관적으로 목소리가 떨렸다. 때로는 어셔가 모종의 비밀을 가지고 있어서, 끊임없이 불안한 마음으로 괴로워하는 이유가 아마도 그 비밀을 폭로할 용기를 그러모으기 위해 안간힘을 쓰고 있다고 생각될 때가 있었다. 그러나 더러는 모든 것이 그저 어셔의 광기 때문에 생긴 예상 밖의 변화라고 치부해버렸다. 왜냐하면 그는 마치 가상의 소리라도 듣고 있는 사람처럼 지독하게 집중한 상태로 몇 시간이고 허공을 응시했기 때문이다. 겁에 질린 친구의 상태가 내게 감염되는 것은 어쩌면 당연한 일이었다. 터무니없지만 강력한 어셔만의 미신이 느리지만 분명하게 내게로도 스며드는 것을 느꼈다.

그것의 엄청난 위력을 경험한 날은 매들린 양을 지하에 매장한 후 일주일쯤 되던 날로, 밤늦게 잠자리에 들 때였다. 밤은 깊어가는데 잠은 침대 근처에도 얼씬거리지 않았다. 나는 나를 지배하는 신경과민을 이성으로 이겨내려고 고군분투했다. 내가 느끼는 감정은 대체로 칙칙한 가구나 거무튀튀하고 너덜너덜한 휘장이 거친 비바람 때문에 벽에서 발작하듯 이리저리 흔들려 침대 장식에 부딪힐 때 나는 기분 나쁜 소리에서 기인했을 뿐이라고 믿어보려 했다. 그러나 내 노력은 허사였다. 점점 억제할 수 없는 불안감이 엄습해 오더니 마침내 까닭 모를 공포의 악령이 심장 바로 위에 내려앉았다. 나는 숨을 헐떡이며 팔다리를 버둥거려 마침내 공포를 털어내고 침대에서 몸을 일으켰다. 단지 본능에 이끌렸다고밖에 말할 수 없는 이유로 칠흑 같은 어둠 속에서 전에 없이 진지하게 귀를 기울였다. 폭풍이 잠시 잦아드는 사이에 어디선가 낮고 희미한 소리가 들렸다. 가늠할 수도 견딜 수도 없는 격렬한 공포에 휩싸여 나는 황급히 옷을 입었다. 그날 밤은 잠들기 틀렸다고 생각했기 때문이다. 나는 빠른 걸음으로 방 안을 서성이며 내가 빠진 비참한 상황에서 빠져나오려 애쓰고 있었다.

그때 계단을 올라오는 가벼운 발소리를 듣고 나는 하던 행동을 멈췄다. 이내 그 소리가 어셔라는 것을 알 수 있었다. 짧은 적막을 깨며 어셔가 나직이 방문을 노크한 뒤 램프를 들고 들어왔다. 안색은 여느 때와 다름없이 시체처럼 창백했다. 하지만 눈에는 광적인 환희 같은 것이 있었다. 어셔의 태도에는 자제된 병적 흥분이 역력했다. 그런 분위기가 나를 섬뜩하게 했지만 그래도 내가 오랫동안 참고 견뎌야 했던 공포와 고독보다는 차라리 나았다. 나는 구원자 같은 친구를 열렬히 환영했다.

"자네, 그거 보지 못했나?"

잠시 말없이 주위를 둘러보더니 별안간 어셔가 물었다.

"그걸 아직 못 봤단 말인가? 아니, 잠깐 기다리게! 곧 보게 될 걸세."

어셔는 조심스럽게 한 손으로 램프를 그늘지게 하고는 급히 창으로 가더니 여닫이문 중 하나를 잡고 폭풍우를 향해 활짝 열었다. 거센 돌풍은 두 사람을 내동댕이칠 만큼 맹렬하게 휘몰아쳐 들어왔다. 광포하지만 엄숙한 밤으로 실로 공포와 아름다움이 묘하게 공존하는 밤이었다.

회오리바람이 시시각각 방향을 바꾸어 몰아치는 것으로 보아 분명 우리 주위에서 힘을 모으는 듯했다. 뾰족한 지붕에 닿을 만큼 낮게 걸린 어마어마한 구름은 먼 곳으로 흘러가지 않고 마치 살아 있는 것처럼 서로를 향해 무섭게 달려들고 있었다. 놀라울 만큼 빽빽한 구름이 살아 움직이는 모습은 볼 수 있었지만 달이나 별은 종적을 감춘 듯했고 번쩍이는 번개조차 볼 수 없었다. 그러나 우리를 둘러싼 모든 지상의 사물은 물론 쑤석거리는 거대한 수증기 덩어리도 기괴한 빛 속에서 반짝이고 있었다. 그 빛은 어둠 속에서 희미하게 발광하는, 하지만 선명하게 눈에 보이는 기체가 내쉬는 숨으로 저택을 완전히 휘감아 돌고 있었다.

"안 돼! 자네는 이런 걸 봐서는 안 돼!"

나는 몸을 부르르 떨며 조금 저항하는 어셔를 창에서 떼어내어 의자에 앉히며 말했다.

"지금 자네를 홀리고 있는 이런 것들은 사실 지극히 평범한 전기 현상이거나 혹은 저 호수가 뿜는 독기 때문일 거라네. 우리 이 창부터 닫자고. 공기가 너무 차서 건강에 좋지 않을 걸세. 자, 여기 자네가 제일 좋아하는 책이 있네. 내가 읽을 테니 자네는 그저 듣기만 하게. 그러면 이 지독한 밤도 지나가겠지."

내가 집어든 고서는 하필이면 랜슬롯 캐닝 경의 《광기의 밀회》였다. 그 소설을 어셔가 제일 좋아하는 책이라고 말한 것은 진심이라기보다는 잠시라도 마음을 풀어주려는 씁쓸한 농담이었다. 사실 이 책은 조야하고 지루하고 상상력이 결핍되어 있어 내 친구의 고매하고 정신적인 이상주의를 채워줄 만한 내용이 거의 없었다. 하지만 손을 뻗어 바로 집을 수 있는 책이 마침 그 책이었고 보통 정신 이상에 관련한 책에는 비슷한 이상 징후가 많으니, 혹시라도 이 유치하기 짝이 없는 소설을 읽는 동안 이 우울증 환자의 흥분된 상태를 가라앉힐 수 있을지도 모른다는 막연한 희망을 가졌다. 이야기를 듣는 건지 아니면 듣는 척하는 건지는 모르겠지만, 유난히 집중한 생기 있는 친구의 모습을 보고 내 의도가 꽤나 성공했다고 기뻐했다.

나는 주인공 에셀레드가 은둔자의 집 안으로 순순히 들어가는 것을 포기하고 강제로 침입하는 과정을 그린 유명한 대목까지 읽었다. 기억하겠지만 이야기의 내용은 이렇다.

태어날 때부터 용맹스런 심장을 달고 난 에셀레드는 이제 그가 마신 강력한 포도주의 힘으로 더욱 강력해졌다. 더 이상 은둔자와 협상하지 않기로 했다. 은둔자는 실제로 황소고집인데다 성질이 고약했다. 어깨에 떨어지는 굵은 빗방울로 보아 폭풍우가 몰려들 것을 염려한 에셀레드는 바로 철퇴를 들어 올려 두꺼운 널빤지를 댄 문을 여러 번 내리쳤다. 단단한 장갑을 낀 손을 틈에 집어넣어 힘껏 잡아당겼다. 그렇게 깨고 벗기고 갈가리 찢으니 그 갈라진 비명 같은 나무 문짝 소리가 온 숲에 울려 퍼졌다.

이 대목의 마지막 구절에서 너무 소스라쳐 이야기를 멈췄다. 내 흥분된 망상이 나를 기만하고 있는 것이라고 바로 단정 지어버렸지만, 저택 저 깊숙한 곳에서부터 확실치는 않아도 분명 랜슬롯 경이 상세히 묘사한 마구 깨지고 찢어지는 소리가 들리는 것만 같았기 때문이었다. 하지만 그것은 두말할 필요도 없이 내 예민한 주의를 끈 우연의 일치일 뿐이었다. 돌풍에 여닫이창문의 창틀이 덜그럭대는 소리와 더 거세진 폭풍우가 뒤섞여 내는 복잡한 소리들, 그 소리 자체로는 사실 내 주의를 끈다 거나 불안하게 만들 수는 없었기 때문이다. 나는 계속 책을 읽 어 내려갔다.

이제 문 안으로 박차고 들어간 용감한 승리자 에셀레드는 그 심술궂은 은둔자가 흔적도 없이 사라진 사실에 놀라고 격분했 다. 그러나 대신 그곳에는 은으로 된 바다 위에 금으로 지은 왕 궁이 있었고 그 앞을 용 한 마리가 지키고 있었다. 용의 몸은 비늘로 덮여 있고 입으로는 불을 뿜고 있었으며 행동거지가 기괴했다. 벽에는 번쩍이는 황동 방패가 걸려 있었는데 거기 에는 이렇게 적혀 있었다.

여기 들어온 자, 궤를 얻을 것이요.
용을 해치우는 자, 방패를 얻으리라.

에셀레드가 철퇴를 치켜들고 용의 머리를 내리치자 용은 앞으 로 고꾸라지며 지독한 독기를 내뿜었다. 동시에 귀청을 찢을 듯한 무시무시하고 날카로운 외마디 비명을 질렀는데 에셀레 드는 두 손으로 귀를 틀어막고 말았다. 그렇게 끔찍한 소리는 들어본 적이 없었다.

이 대목에서 나는 다시 너무나 놀라 돌연 읽기를 중단했다. 어디에서 들려오는지 도통 알 길이 없지만, 그것이 무엇이건 간에 이번에는 분명 실제로 들렸다. 낮은 소리가 멀리서 들려오긴 했지만 거칠고 길고 괴상한 비명 같기도 하고 삐걱거리는 소리 같기도 했다. 그 소리는 작가가 묘사한 용의 가공할 만한 비명을 내가 마음속으로 그려내며 상상한 것과 정확하게 일치하는 소리였다.

나는 두 번씩이나, 게다가 너무나 터무니없는 우연의 일치에 가슴이 답답하고 극도의 공포와 경악이 뒤섞여 오만 가지 생각이 들었지만 친구의 과민한 신경 상태를 지켜보며 가능한 그를 자극하지 않기 위해 차분함을 유지하고 있었다. 내가 들은 소리를 어셔도 알아차렸는지는 알 수 없었지만, 갑자기 이상한 행동을 하기 시작했다. 어셔는 나와 마주하고 있던 의자를 천천히 돌려 방문을 향해 앉았다. 입술이 뭔가 혼잣말을 중얼거리는 것처럼 떨리는 듯했다. 하지만 겨우 얼굴의 일부만 보여 표정은 읽을 수가 없었다. 그때 어셔가 머리를 가슴께로 떨어뜨렸다. 옆모습을 힐끗 보니 눈은 크게 부릅뜨고 있었고 부드럽지만 쉬지 않고 일정하게 좌우로 몸을 흔들고 있는 것으로 봐서 잠을 자고 있지는 않았다. 이 모든 것을 빠르게 간파한 나는 랜슬롯 경의 책을 계속 읽어 내려갔다.

이제 승리자는 용의 끔찍한 분노에서 벗어나 자신의 황동 방패를 생각해냈다. 방패에 걸린 마법을 깨기 위해 자기 앞에 놓인 용의 시체를 치우고 방패가 걸려 있는 벽을 향해 성의 은빛 길 위를 용감무쌍하게 달려나갔다. 그가 채 다다르기도 전에 방패는 에셀레드의 발 바로 앞 은빛 바닥으로 떨어졌다. 엄청나게 강력하고 무시무시하게 울리는 소리가 났다. 쿵!

내 입술에서 마지막 음절이 떨어지기 무섭게 그 순간, 황동 방패가 은으로 된 바닥에 거세게 떨어지기라도 한 것처럼 뚜렷하고 공허한 금속성의 여운을 둘둘 말아놓은 것 같은 소리가 들려왔다. 나는 기겁하여 펄쩍 뛰어올랐다. 하지만 자로 잰 듯 몸을 균일하게 흔들고 있는 어셔는 오히려 마음이 편안해 보였다. 나는 그가 앉아 있는 의자로 달려갔다. 어셔의 눈은 앞을 향해 단단히 고정되어 있었고 돌처럼 굳은 얼굴엔 준엄함이 서렸다. 하지만 내가 어깨에 손을 얹자 그의 온몸이 심하게 떨렸다. 병적인 미소를 띤 입술 주위가 가늘게 떨렸다. 마치 나란 존재는 까마득히 잊은 사람처럼 어셔는 낮고 다급하게 알 수 없는 말을 중얼거렸다. 그에게 바짝 몸을 구부리고서야 겨우 어셔의 말에 담긴 섬뜩한 의미를 삼킬 수 있었다.

"안 들려? 응? 맞아, 나는 들려, 계속 듣고 있었다고. 오래, 아주 오래, 정말이지 아주 오랫동안. 분침이 돌 때도, 시침이 돌 때도, 해가 지나고 달이 지나갈 때도 나는 듣고 있었지. 하지만 나는 감히, 오, 비겁한 나는, 나는 얼마나 초라하고 비참한 인간인가! 나는 감히 말할 수 없었네. 우리가 누이를 산 채로 묻었다고! 내 감각은 날카롭다고 말하지 않았나? 나는 이제 자네에게 처음으로 저 움푹한 관에서 누이가 미미하게 움직이는 소리를 들었다고 고백하겠네. 나는 들었지. 여러, 아주 여러 날 전에. 그러나 나는 감히, 감히 말할 수 없었지. 나는 감히 말할 수 없었다고! 그런데 이제 드디어 에셀레드, 하하하, 그가 은둔자의 문을 부수고 그, 그 죽어가는 용의 울부짖음, 그리고 방패가 쿵 하고 떨어져 울리던 소리라니! 차라리 말해! 내 누이가 관을 비틀고 감옥의 경첩을 갈고 동판을 깐 지하 아치길 안에서 몸 부림치던 소리라고! 오, 나는 어디로 도망가야 하지? 누이가 곧 이곳에 나타나지 않을까? 왜 그렇게 서둘렀냐고 나를 비난하지 않을까? 내가 계단을 오르는 누이의 발소리를 못 들었다고? 내가 누이의 심장이 무겁고 무섭게 뛰고 있는 것을 못 알아차렸다고? 미친놈!"

여기에서 그는 발을 격하게 구르며 마치 자신의 영혼을 포기하려고 애쓰는 사람처럼 음절 하나하나에 악을 질렀다.

"저것 봐! 매들린이 지금 바로 저 문 뒤에 와 있다고!"

마치 그 말의 초인적인 에너지 안에 주문의 힘이라도 있는 것처럼 어셔가 가리킨 크고 낡은 문짝이 천천히, 그리고 순식간에 그 육중한 흑단 빛 검은 아가리가 뒤로 물러났다. 달려드는 돌풍의 짓이었다. 그러나 문짝이 쓰러진 자리에 수의를 입은 매들린 어셔의 형체가 치솟아 있었다. 그녀의 하얀 수의 위에는 붉은 피가 묻어 있었고 수척한 몸 곳곳에 사투 끝에 얻은 쓰라린 고통의 흔적이 있었다. 잠시 그녀는 몸을 부르르 떨며 문지방 위에서 앞뒤로 비틀거리더니 낮은 신음을 내며 어셔의 몸 위로 무겁게 떨어졌다. 방 안에는 매들린의 격렬했던 최후의 고통과 그녀의 고통이 낳은 주검 하나, 그리고 두 무시무시한 공포가 낳은 피해자 하나가 남아 있었다.

나는 방문을 박차고 집 밖으로 정신없이 뛰어나왔다. 그저 그 끔찍한 악몽에서 달아나야 했다. 미친 듯이 내달리는 동안 폭풍우는 사납게 분노하며 사방에서 불어닥쳤다. 마침내 정신을 차려보니 처음 내가 망상에 빠졌던 그 황량한 둑길 위에 서 있었다. 그때 어디선가 강렬한 섬광이 날아들었다. 나는 그 기이한 빛이 어디서 나오는지 보려고 고개를 돌렸다. 그곳에 남은 것은 오로지 거대한 저택과 그림자뿐이었다. 섬광은 저물어가는 핏빛 보름달에서 빠져나오고 있었다. 이전에 이미 말했던, 건물의 지붕에서부터 바닥까지 지그재그로 이어진, 거의 눈에 띄지조차 않던 균열 사이로 이제는 너무나 선명해진 핏빛 섬광이 새어 나오고 있었다.

  쳐다보고 있는 사이, 그 균열이 순식간에 쩍 입을 벌렸고 회오리바람의 광포한 헐떡임이 몰아치는가 싶더니 둥근 달 전체가 눈앞에서 터졌다. 거대한 벽이 산산이 무너져 흩어지는 것을 보면서 나는 정신이 혼미해졌다. 수천 개의 물줄기가 동시에 쏟아져 내리는 것 같은 길고 요란한 굉음이 들렸다. 발끝 가까이의 깊고 축축한 호수가 은밀하고 조용하게 어셔가의 파편을 집어삼키고 있었다.

리지아

Edgar
A. Poe

리지아

의지가 있다면 죽지 않는다. 그 누가 열정을 품은 의지의 불가사의함을 알겠는가? 신이란 다만 몰두하는 천성으로 만물에 깃드는 거대한 의지일 뿐이다. 나약한 의지가 사그라지지 않는 한, 인간은 천사에게 굴복하지 않으며, 죽음에도 굴복하지 않는다.

— 조지프 그랜빌

리지아라는 여인을 어떻게, 언제, 심지어 정확히 어디에서 처음으로 알게 되었는지 기억하지 못한다. 그 이후로 오랜 시간이 지났고 많은 고통을 겪으면서 내 기억력은 아주 약해졌다. 혹은 그런 것들을 기억해내지 못하는 이유는 내가 사랑했던 여인의 성격, 진귀한 학식, 독특하지만 차분한 아름다움, 듣기 좋은 낮은 목소리로 펼치는 황홀하고 매혹적인 말솜씨가 너무나도 은밀하고 서서히 마음속으로 들어와 알아차리지 못했기 때문일지도 모른다. 하지만 라인 강 근처의 어느 크고 오래되고 쇠락한 도시에서 리지아를 처음 만났고, 그후 그녀를 자주 만난 것은 기억한다. 분명 그녀가 가족에 관해 이야기하는 것을 들은 적은 있다. 하지만 그 또한 아주 멀고 오래된 일임이 분명하다.

리지아! 리지아! 외부 세계의 영향에 둔감하게 만들어진 연구에만 몰두하던 내가 더 이상 존재하지 않는 그녀의 모습을 눈앞에 상상하며 그리는 것은 오직 리지아의 달콤한 그 말 때문이었다. 그리고 이 글을 써 내려가는 지금, 내가 내 친구이자 약혼녀, 학문의 동반자이자 마침내 아내가 되었던 그녀의 성이 무엇이었는지 전혀 알지 못했다는 사실이 불현듯 떠올랐다. 내가 이 점에 대해 어떠한 질문도 하지 않은 것이 리지아의 입장에서는 장난스러운 일이었을까? 아니면 내 애정의 크기에 대한 시험이었을까? 혹은 가장 열정적인 헌신이라는 성지에 바치는 거칠도록 낭만적인 제물과 같은 내 변덕이었을까? 하지만 그 사실에 대한 기억조차 불분명하다. 따라서 처음 시작된 상황과 그에 따라 발생한 상황들을 완전히 잊은 게 무엇이 이상할까? 사람들이 말하듯, 우상을 숭배하던 이집트인들의 풍요의 여신이자 흐릿한 날개를 가진 창백한 여신 아스다롯이 진정 불길한 결혼 생활을 관장했다면, 그 여신은 분명 내 결혼 생활도 관장했을 것이다.

나에게 단 하나 기억에서 사라지지 않는 이야기가 있다면, 그건 바로 리지아라는 그리운 사람의 대한 이야기다. 리지아는 키가 컸고, 몸매는 날씬한 편이었다. 삶의 마지막 즈음에는 수척하다 느껴질 정도였다. 위풍당당하면서 차분하고 안정적인 거동이나 이해할 수 없을 정도로 가볍고 경쾌한 발소리를 머릿속에 그려보려 했지만 헛수고였다. 리지아가 대리석같이 하얀 손을 내 어깨 위에 올려놓으며 달콤한 저음의 목소리를 내지 않으면, 그녀가 서재의 문을 열고 들어오는 것을 한 번도 알아차리지 못했다. 리지아만큼 아름다운 얼굴을 가진 여성은 없었다. 그것은 아편에 취해 망상에서 본 빛이었으며, 잠들어 있는 델로스의 딸들의 영혼을 그리는 공상보다도 훨씬 성스럽고 비현실이고 고무적인 환상이었다. 하지만 리지아의 얼굴은 이교도에서 그릇되게 숭배한다고 알려진 균형 잡힌 모습은 아니었다. 프랜시스 베이컨은 모든 형태와 유형의 아름다움에 대해 솔직하게 이야기하면서, '균형적으로 어느 정도 기이함이 존재하지 않는 훌륭한 아름다움이란 없다'고 말했다. 나는 리지아의 이목구비가 고전적인 균형을 이루고 있지는 않음을 알았지만, 그녀의 사랑스러움이 진정 훌륭하며, 그 속에 어떤 기이함이 배어 있다고 느꼈다. 리지아의 얼굴에서 불균형을 발견하고 내가 느낀 기이함의 근원을 찾아내려 노력했지만 헛된 일이었다.

나는 리지아의 오뚝하게 솟은 창백한 이마의 윤곽을 살펴보았다. 흠잡을 데가 없었다. 그 성스러운 엄숙함에 빗대었을 때 흠 잡을 데 없다는 말조차 무미건조하게 느껴지지 않는가! 순수한 상아색에 비견하는 살결, 위엄 있는 크기와 차분한 자태, 부드럽게 돌출된 관자놀이 윗부분, 윤기가 흐르며 자연스럽게 감기는 풍성하고 긴 칠흑 같은 머리는 호메로스가 형용한 히아킨토스의 모습을 그대로 보여주는 것이었으리라. 다음으로 그녀의 가냘픈 코의 윤곽을 바라보았다. 이 정도의 완벽함은 히브리의 우아한 메달 이후로는 본 적이 없다. 우아하고 부드러운 살결이, 거의 알아차릴 수 없을 정도로 살짝 각이 진 매부리코가, 자유로운 정신에 대해 논하는 듯 조화롭게 구부러진 콧

구멍이 그와 같았다. 리지아의 달콤한 입을 보았다. 이는 진정 성스러운 모든 것의 승리라고 할 수 있었다. 짧은 윗입술은 아름답게 굽이쳤고, 부드러운 아랫입술은 꿈꾸는 듯 요염한 모습이었으며, 보조개는 자신만만하게 움푹 들어갔고, 말할 때면 혈색이 돌았으며, 치아는 놀라울 정도로 빛나서 리지아가 고요하고 잔잔하게 기뻐하며 환히 미소 지을 때마다 신성한 빛이 치아 위에 반짝였다. 턱의 형태도 자세히 살펴보았다. 적당한 너비, 그리스인과 같은 부드러움과 장엄함, 풍만함과 영성이 존재했다. 이러한 윤곽은 아폴론이 아테네 청년 클레오메네스에게 꿈을 통해서나 드러냈던 것이다.

그리고 나는 리지아의 커다란 두 눈을 자세히 들여다보았다. 그 눈은 고대의 어떤 것에서도 유례를 찾을 수가 없었다. 내 사랑하는 여인의 이 두 눈에 프랜시스 베이컨이 넌지시 언급한 비밀이 담겨 있었던 것인지도 모른다. 리지아의 눈은 인간이 가진 평범한 눈보다 훨씬 컸다. 누르야하드 계곡에서 무리 지어 사는 가젤이 크게 뜬 눈보다 훨씬 더 컸다.

하지만 이러한 특징이 눈에 띌 정도로 나타나는 것은 아주 가끔 리지아가 극히 흥분했을 때뿐이었다. 내 상상이 과열되었기에 그렇게 보였을 테지만 극히 흥분했을 때 그녀의 아름다움은 이 세상의 것을 넘어선, 혹은 이 세상과 동떨어진 생명체의 아름다움과 같았다. 터키의 전설 속 여신에게서 찾아볼 수 있는 아름다움처럼 보였다. 눈동자의 색은 가장 눈부신 검은색이었고, 그 훨씬 위로 너무나도 긴 칠흑 같은 속눈썹이 늘어뜨려져 있었다. 윤곽이 살짝 불규칙한 눈썹은 같은 색을 띠고 있었다. 내가 리지아의 두 눈 속에서 발견했던 '기이함'은 눈의 형태나 색깔, 이목구비의 광채와는 별개의 것이었으며, 결국 눈이 주는 인상과 관련된 것이 분명했다. 아, 아무런 의미도 없는 말이다! 한낱 소리에 불과한 단어가 광대한 범위를 지배하기에 영적인 부분에 대한 우리의 무지가 그대로 굳어지게 되는 것이다. 리지아의 눈이 주는 인상! 얼마나 오랜 시간 동안 그 인상에 대해 생각했던가! 한여름 밤 내내 얼마나 그 인상에 대해 헤아리려 노력했는가! 데모크리토스의 샘보다 더욱 깊은 그것은, 내 사랑하는 여인의 눈동자 속에 들어 있는 그것은 무엇이었을까? 과연 무엇이었을까? 나는 이를 알아내고자 하는 열망에 사로잡혔다. 리지아의 눈! 크고 빛나는 성스러운 눈동자! 나에게 그 두 눈은 레다의 쌍둥이별이 되었으며, 그 별들에 관해 나는 그 누구보다 독실한 점성술사가 되었다.

정신과학에는 진실 그 자체보다 더욱 오싹하리만큼 흥미진진한, 이해할 수 없는 수많은 이례적인 일들이 존재한다. 이는 학계에서는 결코 알아차리지 못했던 것이다. 그중 하나는 오랫동안 잊고 있던 기억을 떠올리려 노력할 때, 기억을 떠올리기 바로 직전에 결국 기억해내지 못하곤 한다는 것이다. 따라서 너무나도 깊이 리지아의 눈을 진지하게 조사하면서 그 눈이 주는 인상에 대해 완전히 알게 될 것만 같은 느낌을 받았지만, 알게 되기 전에 결국 완전히 사라져버렸다. 그리고 무엇보다 이상한 것은 이 우주에 존재하는 흔해 빠진 대상에서 그 인상과 유사한 점을 발견했다는 점이다. 정확히 말하면, 마치 성지에 머무르고 있는 것처럼 리지아의 아름다움이 내 영혼의 일부가 된 이후부터 리지아의 크고 빛나는 눈이 불러일으켰던 것과 같은 감정을 물질세계의 수많은 존재 가운데서 느끼게 되었다. 하지만 더 이상 그 감정을 규정할 수도 분석할 수도, 심지어 계속해서 바라볼 수도 없었다.

다시 말하자면 빠르게 자라나는 포도나무를 바라보면서, 나방, 나비, 번데기 혹은 흐르는 물줄기를 바라보면서 그와 같은 감정을 느꼈다. 바다에서도, 떨어지는 유성에서도 그것을 느낄 수 있었다. 아주 나이 든 사람들을 바라보면서도 그 감정을 느꼈다. 그리고 하늘에 떠 있는 한두 개의 별 중에서 하나는 육등성이고 이중이며 다양한 모습으로 보이고 거문고자리의 큰 별 근처에서 찾아볼 수 있는 별, 그 별들을 망원경으로 관찰하며 앞서 말한 감정을 깨닫곤 했다. 어떤 현악기의 소리를 들으면서, 책 속 구절을 읽으면서도 나는 그런 감정으로 충만해졌다. 수많은 여러 경우 가운데 아마도 그 구절이 가진 진기함 때문이겠지만, 조지프 그랜빌의 책 속의 한 구절을 읽을 때마다 마음속에 그 감정이 피어났던 것을 기억한다.

의지가 있다면 죽지 않는다. 그 누가 열정을 품은 의지의 불가사의함을 알겠는가? 신이란 다만 몰두하는 천성으로 만물에 깃드는 거대한 의지일 뿐이다. 나약한 의지가 사그라지지 않는 한, 인간은 천사에게 굴복하지 않으며, 죽음에도 굴복하지 않는다.

여러 해 동안 생각해보니 영국의 철학자가 말한 이 구절과

리지아의 일부 특징에서 먼 연관성을 발견할 수 있었다. 리지아의 생각, 행동, 말에서 강렬함은 거대한 의지가 낳은 결과였거나 적어도 거대한 의지가 존재한다는 조짐이었을 것이다. 우리가 교제했던 오랜 시간 동안, 이러한 의지가 존재했다는 또 다른, 그것보다 더 즉각적인 증거는 없었다. 내가 알고 지냈던 모든 여성 중에서 겉보기에는 가장 침착하고 언제나 차분했던 리지아는 독수리와도 같은 단호한 열정의 가장 맹렬한 포로라고 할 수 있었다. 그 열정이 어느 정도인지 나는 전혀 추정할 수 없었다. 하지만 나를 너무나 기쁘게 하면서도 오싹하게 했던 그 눈이 기적적으로 커지는 것을 볼 때, 낮은 목소리에 담겨 있는 마법 같은 선율과 억양에서 독특함과 고요함을 느낄 때, 리지아가 습관적으로 내뱉던 거친 단어들이 말하던 방식과 대조를 이루어 두 배는 강렬한 에너지를 내뿜을 때 그녀의 열정을 느낄 수 있었다.

리지아의 학식에 대해 앞에서 말한 바 있지만, 그녀는 보통의 여성에게서는 찾아볼 수 없는 굉장한 학식을 갖추고 있었다. 고대 언어에 아주 능통했고, 유럽의 근대 방언에 대해서도 내가 알고 있는 한 그녀가 실수하는 것을 본 일이 없다. 무척 난해하기 때문에 다들 탄복해 마지않는 주제에 관해 이야기할 때에도 리지아는 학문적 박식함을 자랑하며 실수하는 법이 없었다. 내 아내의 이러한 특징이 이토록 늦은 시기에 얼마나 특이하고 격렬하게 내 주의를 사로잡았는가! 리지아는 여성에게서는 찾아볼 수 없는 굉장한 학식을 갖추고 있다고 앞서 말했는데, 남자라도 윤리학, 물리학, 수학의 모든 분야를 리지아처럼 성공적으로 넘나들 수 있는 사람은 없을 것이다. 리지아의 학식이 방대하고 놀랍다는 것을 지금은 정확히 인식하지만 당시에는 알지 못했다.

우리는 결혼 초기 몇 년간 분주히 형이상학 연구에 몰두했다. 나는 형이상학 연구의 혼란스러운 세계를 통해 리지아의 무한한 우위를 깨닫고는 아이 같은 믿음으로 아내의 지도를 받아들였다. 거의 연구되지 않고 잘 알려지지 않은 분야에서 리지아가 내게 몸을 숙였을 때 얼마나 무한한 승리감을, 강렬한 기쁨을, 그리고 이 모든 감정이 천상의 희망임을 느꼈던가. 그때 아직 누구도 발 들이지 않은 길고 멋진 길 위에 기분 좋은 광경이 천천히 펼쳐졌고, 나는 너무나도 신성하고 고귀하기에 금지될 수밖에 없는 지식의 목표를 마침내 넘어버렸는지도 모른다.

몇 년이 지나 굳건한 기대가 스스로 날개를 달고 날아가 버렸을 때 얼마나 슬픔에 사무쳤겠는가! 리지아가 없는 나는 아무것도 모르고 어둠 속을 더듬는 어린아이일 뿐이었다. 그녀의 존재와 학식이 우리가 연구에 몰두했던 초월론의 수많은 불가사의에 선명한 빛을 밝혀주었다. 리지아의 눈에서 눈부신 광택이 사라지면서, 부드럽게 빛나던 황금빛 글자는 크노소스의 납보다도 무뎌져버렸다. 그리고 그녀의 눈이 내가 응시하던 책을 비추는 일은 차츰 줄어들었다.

리지아는 차츰 병색이 짙어졌다. 거친 눈빛은 지나치게 눈부신 광채로 번쩍였다. 파리한 손가락은 무덤의 투명한 밀랍과 같이 창백하고 투명해졌다. 우뚝 솟은 이마에 비치는 푸른 혈관은 온화한 감정의 파도가 일 때마다 맹렬하게 부풀어 오르다

가라앉았다. 나는 리지아가 죽게 되리라는 것을 알았다. 그리고 마음속에서 무시무시한 죽음의 천사 아즈라엘에 필사적으로 대응했다. 놀랍게도 열정적인 내 아내의 대항은 나보다 더 강렬했다. 리지아의 단호한 성향을 보고 그녀에게 죽음은 공포 없이 다가오리라는 믿음이 생겼다. 하지만 그렇지 않았다. 리지아가 죽음의 그림자와 싸울 때의 격렬한 저항은 그 어떤 말로도 적절히 전달할 수가 없다. 나는 그 애처로운 광경에 괴로워하며 신음했다. 아내에게 위로의 말을 건네고 이성적으로 사고하려고 했다. 하지만 절실하게 삶을 갈구하는 리지아에게 위안을 건네거나 이성적으로 사고하려는 시도는 몹시 어리석은 짓이었다. 맹렬한 영혼이 발작적으로 몸부림치던 가운데 마지막 순간이 되자 그녀의 차분했던 자태마저 흐트러졌다. 리지아의 목소리는 점차 조용하고 낮아졌다. 하지만 나는 그녀가 조용히 읊조리는 말들이 어떤 의미인지 깊이 생각하고 싶지 않았다. 그건 인간의 것이 아닌 선율에, 지금껏 인간이 알지 못했던 생각과 열망에 도취된 말이었다. 귀를 기울이자 머릿속이 어지러워졌다.

리지아가 날 사랑했었다는 걸 의심하지 말았어야 했다. 리지아의 마음속에서 사랑은 여느 평범한 열정으로 채워진 것이 아니라는 사실을 나는 더 빨리 깨달았어야만 했다. 하지만 나는 리지아의 죽음을 통해서 비로소 그녀가 가진 애정을 완전하게 느낄 수 있었다. 리지아는 오랜 시간 내 손을 붙잡으며 흘러넘치는 마음을 쏟아냈다. 그 열정적인 사랑은 거의 맹목적 숭배에 가까운 것이었다. 내가 그러한 고백으로 축복받을 만한 자격이 있었던가? 사랑하는 사람이 그런 고백을 하면서 세상을 떠나야 할 정도로 나는 저주받았어야 했던가? 하지만 이 부분에 대해서는 더 이상 설명할 수 없다.

다만 말할 수 있는 것은 리지아가 그야말로 여성스럽게 사랑을 버리고 떠났다는 것이다. 아아, 그 사랑은 전적으로 내가 분에 넘치게 받은 것이었다. 지금은 너무나도 빨리 달아나 버리고 있는, 너무나도 간절히 갈구했던 삶에 대한 열망의 본질이 무엇인지, 나는 마침내 깨닫게 되었다. 그것은 생을 향한 거친 갈망이었고 맹렬한 바람이었다. 다만 나는 이를 묘사할 역량이 없어 그 어떤 말로도 표현할 수가 없다.

리지아가 숨을 거두던 밤, 자정이 되었을 무렵 리지아는 내게 자기 곁으로 오라고 단호히 손짓한 후, 며칠 전에 자기가 지은 어떤 시를 반복해 읽어달라고 말했다. 나는 그녀의 말을 따랐다. 그 시는 다음과 같다.

자! 특별 공연의 밤이다.
외로운 말년에 거행되는 공연!
날개를 단 천사가 한껏 차려입고 모여
베일을 쓰고 눈물을 흘리며
극장에 앉아 공연을 감상한다
희망과 공포의 공연
오케스트라가 변덕스럽게
천국의 음악을 속삭인다

천상의 신의 모습을 한 광대들
낮게 속삭이고 중얼거린다
여기저기 날아다닌다
오고 가는 저들은 그저 꼭두각시일 뿐
수많은 무형의 것들이 명령하는 대로
콘도르의 날개를 퍼덕거린다
보이지 않는 비통함이여!

뒤죽박죽 섞인 연극! 분명
잊히지 않을 것이다!
영원히 쫓기는 환영
붙잡지 못하는 사람들
결코 똑같은 자리로 돌아오지 못하고
원을 그리며 뛰어다닌다
연극의 줄거리는 광기와
죄악과 공포이니

하지만 보아라! 흉내쟁이 무리 가운데
기어 다니는 형체가 침입한다
온몸을 비틀어대는 피처럼 붉은 형체
무대 위의 고독!
죽음의 고통으로 몸부림친다! 온몸을 비틀어댄다!
광대는 녀석의 먹이가 된다
천사는 인간의 피로 가득 찬

해충의 송곳니에 훌쩍인다

불이 꺼진다, 꺼진다, 모두 꺼진다!
떨고 있는 형체들 위로
장막이, 관을 덮는 장막이,
몰아치는 폭풍우와 함께 내려온다
창백하고 파리한 천사들은
떠오르고 베일을 벗으며 단언한다
'인간', 그 연극은 비극이라고
연극의 영웅은 정복자 기생충이라고

"오, 신이시여!"
내가 시의 마지막 구절을 모두 읽자 리지아는 벌떡 일어나 발작적으로 하늘 위로 두 팔을 뻗으며 비명에 가까운 소리를 내질렀다.
"오, 신이시여! 오, 신성한 하느님이시여! 왜 이런 일들이 예외 없이 일어난단 말입니까? 이 정복자는 결코 정복할 수 없단 말입니까? 당신에게 있어 우리 인간은 중요하지 않단 말입니까? 그 누가 열정을 품은 의지의 불가사의함을 알겠습니까? 나약한 의지가 사그라지지 않는 한, 인간은 천사에게 굴복하지 않으며, 죽음에도 굴복하지 않습니다."
이내 감정에 지쳐 기진맥진해진 듯 리지아는 하얀 팔을 떨어뜨리고 죽음의 침대로 침통히 되돌아갔다. 그녀가 마지막 숨을 내쉬면서 낮은 중얼거림이 숨결에 섞여 흘러나왔다. 나는 몸을 숙여 귀를 기울였고, 리지아가 다시 한 번 그랜빌의 마지막 구절을 읊조리고 있음을 알 수 있었다.

"나약한 의지가 사그라지지 않는 한, 인간은 천사에게 굴복하지 않으며, 죽음에도 굴복하지 않는다."

리지아는 죽었다. 슬픔으로 산산이 부서진 나는 더 이상 라인 강 근처의 어둑하고 쇠락한 도시 속 거처에서 고독한 적막을 견뎌낼 수 없었다.

세상이 재산이라고 부르는 것은 내게 부족하지 않았다. 리지아 덕분에 더욱 많은 부를 얻었다. 인간으로 태어나 일반적으로 얻을 수 있는 것보다 훨씬 더 많은 정도였다. 지치고 목적 없는 방황의 세월을 몇 개월 보낸 후, 한 수도원을 사들여 일부를 수리했다. 지명은 말하지 않겠지만 영국에서 가장 발길이 닿지 않고 야생에 가까운 한 지방이었다. 음울하면서도 황량한 건물의 장대함과 야생적이라고 할 수 있는 부지, 그리고 이와 관련된 수많은 우울함과 오래된 기억들은 나를 이토록 동떨어진 비사교적 장소로 몰고 간 버림받은 느낌과 상당히 어울렸다.

수도원 외부는 막 쇠퇴하기 시작하여 거의 손대지 않았다. 유치한 고집과 함께 어쩌면 슬픔을 완화할 수 있으리라는 희미한 희망을 품은 채, 수도원 내부의 장엄한 모습에 굴복해버렸다. 심지어 어린 시절에도 그런 어리석은 취향에 빠져 있었는데, 이제 그 어리석음에 슬픔의 망령이 든 것처럼 내게 다시 돌아왔다. 아아, 화려하고 환상적인 휘장에서, 엄숙한 이집트 조각에서, 거친 처마와 가구에서, 촘촘하게 금색 장식 술이 달린 양탄자의 정신없는 무늬에서 광기가 시작됨을 느낄 수 있었다.

나는 아편의 속박에 얽매인 노예였다. 일과 질서는 꿈의 색으로 물들었다. 이 부조리함에 대해 상세히 말해서는 안 된다. 다만 그 방에 대해서만 말하고자 한다. 정신 착란을 일으킨 순간에, 금발에 푸른 눈을 가진 트레메인 출신의 아가씨 로위나 트리버니언을 잊지 못할 리지아에 이어 내 두 번째 신부로 맞은 저주받은 그 방에 대해서.

그 신혼 방의 건축 양식이나 장식은 세세한 부분까지 아직도 눈앞에 생생하다. 돈에 눈이 멀어 사랑하는 딸을 너무나도 화려한 방의 문턱 너머로 보낸 그 오만한 가족의 영혼은 어디에 있을까? 나는 그 방의 구체적인 부분까지 상세히 기억하고 있다고 앞서 말했다. 하지만 사무치는 순간의 이야기에 대해서는 슬프게도 기억하지 못하며 환상적으로 펼쳐지는 모습 앞에서 그 기억을 붙잡을 체계도 방법도 없었다.

수도원 높은 탑에 자리 잡은 그 방은 오각형 모양으로 꽤 넓었다. 오각형의 남쪽 면은 전면이 창으로 이루어져 있었는데, 유리는 베네치아에서 공수한 것으로 한 곳도 깨지지 않은 상태로 아주 컸다. 납빛을 띠고 있었기에 거대한 창으로 햇빛이나 달빛이 들어오면 방 안의 물체는 섬뜩한 빛을 발했다. 이 거대한 창 위로는 오래된 덩굴 식물이 격자 형태로 감겨 있었는데, 탑의 거대한 벽까지 기어 올라가 있었다. 음울해 보이는 오크 나무로 이루어진 천장은 지나치게 높았고, 아치형이었으며, 아주 거칠고 기괴한 세미 고딕 장식과 세미 드루이드식 장식이 새겨져 있었다. 이 우울한 아치 모양 천장의 중심에는 긴 고리가 달린 금 체인에 금으로 만들어진 커다란 향로가 매달려 있었다. 향로에는 사라센 양식의 무늬가 그려져 있었고 표면에 수많은 구멍이 나 있었는데, 너무나도 부자연스러운 모양이 안팎으로 뒤틀려 있는 것처럼 보였다. 마치 연속적으로 타오르는 여러 색의 불꽃에 뱀의 활력이 부여된 것만 같았다.

동양풍의 쿠션 의자와 금빛 촛대 몇몇 개가 방 이곳저곳에 놓여 있었다. 방 안에는 신부의 의자도 있었는데, 인도풍의 이 의자는 키가 작았고 단단한 흑단 나무를 조각한 것이었으며, 그 위로는 관 덮개 같은 캐노피가 늘어져 있었다. 방의 각 모서리에는 검은 화강암으로 만들어진 거대한 석관이 세로로 놓여 있었다. 이것은 이집트 룩소르에 대항했던 왕들의 무덤에서 가져온 것으로 관 뚜껑에는 고대의 조각들이 가득 새겨져 있었다. 하지만 방 안에 가로놓인 휘장은 방 안에 존재하는 모든 것 중 가장 기이했다.

굉장히 높은, 심지어 불균형할 정도로 높은 벽에는 천장부터 바닥까지 무겁고 거대해 보이는 휘장이 여러 겹으로 걸려 있었다. 휘장의 재질은 바닥에 까는 양탄자, 쿠션 의자의 덮개나 흑단 침대의 침구, 침대 위에 걸린 캐노피, 창을 부분적으로 가리고 있는 소용돌이 무늬의 화려한 커튼에 쓰이는 그런 것이었다. 휘장은 호화로운 금빛 직물로 만들어져 있었다. 휘장 전체에 불규칙한 간격으로 지름 30센티미터 정도의 아라베스크 그림이 그려져 있었고, 칠흑 같은 색의 무늬로 장식되어 있었다. 하지만 이 그림들은 한 가지 각도에서 보았을 때만 진정한 아라베스크의 특징을 나타내고 있었다. 이제는 흔하지만 그 기원은 먼 고대까지 거슬러 올라가는 유서 깊은 방법을 사용하여 휘장의 아라베스크 그림은 다양하게 변화하는 것처럼 보이도록 만들어졌다. 방 안으로 들어가면 그림은 단순히 기괴하게 보였다. 하지만 멀찍이 떨어지면 기괴한 모습은 점차 사라지고 위치를 바꿔 움직이면 노르만족의 미신에서 나오는 끝없이 이어지는 무시무시한 무늬에 둘러싸이게 된다. 인공적으로 끌어들여 휘장 뒤에 계속해서 강력하게 휘몰아치는 바람의 기류로 이 환영 같은 효과가 한껏 강력해졌고 이 때문에 방 전체에는 끔찍하고 불안한 생동감이 감돌았다.

이런 신혼 방에서 나는 트레메인 출신의 아가씨와 죄 많은 결혼 첫 달을 보냈다. 한 달 동안 나는 거의 불안하지 않았다. 아내가 사납도록 변덕스러운 내 성질을 몹시 두려워했으며 나를 피하기만 하고 거의 사랑하지 않는다는 사실을 그저 받아들일 수밖에 없었다. 하지만 나는 다른 어떤 감정보다 오히려 기쁨을 느꼈다. 나는 인간보다는 악마에게나 있을 것 같은 증오로 아내를 혐오했다. 나는 강렬히 후회하며 내가 사랑했던, 위엄 있고 아름다웠던, 지금은 땅속에 묻힌 리지아와 함께했던 시절의 기억으로 되돌아갔다. 나는 순수하고 지혜로우며 천상의 것처럼 고귀한 리지아의 기억에, 열정적이고 맹목적으로 그녀와 사랑했던 기억에 심취했다. 내 영혼은 활활 타오르는 리지아의 영혼보다도 더욱 완전하고 자유롭게 불타고 있었다. 나는 습관적으로 약물이라는 족쇄에 구속되어 있었기에 아편이 주는 환각에 흥분하여 고요한 한밤중에, 또는 비바람이 들이치지 않는 깊숙한 한낮의 협곡에서, 격렬한 열망과 엄숙한 열정과 떠난 이에 대한 강력한 갈망으로 마치 리지아가 나를 버리고 떠난 길로 그녀를 다시 불러낼 수 있을 것처럼 리지아의 이름을 불렀다.

결혼 둘째 달로 접어들면서, 로위나에게 갑작스러운 질병이 닥쳤고 회복 양상은 느렸다. 열 때문에 그녀는 깊고 편히 잘 수 없게 되었다. 불안한 반수면 상태에서 로위나는 작은 탑의 방 주변에서 보고 들리는 움직임과 소리 관해 이야기했다. 나는 이것이 로위나의 병 때문에 생기는 공상이라고 생각했다. 어쩌면 그 방에 엄습한 환경의 영향 때문이거나 그 외에는 어떠한 원인도 없다고 결론지었다. 머지않아 로위나는 회복했고 마침내 건강해졌다. 하지만 얼마 지나지 않아 더욱 심한 상태로 병이 재발해 다시 아내를 고통스럽게 했다.

병이 재발한 후 로위나의 몸은 언제나 허약했고 결코 완전히 회복하지 못했다. 이 시기가 지난 다음 로위나의 질병은 두려운 양상을 띠었고 무서울 정도로 재발했기에 의사들의 지식과 노력은 모두 허사가 되었다. 로위나를 사로잡은, 인간의 수단으로는 고칠 수 없는 만성적 질병이 점차 기세를 떨치자 이에 비례하여 아내는 신경질적이고 사소한 공포에 극히 민감하게 변했다. 로위나는 더욱 빈번하고 끊임없이 사소한 소리에 대해, 그리고 이전에 자신이 넌지시 이야기했던 휘장의 이상한 움직임에 대해 말했다.

9월이 끝나가던 어느 날 밤, 로위나는 내게 이 고통스러운 주제에 대해 평소보다 더욱 주의를 기울이라고 강요했다. 아내는 불안정한 잠에서 막 깨어났고, 나는 반은 염려되는 마음과 반은 어렴풋한 공포심을 가지고 수척해진 얼굴의 움직임을 지켜보고 있었다. 나는 로위나의 흑단 침대 옆 인도풍 쿠션 의자 위에 앉아 있었다. 아내는 몸을 약간 일으켜 낮은 목소리로 진지하게 속삭이며 그녀가 그때 들었던, 하지만 나는 듣지 못했던 소리에 관해 이야기했다. 그녀가 그때 보았던, 하지만 나는 인지하지 못했던 움직임에 관해서도 이야기했다. 휘장 뒤로 바람이 황급히 불어댔고 나는 바람의 불분명한 요동과 벽 위로 나타나는 은근한 움직임은 항상 그렇듯 바람이 불어 생기는 자연스러운 현상일 뿐이라는 사실을 보여주고 싶었다(솔직히 말하면 나는 로위나의 말을 전부 믿을 수가 없었다). 하지만 아내의 얼굴에 퍼진 시체 같은 창백함을 보자 그녀를 안심시키려고 했던 내 노력이 모두 허사였음을 알게 되었다. 로위나는 기절한 것처럼 보였고 가까운 곳에는 아무도 없었다.

나는 의사들이 주문해놓았던 가벼운 와인이 어디에 보관되어 있었는지 기억해내어 서둘러 와인을 가지러 방을 가로질렀다. 하지만 향로 불빛 밑을 지나려고 할 때, 놀랄 만한 두 가지 현상이 내 주의를 사로잡았다. 명백하게 존재하긴 하나 보이지 않는 형체가 내 옆을 살짝 지나가는 것이 느껴졌다. 향로가 내뿜는 그윽한 빛의 한가운데 금빛 카펫 위로 천사 같은 형체의 희미하고 모호한 그림자가 비쳤다. 마치 향로의 그림자라고 생각될 수도 있을 듯했다. 하지만 나는 아편을 과도하게 흡입해 몹시 흥분한 상태였고 이런 것들에 깊은 주의를 기울이지도, 이를 로위나에게 말하지도 않았다.

와인을 찾은 후 방을 다시 가로질러 잔에 와인을 가득 따라 기절해 있는 아내의 입술에 갖다 댔다. 로위나는 겨우 정신을 차려 스스로 잔을 쥐었고 그동안 나는 근처 의자에 앉아 그녀를 빤히 바라보았다. 그때 의자 근처에서 카펫 위를 걷는 부드러운 발소리가 명백히 들렸다. 실제로 본 것인지 혹은 보았다고 상상한 것인지 불분명하지만 그 직후 로위나가 와인 잔을 입술로 들어 올릴 때, 마치 방 안의 보이지 않는 샘으로부터 와인 잔 안으로 눈부신 붉은 액체가 크게 서너 방울 떨어지는 것을 보았다. 나는 그것을 보았지만, 로위나는 보지 못했을 것이다. 로위나는 망설이지 않고 와인을 삼켰다. 나는 로위나에 대한 두려움, 아편, 한밤중의 늦은 시간, 병적으로 활발해진 상상력이 그려낸 것이 분명한 이 현상에 관해 이야기하지 않았다.

하지만 진홍색 액체가 떨어지는 것을 본 직후 로위나의 질병이 급격히 악화되리라는 느낌은 숨길 수 없었다. 그리하여 사흘 뒤 밤, 하인들은 장례를 준비했다. 나흘째 밤에 나는 로위나를 신부로 받아들인 그 환상적인 방에서 수의로 감싼 그녀의 시체 곁에 홀로 앉아 있었다. 아편 때문에 생긴 그림자 같은 환상들이 내 눈앞을 스쳐 지나갔다. 나는 불안한 시선으로 방 모서리에 놓인 석관들, 휘장의 변화하는 모습, 머리 위 향로에서 여러 색의 불꽃이 뒤틀리는 모양을 바라보았다.

그리고 지난번에 일어난 현상을 떠올리며 그림자의 희미한 형체가 보였던 향로 불빛 밑의 공간으로 시선을 떨어뜨렸다. 하지만 더 이상 그림자는 보이지 않았다. 안도의 한숨을 내쉬며 침대 위에 놓인 창백하고 뻣뻣한 시체로 시선을 돌렸다. 그러자 리지아에 대한 수천 가지 기억이 휘몰아쳤다. 이렇게 수의로 완전히 감싼 리지아를 바라보며 느꼈던 말로 표현할 수 없는 비통함이 사납게 폭주하며 마음속으로 되돌아왔다. 밤이 기울고, 나는 여전히 유일하게 깊이 사랑했던 리지아에 대한 고통스러운 생각이 가득한 상태로 로위나의 시체를 계속해서 바라보고 있었다.

어쩌면 자정이었을지도, 그보다 이르거나 늦었을지도 모를 때였다. 시간에 주의를 기울이고 있지 않았기에 정확한 시각은 알 수 없었다. 낮고 부드럽지만 아주 분명한 흐느낌이 몽상에 빠져 있던 나를 깜짝 놀라게 했다. 죽은 이가 누워 있는 흑단 침대에서부터 소리가 들려왔다고 생각했다. 미신적인 공포로 괴로워하며 귀를 기울였지만 소리는 다시 들리지 않았다. 눈을 부릅뜨고 시체에 미동이 있는지 살펴보려 했다. 하지만 어떠한 움직임도 없었다. 하지만 내가 잘못 들었을 리가 없다. 아주 희미하긴 했지만 나는 분명 그 소리를 들었고 그 소리 때문에 정신이 번쩍 들었다. 단호하고 끈질기게 시체에 주의를 기울였다. 몇 분 지나지 않아 불가사의한 상황에 실마리를 던져주는 듯한 현상이 발생했다. 양 볼과 움푹 들어간 눈꺼풀의 작은 정맥에 아주 희미하고 약하며 거의 알아차릴 수 없을 정도의 혈색이 돌아온 것이 확실히 보였다. 인간의 말로는 충분히 표현할 수 없는 공포와 경외감으로 심장은 두근거림을 멈췄고 사지는 앉은 상태 그대로 굳어버렸다. 하지만 마침내 의무감에 떠밀려 침착함을 되찾았다.

장례 준비가 너무 성급했음이 분명했다. 로위나가 살아 있다는 것에 의심할 여지가 없었다. 즉각적인 조치가 필요했다. 하지만 탑은 하인들이 살고 있는 수도원과 동떨어져 있었고 가까운 곳에는 아무도 없었다. 내가 오랫동안 방을 떠나지 않고는 하인을 부를 만한 방법이 없었으며 감히 그렇게 할 수도 없었다. 따라서 떠돌고 있는 병든 영혼을 다시 불러들이기 위해 홀로 고군분투했다. 하지만 잠시 후 상황은 다시 악화되었다. 눈꺼풀과 볼에서 혈색이 사라져 대리석보다 더욱 창백하게 변한 것이다. 입술은 두 배로 오그라들었고 무시무시한 죽음의 기운이 감돌았다. 몸에서 급격히 혐오스러운 끈적거림과 냉기가 감돌았다. 일반적으로 나타나는 죽음의 기운은 한순간에 나타났다. 나는 깜짝 놀라 일어났던 의자에 몸서리를 치며 다시 앉았고 다시금 리지아에 대한 열정적인 공상에 빠져들었다.

한 시간이 지나고 다시 한 번(가능한 일인지 모르겠지만) 침대 근처에서 희미한 소리가 들려왔다. 극심한 공포를 느끼며 귀를 기울였다. 다시 한 번 소리가 들려왔다. 한숨 소리였다. 시체를 향해 달려가자 입술이 떨리는 것이 똑똑히 보였다. 이내 입술이 이완되면서 백옥 같은 치아가 살짝 드러났다. 그때까지 나를 사로잡고 있던 경외심에 더해 이제는 마음속에 놀라움이 피어올랐다. 시야가 흐려지고 이성을 잃은 것 같았다. 의무적으로 해내야 했던 일을 간신히 용기 내어 시도할 수 있었던 것은 오로지 격렬히 노력한 덕분이었다. 이제 이마, 볼, 목이 부분적으로 상기되었다. 감지할 수 있을 듯한 온기가 전신에 감돌았다. 심지어 심장에서 경미한 맥박이 느껴졌다. 로위나는 살아 있었다!

나는 열성적으로 로위나를 살리기 위해 노력했다. 적지 않은 의학 지식과 경험으로 관자놀이와 손을 비벼서 따뜻하게 하고 물로 씻어냈다. 하지만 허사였다. 갑자기 혈색이 사라지고 맥박이 멈췄으며 입술에는 죽음의 느낌이 감돌았다. 그 직후 전신이 얼음장같이 차가워지고 납빛이 돌았으며 극도로 뻣뻣해지고 수척해졌다. 수일 동안 무덤에 묻혀 있던 사람에게 보일 법한 모든 혐오스러운 특징이 나타났다.

나는 다시 리지아에 대한 환상에 빠져들었고, 다시 한 번(이 글을 쓰는 지금까지도 몸서리를 칠 만큼 놀라웠다!) 흑단 침대 근처에서 낮은 흐느낌이 들렸다. 하지만 내가 왜 그날 밤의 말할 수 없는 공포에 대해 이토록 자세하게 이야기해야 할까? 왜 잿빛 여명이 가까워올 때까지 이 끔찍한 소생극이 어떻게 되풀이되었는지, 매번 끔찍한 상황이 반복될 때마다 어떻게 죽음은 더욱 심각하고 구제할 수 없이 악화되었는지, 매번 고통이 반복되면서 어떻게 보이지 않는 적과 싸웠는지, 매번 고군분투한 후 내가 알지 못하는 어떤 거친 변화가 시체에 어떻게 연속해서 나타났는지 몇 번이고 반복해서 이야기해야 할까? 서둘러 이야기를 마무리하겠다.

그 두려운 밤이 거의 기울어가고 죽어 있던 로위나가 다시 한 번, 지금까지보다 더욱 격렬하게 움직였다. 희망이 전혀 없기에 소름 끼치는 죽음에서 각성한 그 움직임은 더욱 격렬했다. 나는 몸부림치거나 움직이지 않은 지 오래되었고 뻣뻣하게 굳은 상태로 의자 위에 앉아 있었다. 격렬한 감정적 소용돌이의 무력한 노예일 뿐이었다. 그중 극심한 경외감이 가장 끔찍하면서도 가장 덜 소모적인 감정이었으리라. 다시 말하지만 시체는 다시 한 번, 지금까지보다 더욱 격렬하게 움직였다. 이전과는 다른 기운으로 얼굴에 생기가 돌았고 사지는 이완되었다. 다만 눈꺼풀은 아직 굳게 닫혀 있었고 관을 감싸던 끈과 덮개가 여전히 시체에 죽음의 특성을 부여하고 있었다. 나는 로위나가 완전히 죽음의 굴레를 따돌렸다고 상상했을지도 모른다. 하지만 심지어 그때까지도 이 생각이 전부 받아들여지지 않았다고 한들, 침대에서 일어나 비틀거리며 미약한 발걸음을 내딛으면서 눈을 감은 상태로 꿈속에서 길을 잃은 사람처럼 수의로 둘러싸인 그것이 과감하고 분명하게 방 한가운데로 걸어오는 것을 보자 더 이상 의심할 수는 없었다.

나는 몸을 떨지도 움직이지도 않았다. 방 안 공기와 걸어오는 형체의 키와 행동거지와 관련하여 형용할 수 없는 수많은 상상이 머릿속으로 황급히 쏟아져 들어와 나를 마비시키고 돌처럼 오싹하게 굳게 해버렸기 때문이다. 나는 움직이지 않고 그 유령을 응시했다. 머릿속에 광적인 난동이, 가라앉힐 수 없는 소란이 일었다. 내 앞에 마주하고 있는 그것은 정말 살아 있는 로위나였을까? 진정 금발에 푸른 눈을 가진 트레메인 출신의 로위나 트리버니언이었을까? 왜, 도대체 왜 의심해야 하는가? 붕대가 입 주변을 힘껏 감싸고 있었지만 그 입은 숨 쉬고 있는 트레메인 출신의 아가씨의 입일 수 있지 않은가? 볼에는 인생의 한창때처럼 장미가 피어 있었다. 그래, 이 볼은 진정 살아 있는 트레메인 출신 아가씨의 하얀 볼일지 모른다. 그리고 저 턱, 마치 건강한 듯 보조개가 있는 저 턱은 로위나의 것이 아닌가? 하지만 로위나가 병든 이후로 키가 더 커졌었던가? 어떤 표현할 수 없는 광기가 나로 하여금 그런 생각을 하도록 사로잡은 것일까?

한 번 뛰어오르자 그녀의 발이 닿았다. 내 손길에 몸을 움츠린 그녀는 머리를 감싸고 있던 섬뜩한 수의를 풀어 내렸고 방안으로 격렬히 흘러 들어오는 공기에 길고 부스스하고 풍성한 머리가 풀어 헤쳐졌다. 머리 색은 한밤중의 까마귀의 날개보다도 검었다! 그리고 내 앞에 서 있던 형체가 천천히 눈을 떴다. 나는 비명을 질렀다.

"이제는 적어도, 결코, 결코 오해일 리가 없어. 짙고 검고 거친 두 눈! 죽은 내 사랑의 눈이야! 리지아의 눈이야!"

적사병 가면

Edgar A. Poe

적사병 가면

오랫동안 '적사병'은 나라 전체를 온전히 비탄에 빠트렸다. 이제까지 어떤 역병도 그토록 치명적이고 무시무시한 적은 없었다. 시뻘건 공포, 피는 적사병의 화신이요 인장印章이었다. 사람들은 극심한 통증과 함께 갑자기 아득해지다가 눈, 코, 입 할 것 없이 온몸의 구멍으로 붉은 피를 쏟아내며 죽어갔다. 무엇보다 피해자의 몸과 얼굴에 드러난 선홍색 반점은 사랑하는 사람들의 연민과 도움조차 돌아서게 하는 역병의 저주였다. 발병과 진행 그리고 죽음까지 30분이면 충분했다.

하지만 프로스페로 대공은 여전히 즐거웠고 태연했으며 현명했다. 영지 내 인구가 반 이상 죽어나가자 그는 궁정에서 건강하고 쾌활한 성격을 지닌 기사와 여인 등을 천 명 가까이 불러들여 이들과 함께 성벽으로 둘러싸인 수도원으로 깊숙이 들어가 은둔 생활을 시작했다. 기이하지만 품위 있는 대공의 감각을 여실히 드러내는 수도원은 웅장하고 아름다운 건축물이었다. 튼튼하고 드높은 성벽이 수도원을 보호하듯 둘러싸고 있었다. 성벽에는 철로 만든 거대한 성문이 있었다. 신하들은 도가니와 커다란 망치를 가지고 가서 철문의 빗장을 용접해버렸다. 전염병에 대한 두려움으로 충동적인 절망이나 광분에 휩싸여 내부에서 혼란이 일더라도 동요하지 않기로 다짐하며 수도원으로 드나드는 길을 봉쇄해버리기로 한 것이다. 식량은 넘치도록 많았다. 만반의 준비가 끝나자 수도원 안에 들어온 사람들은 이제 역병의 감염에도 저항할 수 있을 것 같았다. 수도원 밖 사람들은 스스로 자신의 몸을 책임질 일이었다. 안타까워하고 미안해한들 소용없다는 생각이 들었다. 대공은 수도원 안에서만 지내야 하는 생활을 최대한 즐길 수 있도록 모든 종류의 오락을 제공했다. 어릿광대와 음유 시인을 불러들였고 무희와 악사도 들였다. 미녀와 와인까지 모든 것이 완벽했다. 수도원 안에는 이 모든 준비와 함께 안전이 보장되어 있었다. 이곳에 없는 것은 단 하나, '적사병'뿐이었다.

은신처로 숨어든 지 반년쯤 되던 때였다. 역병이 최고로 미쳐 날뛰며 사방팔방으로 맹위를 떨치던 그날, 프로스페로 대공은 수많은 친구를 위해 지금까지도 앞으로도 볼 수 없을 놀랍도록 기묘하면서 성대한 가장무도회를 열었다.

관능적이면서 사치스러운 광경이 곳곳에 스며들어 있었다. 하지만 다른 것보다도 가장무도회가 열렸던 장소를 짚고 넘어가야겠다. 무도회가 열린 연회장은 방 일곱 개를 하나로 연결한 그야말로 황제의 궁실이었다. 궁정이나 호화로운 저택에는 대부분 있게 마련인 이런 방은 접이식 문을 벽면 양 끝까지 최대한 밀 수 있도록 설계해서 길게 쭉 뻗은, 확 트인 시야를 확보했다. 하지만 대공의 기괴한 취향을 미루어 예상한 대로 이 무도회장은 다른 저택의 연회장과는 전혀 달랐다. 일곱 개의 방은 각각 매우 불규칙하게 배열되어 있어 한눈에 들어오는 전경은 방 하나가 고작이었다. 20~30미터마다 급격히 꺾이며 또 다른 방으로 이어지는데 벽을 돌 때마다 시야에 들어오는 방은 완전히 새로운 분위기를 풍겼다. 방마다 좌우의 벽 한가운데 좁고 기다란 고딕풍의 창을 냈으며 이 두 개의 창은 각 방을 구불구불하게 연결하고 있는 회랑을 마주 보고 있었다. 창의 유리는 다채로운 색깔로 물들인 스테인드글라스였고 각 방을 장식하는 색조와 스테인드글라스의 색은 일치했다.

예컨대 성의 동쪽 끝에 있는 방은 파란색으로 장식되어 있었고 그 방의 창 또한 선명한 파란색이었다. 두 번째 방은 장신구와 벽에 걸린 장식 모두 자주색이었고 창유리 또한 자줏빛이었다. 세 번째 방은 처음부터 끝까지 온통 녹색이었고 창틀마저 녹색이었다. 네 번째 방은 주황색으로 가구와 조명을 일치시켰다. 다섯 번째와 여섯 번째 방은 각각 흰색과 보라색이었다. 일곱 번째 방은 검정에 가까운 벨벳 휘장이 온 천장과 벽에 빽빽하게 걸려 있었고, 바닥에 깔린 같은 소재의 검은색 카펫 위로 주름 잡힌 채 무겁게 늘어져 있었다. 게다가 유독 이 방만은 창과 실내 장식의 색이 일치하지 않았는데 창유리는 흔히 진홍색이라 부르는 짙은 핏빛이었다.

일곱 개 방을 통틀어 등불이나 커다란 촛대가 놓인 방은 단한 군데도 없었고 대신 수많은 금빛 장신구들이 사방으로 빛을 흩뿌리며 방 한가운데 놓여 있거나 천장에 치렁치렁 매달려 있었다. 그러나 각 방의 창문 맞은편 회랑에 묵직한 받침대를 설치하고 그 위에 붉게 타고 있는 화로를 올려놓아 스테인드글라스에 반사된 빛이 방을 눈부시게 비출 수 있도록 설계했다. 그리하여 다채롭고 화려하면서 환상적인 공간이 연출되었다. 하지만 서쪽 끝에 있는 검은 방은 늘어져 있는 휘장 위에 핏빛 창을 통과한 불빛이 일렁이는 짙은 그림자를 만들며 극도로 섬뜩한 분위기를 만들었다. 그뿐만 아니라 방에 들어온 사람의 얼굴에도 무시무시하게 투과되어 수도원 안의 누구도 그 방에 발을 들여놓을 만큼 대담하지 못했다.

흑단으로 만든 거대한 괘종시계가 서쪽 벽에 기대서 있는 곳도 바로 그 방이었다. 시계추는 무겁고 단조롭게 흔들리며 둔탁한 소리를 내다가 분침이 한 바퀴를 휘돌아 정각을 알릴라치면 기다렸다는 듯 놋쇠 허파에서 또렷하면서 크고 깊은 음악적인 소리를 터뜨렸다. 하지만 종소리의 음조나 강세가 지나치게 특이해서 오케스트라의 악사들은 정각이 될 때마다 종소리에 귀를 기울이게 되었고 이 때문에 음악이 순간적으로 정지했다. 춤추던 사람들의 스텝도 부자연스럽게 잦아들었고 무도회장에는 일순간 어색한 침묵이 흘렀다. 시계가 끝내지 못한 종을 끈질기게 울리는 동안, 격렬하게 춤을 추던 이들은 갑작스럽게 동작을 멈추느라 어쩔했고, 비교적 연륜이 있고 침착한 이들은 마치 황망한 생각이나 명상에라도 빠진 듯 이마에 손을 갖다 대었다. 그러나 소리의 여운마저 완전히 사라지면 곧 가벼운 웃음이 여기저기 터져 나왔다. 악사들은 서로 쳐다보면서 자신들의 어리석은 긴장에 머쓱해했고 다음 정각에는 같은 실수를 되풀이하지 말자는 다짐이라도 하듯 미소 지었다. 하지만

60분, 그러니까 3600초의 시간이 쏜살같이 달아나고 나면 또다시 시계는 그 소리를 내며 울렸고 그러면 이전과 마찬가지로 누군가는 당황하고 누군가는 어지러워하고 누군가는 다시 사색에 잠겼다.

하지만 이 정도는 그저 사소한 일화에 불과할 뿐, 활기가 넘치고 짜릿한 최고의 가장무도회였다. 대공의 감각은 그야말로 남달랐다. 그는 색상과 빛의 배합을 보는 안목이 깊었다. 단순히 유행만 따르는 장식은 경멸했다. 대공의 계획은 대담하면서도 강렬했고 그의 발상은 난해한 빛으로 반짝였다. 더러는 대공을 미치광이라고 생각하는 사람도 있었다. 하지만 그를 따르는 추종자들의 생각은 달랐다. 대공이 광적일 정도로 무모한 사람이 아니라는 것을 확인하기 위해서는 가깝게 지내면서 그가 하는 말을 듣고 행동을 지켜볼 필요가 있었다.

대공은 이 대단한 가장무도회를 계획하면서 방 일곱 개를 장식한 이동식 소품을 대부분 직접 지시했다. 가장무도회에 참석한 이들의 분장 또한 대공의 심미안으로 이끌어낸 것이었다. 그들의 모습은 실로 이상하고 괴기스러웠다. 화려하게 번쩍이고 환상적으로 아찔한 복장은 빅토르 위고의 〈에르나니〉에서 많이 볼 수 있던 모습이었다. 날개나 이상한 장신구를 치렁치렁 단 아라비아풍도 있었고 미치광이 복장을 한 무아지경의 망상 같은 분장도 있었다. 아름답게 차려입는 이, 제멋대로 차려입은 이, 괴상하게 차려입은 이도 많았지만 끔찍하고 역겨운 모습을 한 이도 있었다. 기이한 모습을 하고 일곱 개의 방을 이리저리 돌아다니는 장면은 현실이 아닌 환상의 세계라 해도 좋왔다. 꿈결 같은 환영들이 방의 고유한 색조를 띠고 이 방에서 저 방으로 나타났다 사라질 때 오케스트라의 생생한 연주는 마치 그들의 발자국이 남기는 메아리처럼 들렸다.

이윽고 검은 벨벳을 뒤집어쓴 방에 기대서 있던 괘종시계가 종을 울리기 시작했다. 순간 세상은 그대로 멈추고 종소리만이 공간을 가득 채웠다. 환영들은 서 있던 자리에서 그대로 얼어붙었다. 하지만 영원히 끝나지 않을 것 같던 종소리의 여운마저 갑자기 뚝 끊기면 떠나간 시계 소리를 이어 억눌린 듯 가벼운 웃음소리가 여기저기 떠다녔다. 다시 음악 소리는 점점 커지고 환영은 되살아나서 이전보다 훨씬 경쾌하게 이 방에서 저 방으로 몸부림치고 다니며 화로에서 타오르는 불빛이 스테인드글라스를 투과하여 만든 각각의 색조를 묻혀 나왔다.

하지만 일곱 개의 방 중 서쪽 끝에 있는 방에 과감하게 들어가는 이는 없었다. 밤이 깊어가고 있었고 그 방에는 핏빛 창을 통과한 시뻘건 빛이 흐르고 있었기 때문이었다. 시커먼 휘장의 암흑이 더욱 섬뜩했기 때문이었다. 흑색 카펫에 발을 들인 사람에게는 카펫과 휘장에 둘러싸여 울리는 종소리가 멀리 떨어져 있는 방에서 왁자한 환락에 빠진 사람들이 듣는 소리보다 훨씬 더 장엄하게 들리기 때문이었다.

하지만 그 외 다른 방에는 가면을 쓴 사람들로 북적거렸고 살아 숨 쉬는 심장이 열광적으로 고동치고 있었다. 광란의 무도회는 자정을 알리는 시계 종소리가 울리기 시작할 때까지 격렬하게 요동치고 있었다. 바로 그때, 오케스트라 연주는 일순 중단되고 왈츠를 추던 사람들은 동작을 멈추었다. 한 시간 전과 마찬가지로 그들을 둘러싼 세계가 부자연스럽게 정지했다. 이번에는 괘종에 매달린 시계추가 열두 번 부딪혀야 했다. 아마도 더 길어진 시간 동안 환락에 빠져 있던 사람 중 비교적 사려 깊은 이들은 부득이 빠져든 명상 속으로 더 깊이 가라앉았을 것이다. 또 그런 이유로 마지막 종소리의 여운이 온전한 침묵 속으로 사그라지기 전에 모여 있던 사람들은 한 사람 한 사람씩 지금까지 누구도 보지 못했던 낯선 가면의 존재를 알아차릴 여유가 생겼을 것이다. 이 낯선 존재에 대한 웅성거림이 나지막이 퍼져나가다가 마침내 그 자리에 있던 사람 모두 놀라움과 반감을 드러내며 웅성웅성 거리다 끝내는 심한 불쾌감으로 역겨워하고 두려움으로 전율했다.

내가 이미 묘사했던 괴이하고 독특한 환영들의 무리 중에서도 그런 느낌을 자아내는 외모는 없었다. 그날 밤은 복장에 아무런 제한도 없었다. 하지만 그 베일에 싸인 인물은 포악하기로는 헤롯 왕을 능가했고, 대외적으로 형식과 절차를 따지는 법이 결단코 없는 대공에게도 정도를 넘어선 모습이었다. 사막처럼 메마른 무모한 이들의 심장에도 심금은 있기 마련이다. 삶과 죽음을 놓고 똑같이 웃음거리로 여길 만큼 가망 없는 인간에게도 조롱해서는 안 되는 문제가 있기 마련인 법이다. 이제 낯선 가면의 차림새나 태도가 재치 있다거나 적당하다고 생각하는 사람은 아무도 없는 것처럼 보였다. 그자는 키가 매우 크고 몹시 여위었으며 머리부터 발끝까지 온몸을 수의로 감싸고 있었다. 얼굴을 전부 가린 가면은 자세히 살펴봐야 간신히 알아차릴 정도로 뻣뻣하게 굳은 시체의 모습과 거의 흡사했다.

여기까지는 흥청망청 광란의 무도회를 즐기고 있는 무리에게
흔쾌하지야 않겠지만 견디지 못할 정도는 아니었을 것이다. 하
지만 그 무언의 배우는 적사병의 화신을 가장하고 있었다. 온
통 피를 뒤집어쓴 듯한 복장을 하고 있었고, 얼굴의 반을 차지
한 넓은 이마에는 핏빛 공포가 흩뿌려져 있었다.

　마치 자신의 역할에 더욱 몰입하려는 듯 춤추는 사람들 사이
에서 엄숙하고도 느리게 걷고 있는 이 유령 같은 인물에게 프
로스페로 대공의 시선이 꽂혔을 때, 대공이 온몸에 전율을 일
으키는 것이 목격되었다. 대공은 처음에 두려워서인지 역겨워
서인지 모를 감정에 경련을 일으켰지만 즉각 격렬한 분노에 휩
싸여 얼굴이 시뻘겋게 달아올랐다.

　"감히 누구냐! 이따위 건방진 짓거리로 우리를 모욕하고 있
는 놈이 감히 누구란 말이냐? 그놈을 붙잡아 당장 가면을 벗겨
라. 날이 밝는 대로 바로 성벽에 모가지를 걸어 마땅할 놈의 얼
굴을 봐야겠다!"

　대공은 동쪽 끝에 있는 푸른 방에 서서 고함을 쳤다. 대담하
고 강건한 남자답게 우렁차고 뚜렷한 대공의 명령은 일곱 개의
방 사이를 지나며 크고 분명하게 울렸다. 연주는 이미 대공의
손짓에 멈춘 상태였다.

　창백한 얼굴로 대공 옆에 선 한 무리의 신하들과 함께 대공
이 서 있던 곳은 푸른 방이었다. 그의 명령이 떨어진 직후에는
낯선 가면이 있는 방향 쪽으로 가볍게 쏠리는 움직임이 일기도
했다. 가면의 인물은 침착하고 품위 있는 걸음걸이로 대공을
향해 점점 다가갔다. 무모한 억측이 난무하고 이해할 수 없는

두려움에 사로잡힌 사람들은 누구도 앞으로 나서 그를 붙잡으려 하지 않았다. 그리하여 그자는 아무런 방해도 없이 대공과 대공의 추종자들 옆으로 바싹 지나쳐갔다. 어마어마한 무리가 한결같은 공포로 중앙에서 각 방의 벽 쪽으로 본능적으로 움츠러들었고, 가면은 꾸준히 그리고 처음부터 그를 주목하게 했던 근엄하고 자로 잰 듯한 걸음걸이로 푸른 방을 지나 자주색 방으로, 자주색 방을 지나 녹색 방으로, 녹색 방을 지나 주황색 방으로, 다시 그렇게 지나고 지나 하얀색 방으로 또 거기에서 보라색 방으로, 그를 저지하기 위한 단호한 행동이 나타나기 전까지 계속 걷기만 했다.

바로 그때였다. 낯선 가면을 보고 순간적으로 공포에 질린 자신의 비굴함에 수치를 느낌과 동시에 그로 말미암은 분노로 완전히 자제력을 잃은 프로스페로 대공은 여섯 개의 방을 순식간에 내달리고 있었다. 하지만 자신들이 겪고 있는 치명적인 공포 때문에 누구도 그를 따라나서지 못했다. 대공은 단도를 높이 빼 들고 멀어져가는 형상을 가까이에서 빠르고 맹렬하게 추격했다. 검은 방의 가장자리에 다다른 순간, 낯선 가면이 갑자기 획 돌아서면서 대공과 정면으로 얼굴을 맞닥뜨렸다. 그때 날카로운 비명과 함께 번득이는 단도가 칠흑 같은 카펫 위에 떨어졌다. 그리고 곧 프로스페로 대공의 주검이 바닥에 나뒹굴었다. 무도회에 있던 사람들은 너 나 할 것 없이 순식간에 검은 방으로 뛰어들었고 벼랑 끝에 몰린 자들의 초인적인 용기를 그러모아 흑단 시계의 그림자 아래 미동도 없이 똑바로 서 있는 커다란 형상을 붙잡았다. 그들이 거칠게 낚아챈 수의와 시체를 닭은 가면 속은 텅 비어 있었다! 손에 만져지는 것이 아무것도 없음을 깨달은 그들은 말할 수 없는 공포에 질려 그저 숨만 헐떡거렸다.

이제 적사병의 존재가 밝혀졌다. 그는 한밤의 도둑처럼 은밀하게 찾아왔다. 마침내 환락에 빠져 있던 이들은 피로 흥건해진 바로 그 광란의 방으로 하나씩 나가떨어졌고 절망적인 자세 그대로 죽어갔다. 괘종시계의 생명도 한때 쾌락에 빠졌던 마지막 인간과 함께 종말을 고했다. 받침대 위 불꽃 또한 완전히 사그라들었다. 그로써 철저하게 무너져버린 암흑의 세계에서 적사병은 무한한 지배권을 얻게 되었다.

M. 발데마르 사건의 진실

Edgar
A. Poe

M. 발데마르 사건의 진실

나는 M. 발데마르에 대한 기묘한 사건이 논쟁을 불러일으켰다는 사실을 두고 놀라는 척하지 않을 것이다. 나 역시 그런 상황에 부딪혀보지 않았더라면 기적이라고 여겼을 테니 말이다. 사건 관련자들 모두 당분간 또는 조사할 기회가 좀 더 남아 있을 때까지 이 일이 대중에 알려지지 않기를 원했고 알려지지 않도록 노력했으므로, 외려 사건은 왜곡되거나 과장되어 사회로 퍼졌고 불쾌한 오해를 양산해냈다. 이는 자연스럽게 엄청난 불신으로까지 이어졌다.

이제 나 자신이 이해하는 선에서 사건의 진실을 전해야 할 것 같다. 간단히 말하면 진실은 이렇다.

지난 3년 동안 나는 최면술이라는 주제에 대해 끊임없이 관심을 두었다. 그러다가 9개월쯤 전 문득 지금까지 여러 차례 실험을 해오면서 매우 놀랍고 중요한 실험을 빠뜨렸다는 것을 깨달았다. 아직 죽음을 앞둔 사람에게 최면을 걸어본 적이 없었던 것이다. 내게 필요한 관찰 항목 중 첫 번째는 그런 상태에서 환자가 자기磁氣의 영향력에 민감하게 반응하는가다. 두 번째로 민감하게 반응할 경우, 반응 정도는 자기 때문에 약해지는 가 또는 강해지는가였고, 세 번째는 최면에 걸려 완전히 죽지 못하는 상태가 얼마나 오래 유지되는지 알아보는 것이다. 다른 점들도 밝혀내야 하겠지만 이 세 가지 항목이 특히 내 호기심을 크게 자극했고 결과의 중요도로 볼 때 셋 중 특히 마지막 항목이 가장 중요하고 궁금했다.

이 항목들을 실험해보기 위해 누구를 이용할지 주변을 살펴보던 중 친구인 M. 어니스트 발데마르가 떠올랐다. 그는 《법정 문집》의 유명한 편집자이며 이사카르 마르크스라는 필명을 사용해 《발렌슈타인》과 《가르강튀아》의 폴란드어 판을 집필한 작가다. 1839년부터 주로 뉴욕 할렘에서 거주해온 발데마르는 너무 말라서 눈에 띄는 사람이었다. 특히 다리는 새의 다리처럼 깡말랐다. 그리고 까만 머리는 새하얀 구레나룻과 극명한 대조를 이루어 머리가 가발이라는 오해를 자주 받았다. 성격도 꽤 소심해서 최면술 실험에 적합했다.

예전에 했던 두세 차례에 걸친 실험에서 발데마르는 쉽게 최면에 빠져들었지만, 그 밖에 다른 결과들은 내가 그의 독특한 성향을 염두에 두고 품었던 기대에 미치지 못해 실망스러웠다. 발데마르의 의지력은 한 번도 적극적으로 또는 완전하게 내 통제 아래 있던 적이 없었고 통찰력에 관련해서도 아무것도 확실하게 이뤄낼 수 없었다. 나는 항상 이런 실패의 원인을 그의 불안정한 건강 상태로 돌렸다. 우리가 만나기 수개월 전, 발데마르가 만성 폐결핵 진단을 받았기 때문이었다. 그는 이것이 피할 일도 슬퍼할 일도 아니라는 듯 다가오는 죽음을 침착하게 입에 올리곤 했다.

앞에서 언급한 발상이 처음 떠올랐을 때 나는 아주 당연하게 발데마르를 떠올렸다. 그의 확고한 철학을 잘 알고 있었으므로 그가 망설일지도 모른다는 걱정은 하지 않았다. 그리고 뉴욕에는 이 실험에 간섭할 만한 그의 친척이 아무도 없었다. 나는 실험 주제에 대해 솔직하게 털어놓았고 놀랍게도 발데마르는 큰 관심을 보였다. 내가 '놀랍게도'라고 말한 이유는 그가 항상 자유롭게 내 실험에 자신을 맡기긴 했어도 공감을 표시한 적은 한 번도 없었기 때문이다. 발데마르의 병은 죽는 날을 비교적 정확하게 예측할 수 있는 성격의 병이었으므로 우리는 의사들이 사망 시기를 알려주면 그때부터 24시간쯤 전에 나를 부르기로 약속했다.

내가 발데마르에게서 관련된 편지를 받은 지도 이제 7개월이 훌쩍 넘었다.

친애하는 P에게,
이제 와줘야겠네. 의사인 D씨와 F씨는 내가 내일 자정을 넘기지 못할 거라고 했어. 내 생각에도 그들이 시간을 아주 근접하게 맞춘 듯싶네.

발데마르

쓰인 지 30분도 안 되어 쪽지를 전달받은 나는 그 길로 15분여 만에 발데마르의 방에 도착했다. 열흘간 못 보았을 뿐인데도 그 짧은 기간 안에 무섭게 변해버린 친구의 모습에 나는 오싹한 기분이 들었다. 얼굴은 납빛이었다. 눈에서 생기라고는 찾아볼 수 없었고 너무 수척해진 나머지 광대뼈가 두드러지게 불거져 있었다. 목에는 가래가 심하게 끓었으며 맥박도 거의 잡히지 않았다. 그러면서도 어느 정도의 체력과 정신력을 유지하고 있다는 사실이 매우 놀라웠다. 발데마르는 또박또박 말했으며 다른 이의 도움을 받지 않고 통증 완화제를 복용했다. 그리고 내가 방에 들어섰을 때는 침대에 베개를 받힌 채 앉아 수첩에 메모를 적느라 열중하고 있었다. 의사인 D씨와 F씨도 함께였다.

발데마르의 손을 꼭 쥐고 나서 나는 의사들을 한쪽으로 불러 환자의 상태에 대해 자세한 설명을 들었다. 왼쪽 폐는 18개월 동안 뼈 혹은 연골 조직 상태였고 생명 유지를 위해서 어떠한 기능도 하지 못하고 있었다. 오른쪽 폐의 윗부분도 부분적으로 굳어졌고 아랫부분은 화농성 결절들이 서로 뒤엉켜 이루어진 단단한 덩어리에 지나지 않았다. 큰 천공이 몇 군데 있었고 한 지점에서는 늑골에 영구 유착이 발생한 상태였다. 폐의 오른편에 보이는 이런 증상들은 비교적 최근에 생겨난 것이었다. 골화는 비정상적으로 빨리 진행되어 한 달 전만 해도 아무런 조짐이 발견되지 않았었고 유착도 사흘 전에야 관찰되기 시작했다. 폐결핵과 별개로 대동맥류가 있을 것으로 의심이 되었지만 이 지점의 골화 증상 때문에 정확히 진단을 내리기가 어려웠다. 의사 두 명은 모두 발데마르가 일요일 자정쯤에 숨을 거둘 거라는 의견을 냈다. 그때가 토요일 저녁 7시였다.

D씨와 F씨는 나와 이야기를 나누기 위해 침대 곁에서 자리

를 뜨며 발데마르에게 작별 인사를 했다. 다시 돌아올 생각이 없었던 것이다. 하지만 나는 다음 날 오전 10시쯤 환자를 위해 잠깐 들러달라고 요청했고 그들의 승낙을 얻어냈다.

의사들이 가고 나서 나는 발데마르와 함께 다가오고 있는 죽음에 대해, 그리고 무엇보다도 내가 제안한 실험에 대해 솔직하게 이야기했다. 그는 여전히 실험을 하겠다는 의지가 확고했으며, 도저히 견딜 수 없는지 당장에라도 시작하라고 재촉했다. 남녀 간호사가 한 명씩 있었지만 왠지 급박한 사고가 일어날 경우 이 사람들의 증언만으로는 미덥지 못할 것 같아 이런 성격의 일을 이 두 사람만으로 진행할 마음이 선뜻 내키지 않았다. 따라서 나는 나와 안면이 조금 있는 의대생 L씨가 도착하기로 한 내일 아침 8시경까지 작업을 연기했다. 나중에 당황스러운 일이 벌어지더라도 L씨와 함께라면 안심이 될 것 같았다. 원래는 의사들이 올 때까지 기다리고 싶었지만 발데마르가 시작하라고 재촉하는데다 그의 상태가 급속히 악화되는 것을 보니 더 이상 시간을 지체하면 안 되겠다 싶어서 조금 빨리 진행하기로 했다. L씨는 친절하게도 내 부탁을 받아들여 일어나는 일을 모두 기록해주기로 했다. 따라서 지금 내가 말하는 내용은 대부분 그의 메모를 요약했거나 그대로 베낀 것이다.

7시 55분경에 나는 환자의 손을 잡고 현재 상태에서 내가 그를 대상으로 최면 실험을 하는 것에 발데마르 본인이 전적으로 동의하는지, 가능한 분명히 L씨에게 말해달라고 요청했다. 그는 약하긴 해도 충분히 알아들을 수 있는 목소리로 대답했다.

"그래, 동의하네. 너무 늦은 건 아닐까 걱정이군."

발데마르가 이렇게 말하는 동안 나는 그에게 가장 효과적이었던 손동작을 사용하여 최면을 걸기 시작했다. 이마 앞에서 좌우로 손을 움직이자 발데마르는 곧 최면에 빠졌다. 하지만 온갖 수단을 다 써보아도 그 이상 인지할 만한 결과를 끌어낼 수 없었다. 10시가 조금 지나 약속대로 의사 D씨와 F씨가 들렀을 때까지 줄곧 그런 상태였다. 나는 의사들에게 간략하게 내 의도를 설명했다. 그들은 환자가 이미 임종의 고통을 겪고 있다며 실험에 아무런 이의를 제기하지 않았으므로 나는 주저 없이 실험을 진행했다. 이번에는 손동작을 좌우에서 상하로 바꾸었고 환자의 오른쪽 눈을 뚫어지게 응시했다. 그때까지 맥박이 거의 잡히지 않았고 거친 숨결이 30초 간격으로 이어졌다.

　이런 상태는 15분 정도 거의 변화가 없었다. 하지만 이 시기가 지나자 죽어가는 사내는 가슴에서 자연스러우면서도 아주 깊은 한숨을 뱉어냈고 거친 숨결도 사그라졌다. 즉, 더 이상 거친 숨소리가 들리지 않았지만 호흡 간격은 그대로였다. 환자의 손발은 얼음처럼 차가웠다.

　10시 55분에 나는 최면 효과의 뚜렷한 징후를 감지했다. 생기 없이 움직이던 눈이 내면을 들여다보는 듯 불안한 기운을 띤 것이다. 이는 최면에 걸린 경우에만 볼 수 있는, 다른 원인으로는 생각할 수 없는 명백한 징후였다. 나는 손을 몇 차례 좌우로 빠르게 움직여 초기 수면 상태에서처럼 눈꺼풀이 파르르 떨리게 했고 다시 손을 몇 번 더 움직여 눈이 완전히 감기도록 했다. 하지만 이 정도로는 성에 차지 않아 더 격렬하게 최면 동작을 지속했고 의지력을 총동원하여 마침내 편안하게 놓여 있던 환자의 사지를 딱딱하게 굳어지도록 했다. 다리와 팔은 곧게 편 상태로 허리에서 약간 떨어진 위치에 적당히 놓여 있었고 머리는 아주 조금 들려 있었다.

이 작업을 마쳤을 때는 자정이 훌쩍 지나 있었으므로 나는 함께 자리한 의사들에게 발데마르의 상태를 검사해달라고 요청했다. 그들은 몇 가지 검사를 하고 나서 환자가 평소와 달리 완벽한 최면 상태에 있다고 인정했다. 의사 두 명 모두 호기심으로 매우 흥분한 상태였다. D씨는 그 자리에서 밤새 환자 곁에 머물기로 결정했으나 F씨는 새벽에 돌아오기로 약속하고 자리를 떴다. L씨와 간호사들은 남아 있었다.

우리는 발데마르를 그대로 두었다. 새벽 3시쯤 되어 내가 다가가 확인하니 그는 F씨가 나갈 때와 똑같은 상태로 같은 위치에 누워 있었다. 거울을 입술 가까이 대보지 않고는 제대로 알수 없을 정도로 맥박은 미약했고 숨결은 부드러웠다. 두 눈은 자연스럽게 감겨 있었고 팔다리는 대리석처럼 딱딱하고 차가웠다. 그래도 전반적 모습은 전혀 죽은 것처럼 보이지 않았다.

발데마르에게 다가가 내 팔을 그의 몸 위에서 앞뒤로 부드럽게 움직여 그의 오른팔이 내 팔의 지시를 따르도록 가볍게 최면을 걸어보았다. 과거에 발데마르를 대상으로 이런 실험을 했을 때는 한 번도 완벽하게 성공한 적이 없었으므로 이번에도 성공할 거란 기대는 하지 않았다. 하지만 놀랍게도 발데마르의 팔이 비록 힘은 없어도 순순히 내 팔이 지시하는 모든 방향으로 따라 움직였다. 이에 용기를 얻어 나는 대화를 시도해보기로 했다.

"발데마르, 잠들었나?"

발데마르는 대답하지 않았지만 입술 주변에 떨림이 감지되었다. 나는 계속 질문을 되풀이해 보았다. 세 번째로 반복했을 때 그가 약간 떨며 몸을 뒤척였다. 안구의 흰자위가 살짝 보일 정도로 눈꺼풀이 벌어졌고 입술이 천천히 움직이며 그 사이로 알아듣기 어려운 말소리가 속삭이듯 새어 나왔다.

"응, 지금 자고 있네. 깨우지 마! 이대로 죽게 내버려 둬!"

이쯤에서 내가 그의 팔다리를 만져보았더니 매우 심하게 경직되어 있었다. 전과 마찬가지로 오른팔은 내 손이 움직이는 대로 따랐다. 나는 다시 물었다.

"발데마르, 여전히 가슴에 통증이 느껴지나?"

"아프진 않지만 나는 죽어가고 있네."

그 상태에서 친구를 더 혼란스럽게 만드는 것은 바람직하지 않다고 생각한 나는 F씨가 돌아올 때까지 어떤 말이나 행동도 시도하지 않았다. F씨는 해가 뜨기 직전에 와서 환자가 아직 살아 있는 모습을 보고는 놀라움을 감추지 못했다. 맥을 짚어보고 거울을 입술 가까이 대보고 나서, 환자에게 다시 말을 걸어보라고 요청했다. F씨의 요청에 따라 내가 질문했다.

"발데마르, 아직 자고 있나?"

이전과 똑같이 몇 분 후에 대답이 나왔다. 대답이 나오기 전까지 그 죽어가는 사내는 말할 기운을 끌어모으는 것처럼 보였다. 내가 질문을 네 번째 반복했을 때 거의 안 들릴 정도로 아주 약하게 말했다.

"그래, 아직 잠든 채 죽어가고 있지."

가뜩이나 고통에 시달리는 발데마르를 임종할 때까지 지금처럼 평온한 상태로 머물게 두자는 것이 의사들의 희망과도 같은 소견이었다. 그는 수 분 안에 사망할 것이 확실해 보였다. 하지만 나는 한 번 더 발데마르에게 말을 걸어볼 작정으로 단순히 전에 했던 질문을 반복했다.

내가 말을 하는 동안 발데마르의 얼굴에 뚜렷한 변화가 일어났다. 눈동자를 굴리며 천천히 눈을 떴지만 동공은 위쪽으로 넘어가지 않았다. 피부는 창백해서 백지장 같았다. 이제까지 폐병 때문에 양쪽 볼 중앙에 돋아 있던 붉은 반점들이 갑자기 꺼졌다. 내가 꺼졌다고 표현한 이유는 반점들이 갑작스럽게 사라진 현상에서 촛불을 훅 불어 끄는 모습이 연상되었기 때문이다. 이와 동시에 꽉 다물려 있던 윗입술이 이가 보이도록 일그러지더니 아래턱이 툭 하고 떨어지며 입이 크게 벌어져 까맣게 부풀어 오른 혀가 모두의 눈앞에 드러났다. 그때 함께 있던 사람 중 임종의 공포를 접해보지 않은 사람은 없었겠지만, 이 순간 발데마르의 모습은 상상할 수 없을 정도로 끔찍해서 모두 침대에서 뒤로 흠칫 물러서고 말았다.

이제 이 이야기 가운데 독자들이 놀라워서 도저히 믿을 수 없어 할 부분에 이른 것 같다. 어쨌거나 내가 해야 할 일이니 계속하겠다.

발데마르에게서 삶의 징후가 더 이상 보이지 않았으므로 우리는 사망 선고를 하고 그를 간호사들 손에 넘기려 했다. 바로 그때 혀가 강한 진동을 일으키며 움직이는 모습이 보였다. 이 상태가 1분 정도 지속되다 멈추더니 그대로 벌어져 미동도 않는 턱에서 목소리가 나왔다. 인간의 언어로 그 소리를 표현하기란 불가능할 것 같다. 그나마 그럴듯하게 표현해줄 형용사를 두세 가지 찾아 예로 들면, 그 소리는 거칠고 갈라지고 둔탁했다고 할 수 있다. 하지만 여태껏 인간의 귀에 한 번도 들린 적이 없던 생소한 소리여서 그 소름 끼치는 소리를 완벽하게 묘사할 방법은 없다. 어쨌든 섬뜩한 생각을 전하는 데에 잘 어울릴 것 같은 그 소리에 두 가지 특이점이 있다는 생각이 들었고 아직도 그 생각에는 변함이 없다. 첫째, 우리 귀에, 적어도 내 귀에는 목소리가 아주 멀리 또는 땅속 깊이 난 동굴에서 들려오는 것 같았다. 둘째, 정말이지 나도 이해가 안 되지만 그 소리는 젤리처럼 끈적끈적한 물체를 만질 때와 비슷한 느낌이 드는 소리였다.

나는 '소리'와 '목소리' 두 가지 단어를 모두 사용했다. 소리가 놀랍고도 소름 끼칠 정도로 명확한 음절을 지녔기 때문이다. 발데마르는 내가 몇 분 전에 던졌던 질문에 또렷하게 대답했다. 기억하다시피 나는 아직도 잠들어 있는지 물었었다. 발데마르가 대답했다.

"그래. 아니, 잠들어 있었지. 그리고 이제, 이제는, 죽었네."

이 몇 마디만으로도 말문이 막힐 정도의 오싹한 공포가 잘 전달되었으므로 그곳에 있던 사람들은 이를 느끼지 못한 척할 수도, 참아보려 할 수도 없었다. 의대생인 L씨는 까무러치고 말았다. 간호사들은 즉시 방을 나갔고 다시는 돌아올 마음이 없었을 것이다. 그 당시 내 느낌을 독자에게 이해시키려들지 않겠다. 한 시간가량 우리는 어떤 말도 하지 않고 조용히 L씨를 깨우는 일에만 몰두했다. L씨가 깨어나자 우리는 다시 발데마르의 상태를 본격적으로 검사하기 시작했다.

거울에 더 이상 호흡의 증거가 보이지 않는다는 점을 빼고는 모든 면에서 내가 마지막으로 설명했던 상태 그대로였다. 팔에서 피를 뽑아보려 했지만 되지 않았다. 그리고 팔도 더는 내 의지대로 따라오지 않았다. 내 손의 방향을 따라 움직이도록 애써봤지만 허사였다. 이제 실제로 최면술의 영향력을 보여주는 것은 발데마르에게 질문을 던질 때마다 떨리는 혀의 움직임뿐이었다. 그는 대답하려고 노력하는 듯 보였지만 의지력이 더 이상 남아 있지 않았다. 함께 있던 모든 사람을 그와 최면 관계를 맺도록 해보았지만 발데마르는 나를 제외한 다른 사람의 질문은 전혀 알아듣지 못하는 것 같았다. 이것으로 그 시기의 환자 상태를 이해하는 데 필요한 사항들을 모두 이야기한 것 같다. 다른 간호사들을 불러온 뒤에 나는 오전 10시에 두 의사, L씨와 함께 그 집을 떠났다.

오후에 우리는 환자를 보러 다시 발데마르의 집으로 갔다. 그의 상태는 완벽히 그대로였다. 이제 우리는 그를 최면에서 깨우는 것이 적절하고 실현 가능할지에 대해 이야기를 나누었다. 하지만 깨워봤자 좋을 것이 없다는 쪽으로 자연스레 의견이 모였다. 지금까지 죽음이(또는 보통 죽음이라고 불리는 것이) 최면의 과정 탓에 정지되어 있다는 것은 분명했다. 발데마르를 깨우면 그 즉시 또는 빠르게 죽음에 이를 거라는 사실도 확실한 듯했다.

이때부터 지난 주말까지 거의 7개월 동안 우리는 매일 발데마르의 집에 들렀다. 때로는 의학 관련 일을 하는 친구나 다른 친구들과 함께 가기도 했다. 이 기간 내내 발데마르는 내가 마지막으로 설명했던 상태 그대로 머물러 있었다. 간호사들도 계속 주의를 기울였다.

지난 금요일에서야 우리는 마침내 발데마르를 깨우거나 혹은 깨우려는 시도를 해보기로 결정했다. 이 시도로 인해 생길 불행한 결말은 대중들 사이에 열띤 논쟁, 즉 근거 없는 여론이라고 여길 수밖에 없는 과도한 반응을 불러일으켰다.

발데마르의 최면을 풀기 위해 나는 늘 써오던 손동작을 이용했다. 이 동작들은 얼마 동안 아무 효과도 내지 못했다. 소생의 첫 징후로 홍채의 부분적 하강이 일어났다. 눈꺼풀 아래로부터 눈동자가 내려올 때, 심하고 고약한 냄새를 풍기며 많은 양의 누런 고름이 흘러나왔다.

나는 이쯤에서 지금까지처럼 환자의 팔에 영향을 미칠 수 있는지 시험해보겠다고 제안했다. 하지만 시도는 실패로 끝났다. F씨가 질문을 던져보라고 넌지시 내게 말했다. 나는 다음과 같이 물었다.

"발데마르, 지금 자네가 무엇을 느끼는지 혹은 바라는지 얘기해줄 수 있겠나?"

그 즉시 양 볼에 붉은 반점들이 다시 돋아났고 턱과 입술이 전과 다름없이 굳어 있는데도 불구하고 혀는 입속에서 격렬하게 진동하고 있었고 안으로 말리는 듯 보이기도 했다. 그러다가 마침내 앞서 설명했던 바로 그 소름 끼치는 목소리가 터져 나왔다.

"맙소사! 서둘러, 서두르라고! 날 잠자게 두던가 아니면 얼른 깨우게. 빨리! 내가 죽었다고 말하는 거 안 들리나!"

나는 완전히 넋이 나가 잠시 무엇을 해야 할지 모른 채 멍하니 있었다. 일단은 발데마르를 진정시키려고 해보았다. 하지만 의지력이 전혀 없는 상태에서는 그를 억지로 진정시키기란 불가능했다. 나는 최면의 단계를 되짚어가며 발데마르가 깨어날 수 있도록 진지한 노력을 기울였다. 그리고 이 시도가 성공할 거라는, 적어도 성공이 바로 눈앞에 있다는 직감이 들었다. 따라서 나는 방에 있는 모든 사람이 발데마르가 깨어나는 장면을 목격할 준비가 되었는지 확인했다.

하지만 실제로 벌어진 일에 대해서는 세상 누구라도 마음의 준비를 할 수 없었을 것이다.

발데마르의 입술이 아닌 혀에서 "죽었어! 죽었다고!"라는 외침이 쏟아지는 가운데 내가 재빨리 손동작을 취하자 즉시, 1분도 채 안 걸려서 발데마르의 몸 전체가 줄어들며 가루가 되더니 완전히 썩어 내 손 아래로 떨어졌다. 모든 사람이 지켜보는 가운데 침대 위에는 묽은 덩어리 하나가 심한 악취를 풍기며 덩그러니 놓여 있었다.

윌리엄 윌슨

Edgar
A. Poe

윌리엄 윌슨

무어라고 부를쏘냐? 내 앞을 가로막고 선 유령 같은 그놈을,

허접한 양심이라 부르기라도 할 테냐?

— 체임버레인, 《패로니다》

일단 내 이름을 윌리엄 윌슨이라고 해두자. 눈앞에 놓인 이 순백의 종이를 굳이 나를 드러내는 이름으로 더럽힐 필요가 있을까. 이미 우리 집안에서 내 이름은 충분히 경악과 경멸과 혐오를 자아내는 대상이다. 성난 바람이 불어 비견할 데 없는 더러운 이름을 세상 깊숙한 곳까지 전하지 않았던가?

오, 버려진 자여! 비참하게 내동댕이쳐진 추방자여! 그대, 이 세상에서 영원히 사라지지 않았던가? 명예가 있는가, 영광이 있는가, 금빛 찬란한 소망이 있는가? 그대의 희망과 천국 사이에는 암울한 먹구름만이 끝없이 자욱하게 펼쳐진 사실을 모른단 말인가?

가능하다면 말할 수 없이 고통스러웠던 지난 몇 년간의 기억과 결코 용서받을 수 없는 범죄를 오늘 이 자리에서 구체적으

로 기록하지는 않으려고 한다. 최근 몇 년 동안 순식간에 그 많은 범죄 행각을 일삼게 된 동기에 대해서만 밝히려는 것이 이 글의 목적이다. 살다 보면 조금씩 세월에 때가 묻게 되고 차츰 허물도 늘기 마련이다. 하지만 내 경우에는 선한 의지 전부가 한순간에 물거품처럼 사라져버렸다. 그저 짓궂은 장난에서 시작된 잘못이 거인처럼 성큼성큼 자라나 급기야 놀이 삼아 살인도 서슴지 않던 엘라가발루스(로마 제국 23대 황제. 괴팍한 행동과 장난으로 유명함 – 옮긴이)보다 더한 범죄로 커져갔다. 무슨 이유로 어떻게 이 악마와도 같은 죄악을 불러들인 사건이 시작되었는지 앞으로 이야기를 풀어가는 동안 함께 들어주었으면 한다.

죽음이 서서히 다가오고 있다. 죽음을 앞질러온 그림자가 내 영혼을 부드럽게 감싸 안는다. 암울한 골짜기를 지나는 동안의 내 처지를 이해해주기를 간절하게 바란다. 아, 동정해달라고 할 뻔했다. 나도 어느 정도는 인간이 통제할 수 없는 상황에서 맥없이 끌려가고 있었다는 것을 믿어주었으면 좋겠다. 지금부터 들려주는 내막을 듣고 모래알 같은 죄악의 사막 한가운데서 내가 얼마나 숙명을 피할 수 없는 존재였는지 작은 오아시스를 찾아내 주기 바란다. 다른 사람에게 도저히 견뎌내기 어려울 만큼 크게 미혹되는 순간이 있었다고 한들 내가 겪은 경우와는 결코 같은 수 없을 것이므로 적어도 그들이 마주한 그 정도 상황에서는 나처럼 속수무책으로 나락을 향해 떨어지지 않았으리라. 과연 누가 그런 고통을 겪었을 것인가! 나는 어쩌면 꿈속에서 헤매고 다녔던 것은 아닌가? 그리하여 이 세상에서는 결코 해결

할 수 없는 의문 속에서 죽어가는 공포의 제물일 리는 없는가?

우리 집안은 대대로 상상력이 풍부하고 작은 일에도 쉽게 흥분하는 성격으로 잘 알려졌다. 나 또한 아주 어렸을 적부터 유전적으로 물려받은 기질이 다분히 나타났다. 해가 거듭될수록 다혈질 성향은 점점 더 심해져 친구들이 불안해할 정도였고 때로는 나 자신에게 위험을 초래하는 경우도 많았다. 변덕을 부리기 일쑤였고 통제할 수 없는 분노의 먹잇감이 되어 독불장군으로 자랐다. 집안 내력과도 같은 성격이었으므로 부모님도 예외는 아니었지만 그들은 심약하기까지 해서 내 거친 기질을 제대로 보살피지 못했다. 가정 교육은 흐지부지됐고 오히려 역효과만 가져와 나는 더욱 기세등등해졌다. 내 말이 곧 법이 되는 분위기였다. 대부분의 아이가 부모가 이끄는 대로 자랄 나이에 나는 하고 싶은 대로 했고 실제로 누구의 통제도 받지 않았다.

처음으로 학교에 다닐 때의 기억은 안개처럼 희미한 잉글랜드의 한 마을에서 시작된다. 학교로 쓰인 저택은 웅장하고 실내 구조가 복잡했던 엘리자베스 양식의 건축물이었고 마을에는 온통 고색창연한 저택과 울퉁불퉁 비틀린 거대한 고목이 즐비했다. 꿈에서나 봤음 직한 아름다운 곳으로 영혼을 맑게 해줄 것만 같은 아름답고 유서 깊은 마을이었다. 지금도 그 시절을 떠올릴 때면 길가에 늘어선 고목의 짙은 그늘 밑 기분 좋은 선선함과 수천 그루의 관목림이 뿜어내는 향기를 느낄 수 있다. 정각이면 어김없이 어스름한 대기의 고요를 무심히 깨며 깊고 공허하게 울리던, 첨탑 끝에 아슬아슬 매달려 잠든 교회 종소리가 들리는 듯하여 형용할 수 없는 기쁨으로 온몸이 떨린다.

학교에 관련된 크고 작은 기억을 떠올리는 이 순간은 지금 내가 처한 상황이 어떠하건 잠시나마 행복이 밀려든다. 아, 비참하게 일그러진 모습으로 장황하게 주절대던 하찮은 기억 속에서 일시적이나마 작은 위안을 찾는 나를 용서해주기 바란다. 게다가 이 기억들은 한갓 조롱거리밖에 되지 않을 만큼 사소할지 몰라도 이후 나를 완전히 옭아맨 운명이 시작된 시점과 장소를 처음으로 어렴풋하게나마 인식하게 하면서 내게 전혀 생각지도 못했던 중요성을 던져주었다. 그러니 기억을 더듬어보기로 한다.

　앞에서도 말했다시피 학교로 쓰였던 저택은 구조가 몹시 특이하고 매우 오래된 건축물이었다. 드넓은 대지 위에 전체적으로 깨진 유리를 섞은 회반죽을 단단한 벽돌에 덧발라 높게 쌓아 올린 성벽으로 둘러진 건물이었다. 마치 감옥 같은 이 성벽이 우리 영토의 경계선이었다. 성벽 너머 세상은 일주일에 단 세 번밖에 볼 수 없었는데, 매주 토요일 오후 지도 교사 두 명과 함께 근처 들판을 산책 삼아 잠깐 다녀올 때와 마을에 단 하나밖에 없던 교회로 일요일 아침과 저녁 두 차례 전교생이 행렬을 이루어 예배하러 갈 때였다. 우리 학교의 교장이 이 교회의 목사였다. 엄숙하고 느린 걸음으로 연단을 오르는 그를 멀리 떨어진 신도석에 앉아서 바라볼 때의 그 놀랍고 혼란스러운 심정이란! 온화함이 넘쳐흐르는 점잖은 얼굴에 곱게 분을 바르고 커다랗고 뻣뻣한 가발을 쓴 채 화려한 사제복을 끌며 걷고 있는 그가 과연 얼굴에 온갖 인상을 쓰고 손에는 몽둥이를 든 채 우중충한 제복 차림으로 엄격한 규율을 강조하던 교장과 어떻게 동일 인물일 수 있단 말인가? 아무리 생각해도 도저히 답을 찾아낼 수 없는 위대한 모순이지 않던가!

육중한 벽 모퉁이에는 더 육중하게 생긴 문이 험상궂게 서 있었다. 문은 커다란 강철 나사못으로 고정되어 있었고 날카로운 못이 담장 위로 삐죽삐죽 튀어나와 있었다. 그 얼마나 강렬하고도 무시무시한 존재로 우리 뇌리에 박혔던가. 이미 말했듯이 그 문은 정기적으로 허락된 외출 세 번 외에는 결코 열리는 법이 없었고 문이 여닫힐 때마다 경첩에서 상상을 초월할 정도의 엄청나게 큰 소리가 났다. 어떻게 그런 소리가 날 수 있는지 어린 우리는 진지한 표정을 하고 수군대거나 더욱더 골똘히 고민에 빠지곤 했다.

거대한 성벽 안은 형태가 일정하지 않은 널찍한 공터가 많았다. 서너 군데가 넘는 공터 중에서 가장 넓은 곳이 운동장으로 쓰였는데 단단하고 고운 자갈이 반반하게 깔렸고 나무 그늘이나 벤치처럼 잠시 앉아서 쉴 만한 공간은 없었던 기억이 난다. 운동장은 당연히 건물 뒤편에 있었다. 저택 앞쪽에는 회양목과 관목들을 정성 들여 가꾼 화단이 있었지만 이 성스러운 구역은 우리가 처음 학교에 도착한 날과 마지막으로 떠나는 날, 그리고 부모님이나 친구가 방문하는 날, 크리스마스나 여름 방학을 맞아 신나게 귀가하는 날이나 되어야 우리에게 겨우 허용되는 곳이었다.

하지만 학교는 얼마나 신비롭고 고풍스러운 건축물이던지! 내게는 진정 마법에 걸린 궁전 같은 곳이었다. 본건물에 좌우로 비스듬히 덧댄 부속 건물과 복잡하기 이를 데 없이 세분화

된 구역들은 말 그대로 끝이 없었다. 때로는 2층 건물 중 어느 층에 있는지조차 정확하게 말하기 어려운 때도 있었다. 각 교실에서 다른 교실로 가기 위해서는 계단 서너 개를 오르내려야만 찾을 수 있었고 그러다 또 옆으로 갈라져 늘어선 교실이 상상할 수 없을 만큼 많아서 걷다 보면 제자리로 돌아와 있기 일쑤였다. 우리에게는 그 건물이 영원히 끝을 알 수 없는 우주와도 같은 곳이었다. 학교에서 5년이나 지내는 동안 나는 스무 명쯤 되던 급우들이 잠을 자던 기숙사 방이 내 방에서 얼마나 떨어져 있는지 정확하게 알지 못했다.

교실은 그 건물에서 가장 큰 방이었다. 사실 당시에는 이 세상에서 가장 넓은 방처럼 느껴졌다. 뾰족한 고딕 양식 창이 달린 좁고 긴 방으로 오크 나무로 된 천장이 매우 낮아서 음침한 분위기마저 감돌았다. 교실에서 멀리 떨어진 구석에는 가로세로 대략 3미터쯤 되는 정사각형의 방이 공포를 자아내고 있었는데 그곳은 업무 시간 동안 교장 선생님이던 브랜스비 목사의 내실로 쓰였다. 마치 철옹성 같은 육중한 문이 달린 방으로 꼰대가 잠시 자리를 옮기느라 문이라도 열라치면 우리는 그 안을 들여다보기 위해 무슨 짓이라도 할 수 있을 것만 같았다.

다른 양쪽 모서리에도 구조가 비슷한 방이 둘 있었는데 교장실만큼은 아니어도 우리는 그 내부가 몹시 궁금했지만 한편으론 두렵기도 했다. 그중 한 곳은 영어였는지 수학이었는지 아무튼 고전 과목을 가르치던 선생님의 방이었다. 교실에는 세월의 흔적이 역력한 시커먼 의자와 책상들이 이리저리 아무렇게나 끝없이 놓여 있었으며, 칼끝으로 도려내어 새긴 머리글자만

딴 문자에서부터 이름 전부, 기괴한 문양과 다양한 낙서의 흔적들이 긴 세월을 지나오는 동안 처음 모양을 완전히 잃어버린 채 난무했고 켜켜이 쌓아놓은 책은 쏟아지기 일보 직전이었다. 물이 담긴 커다란 양동이가 교실 한쪽 끝에 놓여 있었고 엄청나게 큰 시계가 또 다른 구석에 서 있었다.

이 육중한 담으로 에워싸인 유서 깊은 학교에서 지루하다거나 싫다는 느낌 없이 열 살부터 열다섯 살까지 묵묵히 지냈다. 그저 유쾌함으로 가득한 유년의 뇌는 즐겁게 해주기 위해 굳이 외부 세계에서 추가로 자극을 줄 필요가 없는 법이다. 황량하고 단조로워 보일지도 모르는 학교생활은 더 나이가 든 청년 시절의 사치나 성인 시절의 범죄에서 갈구했던 어떤 것보다 훨씬 더 신나고 재미있는 일로 가득했다. 그곳에서 처음으로 정신적인 성장을 경험하는 동안 나는 많은 부분에서 평범하지 못했고 심지어 기이하기까지 했던 것이 분명하다.

대다수 사람은 아주 어린 시절 꽤 대단했던 사건이라도 성인이 된 이후에는 선명하게 기억하는 경우가 거의 없다. 정리되지 못한 아스라한 기억 모두 희뿌연 그림자 속에서 막연하게 즐거운 모습이거나 혹은 환영 같은 고통을 겪는 모습으로 흐릿하게 그려질 뿐이다. 하지만 나는 달랐다. 카르타고 메달 뒷면에 견고하게 깊이 새겨진 날짜만큼이나 아직도 생생하게 기억하고 있다. 이런 점으로 미루어보아 그 시절 나는 분명히 성인 남자만 한 활력으로 그 모든 일을 느꼈다고 여겨진다.

그러나 사실, 그 오랜 세월 동안 우리가 한 수많은 일을 돌이켜볼 때 기억에 남아 있는 것은 얼마나 보잘것없는지! 아침 기상과 저녁 취침, 정기적인 반쪽 휴일과 견학, 장난치며 뛰어놀던 운동장. 오래전 잃어버렸던 기억들을 하나둘 마술처럼 끄집어내고 보니 묵혀두었던 감각과 크고 작은 사건들, 우주만큼이나 다양한 감정과 최고로 열정적이고 활기 넘치던 정신력이 그 세상 안에 있었다.

"아, 옛날이여! 철기 시대만큼이나 오랜 추억이여!"

매사 열의가 넘치고 혈기왕성하며 오만하기까지 했던 나는 입학하자마자 급우들 사이에서 금세 두각을 나타냈다. 서서히, 그러나 매우 자연스럽게 또래를 비롯한 모든 학생 위에 군림했다. 나를 인정하지 않은 단 한 사람의 예외가 있었는데 친척도 아니면서 나와 성과 이름이 같은 한 동급생이었다. 사실 이는 그다지 특이하다 할 수 없는 상황으로, 귀족 집안의 후손이었지만 내 이름은 아득한 옛날부터 관례에 따라 마치 군중의 사유 재산이라도 되는 양 너 나 할 것 없이 가져다 쓴 이름이었다. 이 글을 쓰기 시작할 때 나를 윌리엄 윌슨이라 부르기로 한 것은 이 가명 또한 내 본명만큼이나 흔하디흔한 이름이었기 때문이다.

'패거리'로 불리었던 나의 동급생 중에서 나와 동명이인이었던 그 녀석만이 유일하게 수업 시간이나 체육 시간 혹은 운동장에서 나와 경쟁하려들었고, 내 주장에 은근히 불신을 내비쳤으며 명령에 복종하지 않았다. 정말이지 무슨 일이건 사사건건 내가 하는 일에 훼방을 놓고 다니는 녀석이었다. 만약 이 지구에 완전무결한 폭정이 존재한다면 그것은 바로 남자아이들이 자기보다 힘이 약한 또래 위에서 군림하며 대장 노릇을 하는 폭정이지 않겠는가.

나를 가장 당황하게 하는 것은 단연 윌슨의 저항이었다. 친구들 앞에서는 잘난 체하는 녀석의 태도를 대수롭지 않은 듯 호기로이 굴었지만 내심 녀석이 두려웠다. 그렇게 쉽게 나와 동등하게 구는 것은 실질적으로 녀석이 나보다 더 우세한 증거라고밖에 생각할 수 없었기에 녀석에게 지지 않으려면 부단히 애쓰는 수밖에 없었다. 그러나 동등해 보일지는 모르지만 실제로 녀석이 나보다 훨씬 우월하다는 사실은 나 말고는 아무도 눈치채지 못했다. 맹목적으로 나를 따르던 패거리들은 의심조차 못 하는 것 같았다. 대들고 도전하고 무엇보다 주제넘게 간섭하면서 건건이 방해했지만 그 태도가 신랄하지 않고 은근해서 쉽게 드러나지 않았기 때문일 것이다. 나를 이기겠다는 강렬한 열정이나 이를 충동질하는 의욕도 없어 보였다. 단지 나를 놀라게 하거나 굴욕감을 주고 좌절시키겠다는 엉뚱한 열정만으로 내게 맞서는 것 같았다. 때때로 나는 녀석이 주는 상처와 모욕 속에 비치는, 내게는 두말할 나위 없이 달갑지 않은 애정 어린 태도가 너무나도 부적절하게 뒤섞여 있는 것을 보며 몹시 불쾌하고 굴욕감을 느꼈다. 그리고 한편으로는 그 이유가 궁금했다. 이해할 수 없는 놈의 태도에 대해서, 나를 감싸주고 보호해주는 척하면서 고도로 천박한 허영심을 채우는 심리일 거라고 짐작할 따름이었다.

나를 보호하는 듯한 녀석의 태도와 같은 이름, 우연히도 같은 날 학교에 들어온 것이 결부되어 선배들 사이에서 우리가 형제라는 말이 나돌았다. 선배들이란 후배들의 신상을 함부로 말하면서도 신중하게 조사하고 다니지는 않는다. 아까도 언급했지만 그것은 반드시 밝히고 넘어가야 하는 사실로, 나와 윌 슨은 절대 피 한 방울 섞이지 않은 남남이다. 하지만 만약 우리 가 형제였다면 틀림없이 쌍둥이가 아니었을까 생각한다. 그 학 교를 떠난 뒤 우연히 알게 된 사실이지만 나와 동명이인이었던 윌슨도 1813년 1월 19일생이었고 이건 정말 기가 막힌 우연 이라고밖에 할 수 없었다. 왜냐하면 그날은 정확히 내가 태어 난 날이기 때문이다.

윌슨과의 경쟁으로 나는 항상 불안했고 녀석의 모순투성이 성격에 못 견뎌 했지만 녀석을 전적으로 미워할 수 없었던 것 은 참으로 이상한 일이었다. 우리는 거의 매일 싸우다시피 했 다. 친구들 앞에서는 언제나 내게 승리의 월계관을 씌우며 굴 복하는 것처럼 보여도 결국 진정으로 승리한 사람은 바로 자신 이라는 느낌이 들게끔 만들었다. 하지만 윌슨의 기품 있는 됨 됨이 덕분에 나는 자존심을 지켜낼 수 있었고 우리는 '말은 하 고 지내는 사이'로 남았다. 윌슨과 나는 상당히 비슷한 성격을 가지고 있었지만 언제나 둘의 위치가 대립하고 있다는 생각을 했고, 그런 생각이 우리 사이의 감정을 우정으로 발전하지 못 하게 했다. 사실 그를 향한 내 진심이 어떤 것인지 묘사하기도 정의하기도 어렵다. 복잡한 속마음이 잡다하게 뒤섞인 감정이 라고나 할까. 증오까지는 아니라지만 뒤틀린 반감도 있었고, 녀석의 인품에 감탄하고 존중하면서도 일종의 두려움도 갖고 있었고, 동시에 녀석에 대한 알 수 없는 호기심도 공존했다. 도 덕주의자의 눈에 우리 두 사람은 두말할 것도 없이 떼려야 뗄 수 없는 동반자로 보였을 것이다.

내가 은밀하게든 만인이 보는 앞에서든 빈번하게 녀석을 괴롭히는 형태가 작정하고 적의를 품은 심각한 것이 아니라, 단순히 재미로 골리는 척하면서 고통을 주는 야유나 짓궂은 장난에 그친 것은 우리 사이에 존재하는 특이한 상황 때문이었다. 녀석을 골탕 먹이려는 내 노력들은 제아무리 재기 넘치는 계획을 세워도 번번이 실패로 돌아갔다. 나와 이름이 같았던 녀석은 잘난 체하는 법이 없었고 스스로에게 엄격해서 신랄한 농담은 즐겼지만 정작 자기 자신이 조롱거리가 될 만한 아킬레스건은 가지고 있지 않았다. 유일한 취약점이라고는 신체적인 특성에 따른 체질적인 약점으로 보였는데 그것은 녀석의 발성 기관이 약해 나지막이 속삭이듯 말하는 것 이상으로 크게 말을 할수 없다는 것이었다. 사실 흠을 잡으려고 혈안이 된 나 같은 사람이 아니라면 단점이라고 부를 수도 없는 것이었다. 하지만 비록 사소하다 해도 이런 약점을 등한시할 내가 아니었다.

윌슨의 보복 또한 다양했다. 그가 주로 하는 장난은 나를 대단히 성마르게 했다. 내가 그 사소한 문제를 견딜 수 없이 성가셔한다는 사실을 어떻게 처음 알게 되었는지 녀석의 눈썰미에 혀를 내두를 지경이었다. 어쨌든 윌슨은 나의 약점을 알아냈고 으레 나를 약 올릴 때면 여지없이 써먹었다. 나는 귀족적이지 못한 내 성과 서민적이다 못해 흔해빠진 이름에 혐오감을 느끼고 있었다. 내 성과 이름은 내게 독약과도 같았다. 내가 학교에 입학한 바로 그날, 두 번째 윌리엄 윌슨이 학교에 도착했을 때 녀석이 내 이름을 쓰고 있어 화가 났고 그 이름에 대한 혐오감도 두 배로 커졌다. 녀석 때문에 끔찍한 이름이 두 배로 불릴 테고, 녀석은 눈앞에서 끊임없이 알짱댈 테고, 그 혐오스러운 우연의 일치 때문에 학교 업무의 일반적인 과정에서 녀석에 관련한 일들이 불가피하게 내 것과 자주 혼동을 일으킬 것이 뻔했기 때문이었다.

그렇게 시작된 짜증은 나와 내 경쟁자가 이름만 같은 것이 아니라 외모에 이어 성격까지 비슷하다는 사실이 하나씩 밝혀질 때마다 점점 더 심해졌다. 그때까지만 해도 우리가 생년월일까지 똑같다는 어이없는 사실까지는 모를 때였지만 키도 같고 체형이나 이목구비가 신기할 정도로 닮았다는 것을 인정하지 않을 수 없었다. 하지만 선배들 사이에서 나돌고 있는 우리가 형제라는 소문에 울화통이 치밀기는 마찬가지였다. 마치 전혀 신경 쓰지 않는 양 교묘하게 본심을 감추고는 있었지만 성격이든 외모든 환경이든 간에 우리 사이에 존재하는 공통점보다 나를 더 화나게 하는 건 이 세상에 존재하지 않았다. 사실 내 모습과 거의 흡사한 윌슨이 내 눈앞에 있고, 형제 운운하는 소문만 나돌지 않았다면 학우들 사이에서 우리 둘을 유난히 눈여겨본다거나 쑥덕공론의 소재로 쓸 근거는 없었다. 녀석도 모든 분위기를 눈치채고 있었고 나 못지않게 신경 쓰고 있는 것처럼 보였다. 하지만 오히려 그런 상황을 이용해 내 화를 돋워 골탕 먹일 풍부한 소재로 삼았다는 것은 이미 말했던 예사롭지 않은 통찰력의 결과로 여겨질 뿐이다.

내 말과 행동을 완벽하게 흉내 내는 것이 윌슨이 나를 약 올릴 때 주로 사용하는 방법으로 나도 입이 쩍 벌어질 만큼 똑같았다. 옷차림을 따라 하는 것이야 어렵지 않았을 것이다. 하지만 걸음걸이라든지 일반적인 행동거지도 쉽사리 따라 했고 심지어 신체적인 결함에도 불구하고 내 목소리조차 녀석의 마수에서 벗어나지 못했다. 당연히 큰 음성이야 어찌해볼 도리가 없었지만 어조는 완벽히 똑같아서 녀석의 독특한 속삭임이 정확히 내 말의 메아리가 되었다.

　단순히 캐리커처라는 말로는 도저히 그 정교한 솜씨를 부각시킬 수가 없었다. 매우 예리한 초상화법이라 할 수준의 절묘한 모방이 얼마나 나를 괴롭혔는지는 이루 다 말로 할 수 없을 지경이었다. 사실 윌슨이 흉내 내는 것에 촉각을 곤두세우고 있는 사람은 오로지 나 혼자뿐이라는 사실과 의미심장하게 빈정거리는 녀석의 미소를 혼자서만 고스란히 견뎌내면 그만이었던 것이 유일한 위로였다면 위로가 될 수도 있었다. 내가 괴로워하는 모습에 흡족해하며 은밀하게 키득거리는 것처럼 보였지만 자신의 재치 있는 노력이 성공을 거둔 것에 친구들이 보낼지도 모를 박수갈채에는 심드렁해 보였다. 어떻게 패거리들이 내가 불안에 떨며 녀석의 장난을 받아내는 몇 달 동안 알아차리지도 못하고, 기막히게 성공했다는 것도 인식하지 못하며, 그뿐 아니라 어울려 조롱하지도 않았는지 영영 풀지 못한 수수께끼였다. 아마도 흉내 내기가 서서히 이루어졌기 때문에 남들이 쉽사리 눈치채지 못했을 수도 있었을 것이다. 혹은 둔감한 사람들이 모방작업을 금방 알아볼 수 있는 유일한 표식인 표면적인 유사함을 거장다운 모방자가 아예 무시하고, 오로지 원작의 정신을 모방하는 데만 집중하면서 내가 자신의 모방작을 바라보며 분통해하기를 원했기 때문일 가능성이 더 컸다.

이미 여러 번 언급했듯이 윌슨은 마치 내 보호자라도 되는 듯 역겨운 분위기를 풍기며 곧잘 내 일에 주제넘게 간섭을 했다. 간섭은 때때로 달갑잖은 충고가 될 때도 있었는데 공개적으로 하기보다는 아무도 없는 곳에서 넌지시 암시하거나 빗대어 말하는 식이었다. 하지만 나는 녀석의 조언이 진저리날 만큼 싫었고 해가 거듭될수록 혐오감은 더욱 깊어졌다. 오랜 시간이 흐른 지금 경쟁자 감정을 떠나 단순히 윌슨을 냉정하게 평가하자면, 녀석은 내게 조언했을 당시의 미성숙한 나이와 경험도 풍부하지 않은 시기에 흔히 있을 법한 어리석은 오류가 없었음을 기억한다. 보편적인 재주나 세상을 이해하는 지혜는 차치하고라도 적어도 그의 도덕의식만큼은 나보다는 훨씬 더 예리했다. 만약 내가 윌슨의 의미 있는 속삭임 속에 담긴 충고를 그렇게까지 진심으로 증오하고 경멸하며 번번이 무시하지 않았더라면 지금 훨씬 더 행복한 인간이 되어 있지 않았을까 하는 생각을 하게 된다.

하지만 사사건건 감시하는 듯한 녀석의 역겨운 시선에 대한 반감은 최고조에 이르렀고, 마침내 그 오만한 태도를 더 이상 참지 않겠노라고 나는 매일매일 점점 더 공공연하게 선언하고 다니기 시작했다. 입학 첫해 동급생으로서 우리 관계는 어쩌면 친구로 잘 지낼 수도 있을 정도로 나쁘지 않은 감정이었다고 이미 말했다. 시간이 흐를수록 녀석이 제 마음대로 내 생활을 침해하는 횟수는 눈에 띄게 줄어들었지만 오히려 그것에 반비례해 녀석에 대한 내 증오심은 커졌다. 어느 순간 녀석도 내 감정을 느끼게 되었는지 나를 피하거나 적어도 피하는 시늉이라도 하는 것처럼 보이는 날이 늘었다.

내 기억이 정확하다면 우리가 격렬한 언쟁을 벌였던 때도 바로 그 시기였다. 녀석은 덮고 있던 보호막이라도 던져버린 듯 평소와는 다르게 솔직한 태도를 보였다. 처음에 나는 녀석의 어투와 분위기, 또 겉으로 보여주는 모습 속에서 내 아주 어린 시절에 대한 기억을 희미하게 떠올리게 하는 어떤 것을 보았다. 아니, 보았다는 환상 때문에 몹시 놀랐다. 그러다 환상에 깊이 빠져들게 되었다. 기억이라는 것이 아직 생성되기도 전, 무모하고 마구 어지럽게 엉켜 있는 환상이었다. 아주 오래전, 무한히 멀고 먼 과거 어느 때인가 내 앞에 서 있는 녀석과 분명히 잘 아는 사이였다는 믿음을 떨쳐버릴 수 없었다. 그 믿음이 당시의 나를 압도하던 감정이었다. 하지만 그 환상은 찾아든 만큼이나 재빨리 사라졌다. 내가 이것을 언급하는 이유는 그것이 내가 그 기이하도록 나와 같았던 녀석과 마지막으로 대화를 나눈 날이라는 것을 분명히 해두기 위해서다.

그 거대하고 오래된 건물은 셀 수 없이 많은 구역으로 세분화되어 있었고 서로 연결된 몇 개의 커다란 방을 학생들의 기숙사로 사용하고 있었다. 하지만 어설프게 구상된 건물이어선지 으슥하고 후미진 공간 등 구조상 온갖 자투리 공간이 있을 수밖에 없었다. 브랜스비 교장은 경제적인 분야에도 독창성을 발휘하여 이런 공간들마저 기숙사로 활용했는데 벽장 정도 크기밖에 안 되는 작은 공간조차 독실로 제공했다. 윌슨의 방도 이렇게 작은 기숙사 중 하나였다.

학교생활을 시작한 지 다섯 번째 해가 되던 어느 날 밤, 앞서 언급한 언쟁 직후 나는 모두 깊이 잠든 시간을 골라 자리에서 일어나 램프를 들고 내 방에서 경쟁자의 방으로 이르는 좁고 거친 복도를 살금살금 걸어갔다. 녀석의 장난에 대응하여 지금까지 단 한 번도 성공하지 못한 짓궂은 장난 하나를 아주 오랫동안 계획하고 있었던 것이다. 그동안 계획해온 책략을 이제 실행에 옮겨 내가 얼마나 자신을 증오하고 있는지 녀석이 확실하게 느낄 수 있게 해주겠다고 벼르고 있었다. 벽장 같은 윌슨의 방에 다다랐을 때 나는 바깥에 램프를 내려놓고 빛을 가려둔 다음 소리 없이 방 안으로 들어갔다.

한 걸음 다가서자 녀석의 잔잔한 숨소리가 들렸다. 윌슨이 깊게 잠들어 있음을 확신하고 나는 되돌아가 램프를 가지고 다시 녀석의 침대로 다가갔다. 침대 주위로 휘장이 둘러쳐져 있었고 나는 계획했던 대로 천천히 조심스럽게 휘장을 걷었다. 눈부신 불빛이 잠든 녀석을 비추면서 윌슨의 얼굴이 내 눈으로 선명하게 들어왔다. 순간 나는 그 자리에 얼어붙고 말았다. 심장은 미친 듯이 뛰었고 무릎이 후들후들 떨렸다. 내 모든 정신은 영문도 모른 채 참을 수 없는 두려움에 사로잡혔다. 숨을 삼키며 서서히 녀석의 얼굴로 더 가까이 램프를 가져갔다. 이것이, 이것이 정녕 윌리엄 윌슨의 이목구비란 말인가!

윌슨의 것임이 틀림없는 이목구비를 보면서 녀석의 것이 아니라는 망상을 하며 학질이라도 걸린 사람처럼 오한에 온몸을 떨었다. 윌슨의 얼굴에서 대체 어떤 것이 나를 이토록 혼란스럽게 만드는 것일까? 나는 윌슨의 얼굴을 뚫어지게 내려다보았다. 머릿속은 온통 말도 안 되는 생각들로 뒤죽박죽이었다.

윌슨은 이런 얼굴이 아니었다. 녀석이 낮에 활기차게 움직일 때는 결코 이런 모습이 아니었다. 녀석은 나와 이름이 같았다! 체형도 같았다! 입학한 날마저도 같았다! 녀석은 내 걸음걸이와 목소리, 습관과 버릇까지 아무런 의미도 없이 끈덕지게 흉내 냈다! 이것이, 지금 내가 보고 있는 이 모습이 정녕 그저 조롱 삼아 시작한 습관적 모방이 인간의 무한한 가능성과 결부된 결과인가? 충격과 공포에 휩싸여 온몸을 전율하며 램프를 끄고 조용히 방을 나온 뒤 나는 곧바로 그 유서 깊은 학교의 기숙사를 떠나왔고 다시는 그곳을 찾지 않았다.

몇 달 동안 나는 하릴없이 빈둥거리며 집에서 시간을 보내다가 이튼(영국 최대의 명문 사립 중·고등학교 - 옮긴이)에 들어갔다. 그리 오래지 않아 브랜스비 목사의 학교에서 겪은 일은 충분히 희미해졌다. 혹은 적어도 그것들을 기억하는 내 감정만큼은 이전과 분명히 달라졌다고 할 수 있었다. 비극처럼 느껴지던 극적인 사건도 더는 현실이 아니었다. 나는 이제 당시 내 감정의 진위에 의문을 갖는 여유도 가질 수 있었다. 어쩌다 그 사건을 떠올릴 때면 인간이 얼마나 쉽게 감정에 휘둘리는 존재인지 경이로울 정도였고 대대로 유전되는 우리 집안의 예사롭지 않은 상상력에 쓴웃음을 짓기도 했다. 이튼에서 생활한다고 해서 이런 식의 회의적인 태도가 줄어들 것 같지는 않았다. 그곳에 도착하자마자 나는 곧 어리석은 악행의 소용돌이 속으로 너무나 무모하게 거꾸러졌다. 과거는 거품만 남기고 모두 씻겨 내려갔고 마침내 과거의 기억에서 진지한 고민의 흔적과 견고한 반성은 사라지고 더할 나위 없이 경솔한 기억만이 남았다.

하지만 나는 여기서 한심하기 짝이 없었던 방탕한 생활의 흔적을 추적당하기를 원하지 않는다. 학교에서의 경고는 교묘하게 빠져나갈 수 있었다 하더라도 법마저 무시하며 살았던 방탕한 생활이었기 때문이다. 아무런 소득 없이 어리석게 흘려보낸 지난 3년이라는 시간 동안 죄악의 습성은 더욱 깊게 뿌리내렸다. 다소 예외적인 결과가 있다면 그나마 신체적으로 어느 정도 성숙해졌다는 것뿐이다. 마음 둘 데 없이 흐지부지 일주일을 흘려보낸 뒤 나는 학교에서도 가장 방탕하기로 이름을 날리는 학생들 몇몇을 내 방으로 불러 은밀하게 술 파티를 벌였다. 우리는 다음 날 새벽까지 진탕 놀아볼 작정으로 아예 밤늦게 만났다. 술은 넘쳐흘렀고 술보다 더 짜릿한 유혹도 있었고 부족함 없는 쾌락에 시간 가는 줄을 몰랐다.

밤새워 먹고 마시며 흥에 겨워 날뛰던 호사가 정점에 이를 즈음 어느덧 새벽하늘에 희뿌연 잿빛 동이 텄다. 밤새워 마신 술기운 탓인지 카드놀음 탓인지 나는 터질 듯이 붉어진 얼굴로 고래고래 소리를 지르며 평소보다 훨씬 더 저속한 말로 건배를 제의하고 있었다. 기숙사 문을 격렬하게 열어젖히는 소리에 흠칫 신경이 쏠렸을 때 멀리서 절박하게 나를 찾는 하인의 목소리가 들렸다. 어떤 사람이 갑자기 몹시 긴박하게 복도에서 나를 만나기를 원한다고 했다.

곤드레만드레 취한 나는 놀라지 않았고 오히려 새로운 관심거리에 흥미가 생겼다. 술에 취해 비틀거렸지만 몇 발짝 떨어져 있지 않던 현관에 곧 다다랐다. 천장이 낮고 좁은 현관에는 램프가 없었기에 몹시 어두웠고 빛이라고는 반달 모양 창으로 겨우 쏟아지는 으스름한 여명이 고작이었다. 문지방에 발을 올려놓았을 때야 겨우 나와 키가 비슷한 젊은 형체가 내가 입고 있던 것과 똑같은, 당시에 유행하던 하얀 캐시미어 코트를 입고 서 있는 것이 보였다. 그나마 희미한 여명 덕택에 그 정도 형체는 알아볼 수 있었지만 얼굴까지는 알아보기는 어려웠다. 내가 현관에 나타나자마자 그는 서둘러 내 앞으로 걸어와 강퍅하게 서두르듯 팔을 잡아끌더니 귀에 대고 나직이 속삭였다.

"윌리엄 윌슨."

나는 순식간에 술기운이 확 달아났다. 이방인이 나와 여명 사이로 손가락을 들어 올렸을 때, 희미하게 비추던 새벽빛에 가느다랗게 떨리던 녀석의 손가락에 나는 너무 놀라 표현할 수 없는 전율을 느꼈다. 하지만 나를 그토록 격렬하게 동요하게 한 것은 손가락의 떨림이 아니었다. 영원히 잊을 수 없는 낮은 쉿소리에 담긴 준엄한 경고, 하지만 무엇보다 짧고도 단순하며 너무도 익숙한 어조와 음색이었다. 녀석이 속삭인 음절 하나하나는 세월을 뛰어넘어 저 멀리 밀려 있던 수많은 기억을 떠올리게 했고 내 영혼에 수천 볼트의 전기가 흐르는 듯한 충격을 던져 주었다. 하지만 내가 겨우 정신을 차렸을 때, 녀석은 이미 사라지고 없었다.

이 사건은 어수선하고 복잡한 생각으로 뇌리를 채우며 내 상상력을 신선하게 자극하기는 했지만 선명했던 만큼이나 덧없이 쉬이 사라져버렸다. 몇 주 동안 나는 진심으로 호기심이 발동하여 이것저것 조사하느라 무척 바빴으며 유전적인 상상력을 유감없이 발휘하여 만들어낸 온갖 추측들로 머리가 몽롱할 정도였다. 내가 하는 일마다 끈질기게 참견하고 기분 나쁜 조언을 나지막이 속삭이던 바로 그 유별난 녀석임이 분명했다. 하지만 윌슨은 도대체 누구이며 뭐하는 녀석인가? 그리고 녀석은 도대체 어디서 왔는가? 녀석의 목적은 도대체 무엇인가? 어떤 의문점에도 만족스럽게 시원한 답을 얻지 못한 상태에서 겨우 녀석에 대해 알아낸 것이라고는 내가 브랜스비 목사의 학교를 떠나던 날 오후에 윌슨도 역시 집안에 일이 생겨 갑자기 학교를 떠나게 되었다는 사실뿐이었다. 하지만 나는 곧 옥스퍼드에 입학하는 문제로 온 정신이 쏠리게 되어 그 문제에 대해서는 더 이상 생각할 여력이 없었다.

머지않아 옥스퍼드에 도착했다. 부모님은 주체할 수 없는 허영심으로 의복을 비롯해 그곳에서의 생활에 필요한 일체의 용품, 매년 쓸 생활비까지 마련해주셨다. 그 허영은 이미 뼛속까지 젖어 있는 사치스런 생활에 더욱더 빠져들 만큼 풍족하였다. 돈을 물 쓰듯 써버리는 데 있어서는 대영 제국에서 가장 부유한 백작의 거만한 상속자와 겨루어도 결코 뒤지지 않을 정도였다.

방종한 생활을 마음껏 즐길 수 있는 환경이 제공되자 더욱 고무된 나는 체질적으로도 이미 충분하던 열정을 순식간에 폭발시키기라도 하듯 미친 듯이 흥청거리는 향락적인 생활에 빠졌고 가까스로 유지하던 기본적인 품위마저 깡그리 잊어버렸다. 하지만 내 사치스런 생활을 자세하게 기술하는 것만큼이나 우스꽝스러운 일이 또 있을까. 나의 낭비벽은 헤롯 왕을 능가했으며 유럽의 대학에서 일어나는 가장 방탕한 학생들의 부도덕한 행위의 긴 목록에 짧지 않은 부록을 덧붙였다. 참신한 우행을 다채롭게 늘려놓았을 뿐 아니라 내 이름자 또한 수도 없이 올려놓은 정도라면 충분하지 않을까 한다.

나는 비신사적인 경지로 완전히 추락하여 전문적인 도박꾼의 비열한 수작까지 찾게 되었다. 그 야비한 기술에 능란해진 다음 그 기술을 동료 대학생 중 어리석은 무리를 대상으로 한 상습적인 도박에 이용함으로써 이미 막대하던 재산을 한층 늘리는 데 기여했다면 쉽게 믿기 어려울 것이다. 하지만 그런 행위를 한 것은 사실이었다. 그리고 바로 이 극악한 범죄가 인간적이고 고결한 모든 감성에 위배되기 때문에 오히려 범죄가 계속되고도 처벌받지 않은 주요 원인이기도 했다. 가장 자유분방한 친구들조차도 관대하고 솔직하기로 이름난 남자 중의 남자 윌리엄 윌슨이 그런 범죄를 저질렀다고 믿기보다는 명명백백한 증거를 보고 있는 자신의 눈을 의심할 것이다. 내게 빌붙어 살던 이들이 말하기를, 윌리엄 윌슨이야말로 옥스퍼드에서 가장 고결하며 친구들에게 돈을 제대로 쓸 줄 아는 남자요, 그의 어리석음이라면 단지 젊음 때문에 억제할 수 없는 상상력이오, 잘못이라면 누구도 흉내 낼 수 없는 변덕이요, 지독한 단점이라면 그저 경솔하고 기세 좋은 씀씀이뿐이라고 했다던가?

젊은 벼락부자 귀족 글렌디닝이 대학에 나타났을 때 나는 2년 동안 이런 방식으로 성공적인 생활을 분주하게 하고 있었다. 그는 헤로데스 아티쿠스(고대 그리스 대부호의 아들 – 옮긴이)만큼 부유했고 또 그만큼 돈을 수월하게 벌어들인 졸부라고 했다. 나는 글렌디닝을 보자마자 명석하지 못하다는 것을 알 수 있었고 두말할 것도 없이 내 실력을 발휘하기에 최적의 먹잇감으로 점찍었다. 수시로 글렌디닝을 게임에 끌어들였고 보통 도박꾼들의 술수 그대로 처음에는 상당한 금액을 따도록 일을 꾸미며 더 효과적으로 내 올가미에 걸려들게 하였다. 마침내 모든 계략이 수립되었고 자비생 프레스턴의 방에서 결정적인 최후의 한판을 목표로 그를 만났다.

프레스턴은 우리 두 사람 모두와 친밀했고 내 계획에 대해서는 추호의 의심도 없었으니 기꺼이 우리를 맞았다. 더욱 그럴싸하게 위장하기 위해 나는 열 명 정도의 인원을 더 불러들여 마치 내가 속이려는 글렌디닝의 제안으로 카드 게임이 우연히 시작되는 모양새를 갖추기 위해 세심하게 신경을 썼다. 이 극악한 상황에 대해 간단히 요약하자면 세상의 죄악이란 죄악은 하나도 빠짐없이 모조리 상습적으로 가져다 써서 희생자가 완전히 술에 만취한 채 걸려들기만 기다리면 되는 문제였다.

카드 게임은 밤늦게까지 계속되었고 마침내 나의 계략대로 글렌디닝을 유일한 맞수로 끌어들이는 데 성공했다. 게다가 서른두 장의 카드로 두 사람이 하는 에카르테는 내가 가장 좋아하는 게임이었다. 방에 모인 나머지 사람들은 이제 자신들의 경기는 모두 접고 우리 게임에 지대한 관심을 보이며 주변에 모여들어 동태를 지켜보고 있었다. 이른 저녁부터 내가 유도한 대로 술을 마셔댄 벼락부자는 이제 완전히 만취해 카드를 섞거나 나누어주거나 하는 게임을 할 때의 기본적인 행동에서부터 절제가 사라져 아슬아슬했다. 술 때문일 수도 있지만 전적으로 술의 탓만은 아니라는 생각이 들었다. 얼마 지나지 않아 순식간에 엄청난 액수를 잃게 되자 그는 커다란 잔에 술을 한 잔 가득 들이키더니, 내가 예상했던 대로 이미 엄청나게 판돈이 커진 게임에 정확히 두 배를 제안했다. 마뜩잖은 표정으로 내가 계속 거절하자 글렌디닝은 불쾌감을 드러내며 화를 내기에 이르렀고 나는 마지못해 승낙하는 척을 했다. 결과는 당연히 먹잇감이 어떻게 내가 쳐놓은 올가미에 완벽하게 걸려들었는지 증명하는 것 말고는 아무것도 없었다.

한 시간도 채 되지 않아 글렌디닝의 빚이 네 배로 뛰었다. 술기운에 벌겋게 달아올랐던 안색이 차츰 온기를 잃는가 싶더니 놀랍게도 그의 얼굴이 핏기 하나 없이 창백해졌다. 그동안 은밀하게 조사해본 바로는 글렌디닝은 도저히 계산할 수 없을 만큼 부유했다. 물론 그가 여태까지 잃어버린 금액이 어마어마하기는 했지만 그 정도로 심각하게 골칫거리가 되거나 재정에 큰 타격을 줄 정도는 아니라고 생각했기 때문에 글렌디닝의 변화에 내심 놀랐다. 글렌디닝이 그런 행동을 보이는 이유는 단지 술을 많이 마신 탓에 맥을 못 추는 것 정도로 생각했다. 그리하여 친구들 사이에서 나의 평판을 유지하려는 목적으로 당장 게임을 끝내자고 단호하게 말하려던 참이었다. 그 순간, 글렌디닝이 절망에 빠져 절규하는 소리가 들렸고 악마 같은 해악에서 그를 구해내야 한다는 생각을 했다. 곁에 서 있던 친구들의 안타까운 표정에서 내가 글렌디닝을 완전히 파산하게 했다는 사실을 알 수 있었다.

어떻게 처신해야 할지 몹시도 곤란한 상황이었다. 내가 등치려 했던 자의 비루한 처지를 알게 된 사람들의 얼굴에 당황한 기색이 역력했다. 어색한 정적이 흐르고 무리 중에서 그나마 덜 방종한 이들이 경멸과 책망으로 이글거리는 시선을 나에게 던졌고 나는 얼굴이 화끈 달아올랐다. 견딜 수 없는 중압감에 어찌할 바 모르던 순간 느닷없이 찾아온 기이한 훼방꾼은 오히려 잠시나마 숨통을 틔워준 셈이었다. 연회장에 가로놓인 폭이 넓고 육중한 접이식 문들이 느닷없이 일제히 활짝 열리면서 마치 마술이라도 부린 듯 방에 있던 모든 촛불이 순식간에 맹렬한 기세로 꺼졌다. 꺼져가는 불빛은 별안간 들어선 이방인이 나와 비슷한 신장에 망토를 단단히 여미고 있다는 정도만 겨우 보여줄 뿐이었다. 하지만 이내 칠흑 같은 어둠이 엄습했고 우리는 단지 낯선 이가 방 한가운데 서 있다는 것만 느낄 수 있었다. 갑자기 들이닥친 무례한 행동에 아연실색하여 누구도 충격에서 깨어나지 못하고 있을 때 이방인의 목소리가 들렸다.

"여러분."

낮은 목소리, 그러나 골수까지 스며들어 죽을 때까지 또렷이 기억하게 될 목소리였다.

"여러분, 나의 무례한 행동을 용서해달라고 하지 않겠소. 내가 이 자리에 서 있는 목적은 사죄하려는 것이 아니기 때문이오. 오늘 밤 카드 게임에서 글렌디닝 경을 상대로 거액을 따낸 저자의 실체를 아는 사람은 단언컨대 아무도 없을 것이오. 저자가 어떤 작자인지 알 수 있는 가장 신속하고도 결정적인 단서를 주겠소. 그가 입고 있는 가운 안쪽 덧댄 주머니에 들어 있는 작은 꾸러미 몇 개와 왼쪽 소매 끝 안단을 조사해보시기 바라오."

이방인이 말하는 동안 바닥에 내려앉는 먼지 소리마저 들릴 만큼 깊은 정적이 감돌았다. 말을 마친 그는 들어올 때만큼이나 순식간에 종적을 감추었다. 당시 내 심정을 무슨 말로 표현할 수 있단 말인가? 지옥에 떨어진 사람들이 받은 공포를 전부 합친 것이었다면 설명이 될까? 사실 이런저런 기분을 느낄 시간조차 없었다. 수십 개의 손이 거칠게 달려들어 나를 움켜잡았고 불도 다시 환하게 켜졌다. 수색이 시작되었다. 소매 안단에서 에카르테 게임에 이기려면 반드시 필요한 킹, 퀸 등이 그려진 카드가 발견되었고 가운 주머니에서는 우리가 게임을 할 때 사용했던 카드 중 내 카드를 제외하고 복제한 특수한 카드 몇 벌이 나왔다. 최고 패에는 위아래가, 낮은 패에는 양옆이 살짝 볼록해서 도박꾼들 사이에서 둥근 카드라고 불리는 카드들이었다. 사기를 당하는 사람은 일반적으로 카드 게임을 할 때으레 그렇듯 세로로 카드를 쥐고 패를 놓기 때문에 상대에게 높은 카드를 주게 되고 반대로 도박꾼은 가로로 패를 놓아 상대에게 낮은 카드를 주게 되는 것이다.

내 사기 행각이 백일하에 드러나자 그들은 오히려 평정심을 되찾고 소리 없이 경멸에 가득 찬 시선을 보낼 뿐이었다. 나는 차라리 그들이 분노에 차서 고함이라도 쳤더라면 견디기 쉬울 것 같다는 생각을 했다.

"윌슨 군."

장소를 제공해주었던 프레스턴이 사치의 극을 달리는 화려한 모피 망토를 바닥에서 집어 들며 내 이름을 불렀다.

"당신 물건은 여기 있소."

날씨가 몹시 추웠기 때문에 숙소에서 나올 때 가운 위에 걸치고 왔다가 게임을 하는 현장에 도착해서 벗어놓았던 망토였다. 프레스턴은 사람들의 거친 손길에 엉망이 된 가운을 쳐다보며 냉소적인 표정을 짓더니 말을 이었다.

"당신이 속임수를 쓴 증거를 여기서 더 찾아낼 필요는 없을 것 같군. 이 정도면 우리에게는 충분하다고 생각하오. 나는 당신이 옥스퍼드와 그 밖의 모든 것에서 손을 떼기를, 그리고 지금 당장 내 방에서 나가주기를 바라고 있다는 것도 충분히 알고 있으리라 생각하오."

티끌처럼 초라해진 굴욕적인 그 순간, 만일 내가 그렇게까지 경악한 상태가 아니었더라면 사람 면전에 대고 잔인하게 내뱉는 그 모욕적인 언사에 분개하고 맞섰을 것이다. 하지만 나는 너무 놀랐고 정신은 오직 한 가지 사실에만 꽂혀 있었다. 내가 입고 갔던 망토는 진귀한 모피가 달린 코트로 얼마나 귀하고 값비싼 것이었는지 굳이 말할 필요는 없을 것이다. 나는 멋을 부리는 데는 사소한 부분까지 신경 쓸 만큼 우스꽝스러울 정도로 까다로웠다. 그 망토는 내가 직접 구상한 참신한 디자인이었다. 그래서 프레스턴이 접이문 근처 바닥에 있던 망토를 주워 내게 건네주었을 때 공포를 느끼며 놀랐던 것이다. 왜냐하면 나는 이미 나도 모르는 사이 팔에 망토를 걸치고 있었고, 더욱이 두 코트가 아주 미세한 부분까지 정확하게 일치한다는 사실을 간파했기 때문이었다. 처참하게 내 사기 행각을 폭로했던 기이한 작자가 망토로 온몸을 감싸고 있었다는 것과 그날 모인 사람 중에서 나 말고는 아무도 외투를 입고 온 사람이 없었다는 사실이 떠올랐다.

겉으론 태연한 척하면서 아무도 눈치채지 못하게 프레스턴이 건네준 망토를 내 외투 위에 올리고는 단호한 표정으로 주위를 쏘아보며 방을 박차고 나왔다. 다음 날 아침, 동이 트기도 전에 극도의 공포와 수치심을 안고 옥스퍼드를 떠나 대륙으로 향하는 여정에 올랐다.

달아나려고 애를 썼건만 아무 소용이 없었다. 저주받은 운명은 환희에 찬 모습으로 내 뒤를 바짝 추격했고 사실상 나를 지배하기 위한 은밀한 행사는 이제 겨우 시작임을 증명해 보였다. 파리에 발을 들여놓자마자 나는 윌슨이 내 일에 여전히 가증스럽게 관심을 가지고 있다는 새로운 증거를 포착했다. 한시도 안심할 수 없는 몇 년이 흘렀다. 악랄한 놈! 로마에서는 조금만 더 시간이 있었으면 크게 한탕 할 수 있는 일을 나와 내 야망 사이로 비집고 들어와 얼마나 주제넘게 유령처럼 헤집고 다녔던가. 빈에서도! 베를린과 모스크바에서도! 녀석을 향해 가슴 저 밑에서 끓어오르는 쓰디쓴 저주를 퍼붓지 않을 곳이 과연 있기는 할까? 공포에 질려 허우적거리며 마치 역병을 피해 달아나듯 설명할 길 없는 녀석의 폭정을 피해 지구 끝까지 달아났지만 헛되고도 헛된 노력이었다.

수도 없이 반복해서 내 영혼에 비밀스러운 교감을 시도하며 진지하게 물었다.

"녀석은 누구인가? 어디에서 왔는가? 녀석이 원하는 것은 과연 무엇인가?"

어떤 대답도 들을 수 없었다. 그리하여 나는 주제넘게 다시 나를 감시하려는 녀석이 일하는 방법과 특징, 형태를 면밀하게 검토하고 조사해보기 시작했다. 하지만 여기에서도 답을 얻을 수 있는 근거는 없었다. 최근에 내 일을 가로막은 수많은 사건을 살펴보면 내가 남에게 해악을 끼치는 결과를 만들 만한 일을 방해하거나 좌절시키는 것 말고는 딱히 다른 목적이 없었다는 사실이 눈에 띄었다. 하지만 그것은 단지 타당한 이유라는 허울을 뒤집어쓰고 고압적으로 행사하는 권위일 뿐이었다. 태어나면서부터 보장된 인간의 자율권을 그토록 완강하게, 그토록 모욕적으로 부정할 수는 없다.

나는 또 나를 고문하는 자가 오랫동안 마술 같은 솜씨를 발휘하여 감쪽같이 나와 똑같은 옷을 입고 내 일을 매번 방해하고 있지만 단 한 번도 얼굴을 드러낸 적이 없다는 사실을 포착했다. 윌슨이라는 작자가 어떤 인간이건, 적어도 그 사실은 초절정의 가식적인 행동이 아니라면 최고로 멍청한 짓거리였다. 예컨대 이튼에서 나를 훈계하고, 옥스퍼드에서 내 명예를 실추시키고, 로마에서 내 야심을 좌절시킬 때, 윌슨은 내가 자신을 알아보지 못했을 것으로 생각했을까? 파리에서는 복수, 나폴리에서는 열정적인 사랑, 이집트에서는 제 마음대로 탐욕이라고 일컫지 않았던가. 철천지원수이자 천재적인 악령의 모습을 한 놈에게서 내가 정녕 브랜스비 목사의 학교 시절 죽도록 미워하며 한편으로 두려워했던 동료이자 경쟁자, 윌리엄 윌슨이라는 사실을 알아차리지 못했을 것으로 생각했던 건가? 그건 있을 수 없는 일이다. 이제 이 드라마 같은 사건의 가장 극적인 장면이 빠르게 드러날 것이다.

지금까지 나는 윌슨의 고압적인 지배에 무기력하게 굴복해 왔다. 윌슨의 통찰력과 어디든 나타날 수 있는 듯한 무한한 능력을 드높게 생각하며 깊은 경외심을 가지고 있었다. 나를 압도하는 녀석의 본성과 또 다른 특성에 두려움마저 느꼈다. 여태까지 나는 철저하게 무기력하고 나약했으며 녀석이 제멋대로 굴 때마다 강하게 반발하면서도 굴복할 수밖에 없다는 자기 암시를 걸고 있었던 것이다. 하지만 그즈음 나는 완전히 술에 절어 살면서 유전적인 신경성에 술기운을 더해 광포한 성향이 심해져 점점 더 자기 조절이 불가능하게 되었다. 나는 혼자서 중얼거리기 시작했고, 주저하기도 했지만 급기야 저항하기로 결심했다. 내 의지가 단호해진 만큼 나를 고문하는 녀석의 의지가 상대적으로 줄어들었다는 확신이 들기 시작한 것은 단순한 나만의 착각이었던 것일까? 어찌 되었든 간에 나는 불타는 희망이 솟구치는 것을 느끼기 시작했고, 더 이상 굴복 따위는 하지 않으리라고 단호하고도 필사적인 결의를 다졌다.

로마에서였다. 18XX년 축제 때 나폴리 출신의 디브라글리오 백작이 주최하는 가면무도회에 참석하게 되었다. 나는 평소보다 훨씬 더 내 영혼이 자유롭도록 술잔을 채우고 있었지만 끝내 사람들로 북적대는 숨 막히는 열기에 인내심의 한계를 벗어난 듯 짜증이 치솟았다. 미로처럼 빽빽이 들어찬 사람들 사이를 뚫고 지나다녀야 한다는 사실도 내 울화를 북돋우기는 마찬가지였다. 다 늙은 디브라글리오 백작이 애지중지하는 젊고 아름다운 아내를 애타게 찾고 있었기 때문에 더욱 짜증스러웠다. 이유는 그리 명예롭지 못하니 밝히지 않겠다. 내가 결코 발설하지 않으리라는 부도덕한 확신을 하고 있던 백작의 아내는 자신이 어떤 복장을 하고 있을 것인지 비밀리에 미리 언질을 내

비쳤다. 그때 막 그녀로 추정되는 사람을 언뜻 보았기 때문에 그녀에게 다가가기 위해 마음이 바쁘던 참이었다. 그 순간 내 어깨에 닿는 가벼운 손길을 느꼈고 귓가에 내 이름을 부르는 영원히 잊을 수 없는 빌어먹은 낮은 속삭임이 들려왔다.

나는 광적인 분노에 사로잡혀 나를 방해하고 있는 작자를 향해 곧장 뒤돌아서 목덜미를 광포하게 틀어쥐었다. 짐작하고 있던 대로 놈은 나와 완전히 똑같은 복장을 하고 있었다. 푸른 벨벳 재질의 스페인풍 망토를 입고 단도를 매단 핏빛 허리띠를 두르고 있었다. 얼굴은 검은색 비단 마스크로 완전히 가리고 있었다.

"이 불한당 같은 놈!"

분노에 휩싸인 탁한 목소리는 음절 하나하나를 내뱉을 때마다 분노에 분노를 더하는 것 같았다.

"불한당! 사기꾼! 저주받은 악마 같은 놈! 네놈이 결코, 결코 나를 죽을 때까지 따라오지 못하도록 할 테다. 나를 따라와, 안 그러면 네놈이 서 있는 그 자리에서 네 멱을 따버릴 테니까!"

말을 마친 나는 사람들 사이를 헤치고 연회장에서 나와 근처 작은 회의실로 놈을 끌고 갔다. 나는 방에 들어서자마자 놈을 거칠게 내동댕이쳤다. 내가 과격하게 문을 닫고 되돌아오는 동안 놈은 비틀거리며 벽에 기대서고 있었고 나는 칼을 꺼내 들라고 명령했다. 녀석은 잠시 주저하는 듯 보였지만 곧 옅은 한숨을 토하며 조용히 칼을 꺼내 방어 자세를 취했다.

결투는 정말이지 싱겁게 끝이 났다. 극도로 흥분되어 제정신이 아니던 나는 칼을 휘두르는 팔에서만 끝없는 기운과 힘이 솟아나는 것 같았다. 얼마 지나지 않아 놈을 힘껏 벽에 밀어붙인 뒤 야수처럼 흉포하게 사정없이 녀석의 가슴에 칼을 내리꽂은 뒤 찌르고 또 찔렀다.

그 순간 누군가 밖에서 문을 열려고 했다. 나는 서둘러 들어오려는 사람을 막고 곧장 죽어가고 있는 적대자에게 돌아왔다. 하지만 바로 그때 내 눈앞에 펼쳐진 광경은 인간의 언어로 묘사할 수 없을 공포와 경악을 선사했다. 잠시 눈을 돌린 그 짧은 순간 동안 방의 저 끝 혹은 천장의 배열이 눈에 띄게 변한 것이 틀림없었다. 이전에 분명히 아무것도 없었다고 생각했던 곳에, 처음에는 그저 착각일 거라고만 생각했던 거대한 거울이 서 있었고 내가 겁에 질린 모습으로 다가가자 분명한 내 모습이, 백지장처럼 하얀 얼굴에 피투성이가 된 채 힘없이 비틀거리며 나를 만나러 걸어왔다. 그렇게 보일 뿐 사실은 아니었다. 그것은 내 숙적, 내 앞에 서서 고통으로 신음하며 차츰 소멸하고 있는 이는 내가 아닌 윌슨이었다. 녀석이 벗어던진 가면과 망토는 바닥에 그대로 놓여 있었다. 윌슨이 입고 있던 옷의 실오라기 하나, 얼굴 윤곽을 구성하는 선 하나까지 모조리 나의 것과 완벽하게 일치했다.

윌슨이었다. 하지만 녀석은 이제 더 이상 속삭이지 않았다. 녀석이 말을 하는 동안 마치 내가 말을 하는 듯한 착각을 했다.

"네가 이겼고 나는 졌어. 하지만 지금부터 너 또한 죽은 거나 마찬가지야. 희망도 죽고 천상과 세상에서도 죽은 거야. 너는 내 안에 존재했었지. 너 자신이기도 한 내 죽음을 통해 네가 얼마나 철저하게 스스로를 죽였는지 잘 보라고."

소용돌이 속으로 떨어지다

*Edgar
A. Poe*

소용돌이 속으로 떨어지다

신의 섭리와 마찬가지로 자연에서 신의 방식은 인간의 방식과 다르다.
신이 행하는 일은 데모크리토스의 우물보다 더 깊어서 인간이 만드는 규범으로
그 방대함과 심오함, 신비함을 따라잡을 수 없다.

— 조지프 그랜빌

우리는 이제 우뚝 솟은 바위 꼭대기에 이르렀다. 몇 분 동안
노인은 지쳐서 말 한마디도 나오지 않는 듯 보였다. 잠시 후 그
가 입을 열었다.

"얼마 전까지만 해도 제 길 안내 실력은 막내아들 못지않았
을 겁니다. 하지만 죽기 마련인 인간이 한 번도 겪어본 적 없는,
혹시 겪었다 해도 계속 살아남지 못해 말할 수 없을 그런 사건
이 3년 전쯤 제게 일어났죠. 그때 여섯 시간 동안 극심한 공포
를 견뎌내느라 제 몸과 영혼은 완전히 부서져버렸습니다. 제
가 꽤 늙었다고 생각하겠지만 실제론 그렇지 않습니다. 새까맣
던 머리가 이처럼 하얗게 세고 팔다리에 힘이 다 빠지고 기력
이 쇠하는 데에는 채 하루도 걸리지 않습디다. 그래서 이제는

조금만 일해도 몸이 떨리고 그림자만 보고도 겁을 집어먹게 되어버렸습니다. 어지러워서 이 작은 벼랑도 제대로 넘겨다볼 수 없다면 이해가 가시겠습니까?"

그러더니 노인은 아무렇지도 않게 그 '작은 벼랑'으로 몸을 날려 몸의 절반 이상을 벼랑 너머로 늘어뜨렸다. 미끌미끌한 벼랑 맨 끝에서 떨어지지 않도록 팔꿈치만으로 버텨내고 있었다. 이 작은 벼랑은 검고 반짝이는 돌로 이루어져 있었으며 아무것에도 막혀 있지 않았고, 높이는 우리 아래 펼쳐진 바위투성이 세계로부터 500미터 가까이 되었다. 누가 벼랑 끝에서 5미터 떨어진 곳까지만 가보라고 꼬드겨도 나는 절대로 하지 않았을 것이다.

노인의 위험한 상황에 적잖이 놀라 나는 몸을 죽 뻗고 땅에 엎드려 주변의 풀들을 움켜쥔 채 감히 하늘을 올려다보지도 못했다. 그렇게 있으면서 산발치에 바람이 거세게 불어 위험해졌을거라는 생각을 떨쳐버리려 애썼지만 잘되지 않았다. 한참이 지나고 나서야 나는 가까스로 용기를 내어 일어나 앉아 멀리 내다볼 수 있었다.

"그런 생각들에서 헤어나야 합니다. 그래야 제가 말한 그 사건이 일어난 장소가 제일 잘 보일 만한 곳까지 안내한 김에 바로 눈 아래 보이는 장소에 관한 이야기를 전부 들려줄 수 있을 테니까요."

노인은 상세하게 설명하는 것이 버릇인 듯 계속해서 말했다.

"우리가 현재 있는 곳은 위도 68도에 있는 노르웨이 연안으로 노를란(노르웨이 북부의 주 – 옮긴이)에서 제일 큰 지방인 로포텐의 황량한 지역입니다. 우리가 정상에 올라앉아 있는 산은 구름의 산이라고도 하는 헬세겐 산이지요. 이제 좀 더 몸을 일으키세요. 어지러우면 풀을 움켜잡으면 됩니다. 자, 저 아래 수증기 띠 너머로 보이는 바다를 보십시오."

나는 현기증을 느끼며 넓게 펼쳐진 대양을 바라보았다. 먹처럼 까만 바닷물을 보자 누비아 출신 지리학자가 말한 '어둠의 바다'가 떠올랐다. 인간의 상상력으로 이보다 더 황량한 경치를 그려내기란 불가능할 것이다. 시선이 미치는 데까지 오른쪽 왼쪽으로 마치 세상을 둘러친 성벽처럼 검게 튀어나온 절벽이 길게 펼쳐져 있었다. 절벽의 우울한 분위기는 끝없이 울부짖고 악을 쓰며, 하얗고 창백한 물마루를 향해 높이 솟아오르는 파도 때문에 더욱 도드라졌다.

우리가 위치한 절벽 바로 맞은편의 10킬로미터 가까이 떨어진 바다에 작고 흐릿하게 보이는 섬이 있었다. 아니, 그보다 섬을 둘러싸며 일렁이고 있는 파도 사이로 보였다고 하는 것이 더 적절할 것 같다. 섬 근처 3킬로미터 지점에 더 작은 섬이 또 하나 보였다. 흉측한 바위투성이로 이루어진 섬은 척박해 보였으며 일정치 않은 간격을 두고 검은 돌무더기에 에워싸여 있었다.

더 멀리 있는 섬과 해안 사이의 바다 모습은 어딘지 모르게 매우 색달랐다. 그 당시 돌풍이 육지 쪽으로 강하게 불고 있었고, 그 탓에 멀리 앞바다에 떠 있는 쌍돛대 범선은 작은 세로돛만 단 채 선체 전부가 시야에서 사라질 정도로 계속해서 곤두박질치고 있었다. 하지만 이곳은 큰 파도 없이 바람을 향하기도 하고 거스르기도 하며 짧고 빠르고 사납게 사방에서 교차하는 물결만 있었다. 물거품도 바위 근처만 빼고는 거의 일지 않았다.

노인이 다시 말하기 시작했다.

"멀리 있는 섬을 노르웨이 사람들은 바르라고 부릅니다. 중간에 있는 섬은 모스쾨이고요. 북쪽으로 1.6킬로미터 떨어져 있는 저 섬은 암바렌이에요. 그 너머에는 이슬레젠, 하트홀름, 카일트홀름, 수아르벤, 부크홀름이 있습니다. 모스쾨와 바르 섬 사이 더 멀리 떨어진 곳에 오테르홀름과 플리멘, 샌드플레젠, 스톡홀름이 있지요. 이게 실제 지명이지만 그곳들에 왜 이름을 붙여야 했는지는 댁이나 나나 알 길이 없답니다. 그런데 무슨 소리 안 들리십니까? 바다에 뭔가 변화가 있는 것 같지 않나요?"

헬세겐 산 정상에 오른 지는 10분 남짓 되었다. 우리는 로포텐 내륙에서 출발해서 그 동안 바다를 전혀 보지 못했다. 그러다가 돌연 우리 앞에 바다가 모습을 드러낸 것이다. 노인이 말한 대로 나도 아메리카 대초원의 거대한 물소 떼가 울부짖는 것 같은 소리가 점점 커지고 있다는 것을 알아챘다. 그와 동시에 선원들이 삼각파도라고 부르는 해류가 동쪽을 향해 급하게 바뀌고 있는 것을 보았다.

내가 지켜보고 있는 동안에도 이 해류의 속도는 엄청나게 빨라졌다. 매 순간 맹렬한 기세로 속도를 더해갔다. 5분 만에 바르 섬까지 이르는 바다가 온통 제어할 수 없는 격랑에 휘말렸지만 제일 심하게 요동치는 곳은 모스쾨 섬과 해안 사이 지점이었다. 이곳에서 어지럽게 충돌하는 무수한 물길에 갈라지고 상처 입은 광활한 해저가 갑자기 부풀어 오르고 들끓으며 미친 듯이 경련을 일으켰다. 그리고 바닷물은 가파르게 낙하하는 것으로밖에 달리 짐작이 가지 않는 빠른 속도로 동쪽을 향해 굽이쳐 내려가고 있었다.

몇 분 더 있다가 또 다른 급속한 변화가 찾아왔다. 바다 표면이 평소와 다름없이 좀 잔잔해지는가 싶더니 소용돌이들이 하나씩 사라지고 전에 없던 물거품이 거대한 줄기를 이루어 나타났다. 멀리까지 퍼져나가 서로 결합하기 시작한 이 포말의 줄기들은 마침내 자체적으로 안정된 소용돌이의 회전 동작을 취했고, 이를 기점으로 더 거대한 소용돌이를 형성하는 듯 보였다.

갑자기, 아주 갑자기 지름 1.5킬로미터 이상의 원을 이룬 뚜렷하고 확실한 소용돌이가 생겨났다. 소용돌이의 가장자리에는 반짝이는 물보라가 넓은 띠를 이루고 있었지만 이 물보라는 그 무시무시한 깔때기 입구로 조금도 미끄러져 들어가지 않았다. 육안으로 보기에 깔때기 내부는 물로 이루어져 잔잔하게 빛나는 새까만 벽과 같았고 수평선에서 45도 정도 기울어 있었다. 소용돌이는 격렬하게 요동치며 빙글빙글 빠른 속도로 돌았고 거대한 나이아가라 폭포가 고통에 찬 소리를 하늘로 올려보내는 것과는 상대도 안 될 만큼 거대한 비명이 섞인 끔찍한 소리를 바람에 실어 보냈다.

산은 맨 아래까지 진동했고 바위도 흔들거렸다. 나는 바짝 엎드렸고 신경이 극도로 곤두서서 듬성듬성 난 풀을 꽉 움켜쥐었다. 이윽고 내가 노인에게 말했다.

"이게 바로 그 '말스트룀'이라는 유명한 소용돌이로군요."

"그렇게 부르기도 하지요. 우리 노르웨이 사람들은 모스쾨섬에서 따와 모스쾨 스트룀이라고 부릅니다."

이야기로만 듣던 소용돌이를 실제로 보니 느낌이 전혀 달랐다. 가장 그럴듯하게 정황을 그려낸 것으로 알려진 요나스 라무스의 설명도 그 광경에서 느껴지는 웅장함이나 공포, 보는 사람이 혼란스러울 정도의 거짓말 같은 황당함을 결코 그대로 전할 수 없었다. 요나스 라무스가 언제 어디서 조사했는지는 모르지만 폭풍이 일 때도 아니었을 것이고 헬세겐 산 정상에서 본 것도 아니었음이 분명하다. 그렇긴 해도 요나스 라무스가 소용돌이를 비슷하게 묘사한 구절이 몇 있다. 내가 보고 있는 장관이 주는 느낌을 전달하기에는 많이 부족하지만 그가 써놓은 자세한 묘사를 여기에 인용해볼까 한다.

로포텐과 모스쾨 사이의 수심은 65~73미터다. 하지만 건너편 바르 섬 쪽으로는 수심이 점점 낮아지므로 이 지역은 선박이 암초에 부딪힐 위험 없이 쉽게 지날 수 없다.

암초에 부딪히는 사고는 고요한 날씨에도 일어난다. 물이 불어나면 해류가 로포텐과 모스쾨 사이 지역으로 사납게 밀려 올라간다. 그리고 바닷물이 거세게 빠질 때 나는 소리는 웅장한 폭포 소리에 비할 바가 아니다. 그 큰 소리가 수십 킬로미터 떨어진 곳까지 들리고 소용돌이의 크기와 깊이도 엄청나서 배가 근처에 있다가는 반드시 빨려 들어가 바닥까지 실려 내려간 뒤 바위에 부딪혀 산산조각이 나고 만다. 이후에 바다가 진정되면 배의 파편들이 다시 바다 위로 떠오른다. 하지만 이렇게 바다가 잠잠해지는 현상은 고요한 날씨에 조수가 바뀔 때만 나타나며 15분 정도 지속될 뿐, 그 후에 물결은 다시 조금씩 거세진다.

물살이 아주 사납고 폭풍으로 한층 거세질 때 노르웨이 바다에 접근하는 것은 위험하다. 조심성이 없는 보트나 요트, 선박들은 노르웨이 바다로 들어가기도 전에 물살에 휩쓸려버린다. 이와 마찬가지로 고래들이 물살에 너무 가까이 가서 꼼짝 못하게 되는 경우도 자주 일어난다. 고래가 물살에서 헤어나려고 부질없이 안간힘을 쓰며 울부짖는 소리는 형언할 수조차 없다. 한번은 로포텐에서 모스쾨까지 헤엄쳐 가려던 곰 한 마리가 물살에 휩쓸려 들어가며 해안까지 들릴 정도로 처절하게 소리를 질러댄 적도 있다.

전나무와 소나무의 커다란 조각들이 물살에 빨려 들어가면 나무 표면에 보풀이 일 정도로 부서지고 찢긴 채 다시 떠오른다. 이것만 보아도 험준한 바위로 이루어진 바닥에서 나무들이 이리저리 회전했다는 것을 알 수 있다.

이 물살은 여섯 시간마다 해수면이 높아지고 낮아지고를 반복하는 조수·간만에 의해 통제된다. 1645년 사순절 전 둘째 주일요일 아침에는 물살이 시끄럽고 맹렬하게 거세져 해안의 돌로 만든 집들조차 폭삭 무너져 내렸다.

수심과 관련해서, 어떻게 소용돌이 가까이에서 수심 측정이 가능했을지 이해할 수 없었다. '73미터'는 모스쾨나 로포텐 해안 근처 해협의 수심을 부분적으로 측정한 것이 틀림없다. 모스쾨 스트룀 중앙의 수심은 훨씬 더 깊을 것이다. 이 사실은 헬세겐 산의 제일 높은 절벽에서 소용돌이의 심연 속을 슬쩍 들여다보기만 해도 충분히 알 수 있었다. 저 아래서 휘몰아치고 있는 불의 강 플레게톤을 이렇게 산꼭대기에서 내려다보니 고래와 곰에 관한 일화를 믿기 어려운 일인 것처럼 기록한 정직한 요나스 라무스의 순진함에 절로 웃음이 새어 나왔다. 세상에서 제일 큰 선박도 소용돌이의 영향권에 들어가면 허리케인 속 깃털처럼 저항도 못한 채 통째로 사라질 것이 자명해 보였기 때문이다.

이 현상에 대한 여러 설명 중 몇몇은 자세히 읽어보면 꽤 그럴듯해 보이는 것도 있었던 걸로 기억되지만, 지금 보니 이 설명들에는 완전히 다르거나 어설픈 면이 있었다. 이 소용돌이와 함께 이보다 작은 페로 제도의 소용돌이 세 개에 대해서는 '조수·간만으로 수면이 오르내리면서 파도가 바위 능선과 모래톱에 부딪혀 생기는 현상이다. 바위 능선과 모래톱에 갇힌 바닷물은 폭포처럼 밀려 떨어진다. 따라서 수면이 높이 올라갈수록 더 깊게 떨어지므로 그 자연적 결과로 소용돌이가 만들어져 실험해보지 않고도 충분히 알려진 대로 거대한 흡인력을 갖게 된다'라고 설명한다. 이것이 대영 백과사전에 실린 설명이다.

키르허와 같은 과학자들은 말스트룀의 중앙에 지구를 뚫고 들어간 심연이 있고 그 심연은 좀 더 확실한 예로 보트니아 만처럼 아주 외딴 곳에서 생겨난다고 상상한다. 내가 보기에 이것은 좀 허술하긴 해도 나 역시 상상으로 쉽게 동의할 수 있는 견해였다. 그런데 노인에게 이 얘기를 해주자 그는 이 주제에 대해 노르웨이 사람들도 일반적으로 그렇게 여기고 있지만 자신은 동의하지 않는다고 말해 나를 놀라게 했다. 사전 속 개념에 대해서도 노인은 이해가 가지 않는다고 말했다. 나도 이 부분은 노인과 생각이 같았다. 종이에 확실하게 적혀 있다고 해도 심연의 천둥소리를 듣고 있으니 전부 이해할 수 없는 황당한 설명으로 여겨졌다.

"이제 소용돌이를 자세히 보았으니 이 절벽 주변을 살살 돌아 바람을 받지 않는 곳으로 갑시다. 파도가 잠잠해지고 나면 모스쾨 스트룀에 대해 제가 알고 있는 이야기를 해드리겠습니다."

노인이 원하는 대로 조심스럽게 이동하여 자리를 잡자 그는 계속 이야기를 하기 위해 입을 뗐다.

"저는 두 형과 함께 한때 스쿠너(돛대가 두 개 이상인 범선 – 옮긴이)식 돛을 장착한 70톤급 어선을 소유했었죠. 그 배를 몰고 모스쾨 너머 바르 인근 섬들로 가서 고기를 잡곤 했습니다. 바다에 거친 소용돌이가 일어도 그에 맞설 용기만 있다면 적절한 기회를 틈타 고기를 많이 낚을 수 있습니다. 하지만 장담하는데 로포텐 연안 어부 중 먼 섬으로 나가 주기적으로 어업을 하는 사람은 우리 셋뿐이었습니다.

보통 수심은 남쪽으로 가면 확 낮아집니다. 그곳에서는 항상 안전하게 고기를 잡을 수 있으니 어부들은 대부분 그 장소들로 고기를 잡으러 나갔죠. 하지만 우리가 여기 바위들 사이에서 고른 지점들은 어종이 다양한데다 양도 엄청나게 많았습니다.

그 덕분에 소심한 어부들이 꼬박 일주일이 걸려도 잡을 수 없는 양의 고기를 단 하루 만에 잡곤 했습니다. 사실 우리가 한 일은 노동을 견디는 대신 큰돈을 벌기 위해 목숨을 걸고 용기를 발휘한 일종의 필사적 도박이었습니다.

우리는 이곳에서 8킬로미터쯤 더 위쪽으로 가서 작은 만에 어선을 댔습니다. 화창한 날씨에 15분간의 게조(조류가 정지 상태에 있는 때 – 옮긴이)를 이용하여 소용돌이 위쪽으로 충분히 거리를 두고 모스쾨 스트룀의 본류를 건너가서 오테르홀름이나 샌드플레젠 부근에 도착한 후 물살이 다른 곳에 비해 거세지 않은 곳을 아무 데나 골라 정박하는 식이었습니다. 보통 여기서 다시 게조가 될 무렵까지 머물다가 어획량의 무게를 재고 집으로 돌아갔죠. 어업을 나가고 들어올 때 옆바람이 꾸준히 부는지 반드시 확인했고 우리가 돌아올 때까지 바람이 계속 불거라는 확신이 들지 않으면 절대로 어업을 나가지 않았습니다. 그리고 우리의 계산이 틀렸던 적은 별로 없었어요.

6년 동안 두 차례 바람이 전혀 불지 않아 어쩔 수 없이 밤새 정박했던 적이 있었습니다. 이 지역에서는 참으로 드문 일이지요. 그리고 한번은 우리가 도착하고 나서 바로 돌풍이 일어 생각보다 물길이 너무 사나워진 탓에 거의 일주일을 꼼짝없이 머물다가 굶어 죽을 지경에 이른 적도 있었습니다. 이때 우리는 어떻게 해서든 바다를 빠져나와야 했습니다. 배가 소용돌이들 사이에 갇혀 빠르게 도는 통에 결국 닻줄이 엉켜버렸기 때문이었죠. 오늘 생겼다가 내일 사라지며 수없이 교차해 흐르는 해류 중 하나를 타게 되어 운 좋게 플리멘의 바람이 잠잠한 곳에 이를 수 있었습니다.

우리가 바다 밑바닥에서 겪은 어려움을 말로 다 할 수는 없을 겁니다. 그곳은 날씨가 좋을 때조차도 위험한 곳이지만 우리는 언제나 사고 없이 모스쾨 스트룀을 지나다녔죠. 그래도 가끔 게조 때를 못 맞추고 1분이라도 늦거나 앞서면 걱정이 되어 가슴을 졸였습니다. 어떤 때는 출발할 때 생각했던 것보다 바람이 약해서 원하는 만큼 나아가지 못했고 해류 때문에 어선을 다루기도 어려웠습니다. 큰형님에게 열여덟 살 된 아들이 하나 있었고 제게도 건장한 두 아들이 있었습니다. 자식들은 노를 저을 때와 고기를 잡을 때 큰 도움이 되었지만 어쨌거나 우리 목숨은 위태롭게 해도 어린 것들까지 위험으로 몰아넣을 수는 없더군요. 이러니저러니 해도 결국에는 끔찍한 위험이 도사리고 있었던 것이 사실이니까요.

제가 이야기할 일이 일어난 지 이제 3년하고 며칠이 채 안 되었네요. 18XX년 7월 10일, 그날은 이 지역 사람들이 결코 잊을 수 없는 날일 겁니다. 하늘에서 무시무시한 허리케인이 불어닥쳤거든요. 오전 내내 그리고 오후 늦게까지는 남서쪽에서 미풍이 계속 불었고 해도 반짝 나서 가장 노련한 어부도 이후에 날씨가 어떻게 변할지 예측할 수 없었을 겁니다.

형님 둘과 저, 이렇게 우리 삼 형제는 오후 2시경에 섬으로 건너갔고 금방 어선이 거의 가득 찰 정도로 고기를 잡았습니다. 우리가 보기에 다른 날보다 그날 특히 고기가 더 많이 잡히더군요. 잡은 고기의 무게를 달고 집을 향해 출발할 때 시계를 보니 막 7시가 되었습니다. 게조 때 제일 험악한 소용돌이가 만들어지는 시각은 8시일 거라고 예상하고 있었습니다.

우리는 우현으로 불어오는 신선한 바람을 맞으며 출발했고 얼마 동안 빠른 속도로 질주했습니다. 실제로 우려할 만한 것이 전혀 없는 상황이라 위험이 닥칠 거라는 생각은 꿈에도 하지 못했습니다. 그러다가 우리는 헬세겐 산에서 바람이 불어오는 것을 보고 깜짝 놀랐습니다. 전에는 한 번도 일어난 적 없는 아주 이상한 현상이었죠. 저는 딱히 이유도 모른 채 슬슬 불안해지기 시작했습니다. 배를 바람에 맡겨두었지만 소용돌이들 때문에 전혀 앞으로 나아갈 수가 없었어요. 그래서 정박지로 다시 돌아가자고 막 제안하려는데 선미 쪽에서 독특한 구릿빛 구름이 엄청나게 빠른 속도로 피어올라 수평선을 모두 덮어버리는 광경이 보였습니다.

그러는 사이 진로를 방해하던 바람이 잦아들면서 배는 완전히 멈추어 사방으로 떠다녔습니다. 하지만 이런 상황은 우리가 해결책을 생각할 시간을 가질 만큼 오래가지 않았습니다. 1분도 채 지나지 않아 폭풍이 몰려왔고 바로 뒤이어 하늘이 잔뜩 흐려지더니 세찬 물보라와 함께 주변이 갑자기 캄캄해졌습니다. 우리는 서로의 모습도 알아볼 수 없었습니다.

그때 불어온 허리케인을 말로 설명하려는 것은 어리석은 생각입니다. 노르웨이에서 가장 경험이 많은 선원도 절대로 그런 것을 본 적이 없을 테니까요. 허리케인이 목숨을 완전히 앗아가기 전에 우리는 급히 돛을 놓아버렸습니다. 하지만 처음 불어닥친 바람 때문에 두 개의 돛대가 마치 톱으로 잘린 것처럼 넘어갔고 안전하게 큰 돛대에 몸을 묶고 있던 둘째 형이 그만

돛대와 함께 바다로 빠지고 말았죠.

배는 물 위에 둥둥 떠 있는 가벼운 깃털 같았어요. 갑판은 선수에서 선미까지 완전히 평평했고 배의 앞부분에 작은 승강구가 하나 남아 있을 뿐이었습니다. 소용돌이를 건널 때 삼각파도가 일 것을 대비해 우리는 늘 이 승강구에 나무를 괴어놓고는 했습니다. 이렇게 해두지 않았다면 배는 즉시 침수됐을 겁니다. 실제로 우리는 짧은 시간 동안 완전히 물에 잠겨 있었으니까요. 확인할 틈이 없어서 큰형이 어떻게 죽음을 모면했는지는 모르겠습니다. 저는 앞 돛을 올리고 나서 즉시 갑판 위에 바짝 엎드려 발은 배 가장자리의 두꺼운 널빤지에 대고 손으로는 앞 돛대 밑부분의 고리 달린 볼트를 붙잡았습니다. 제 이런 행동은 순전히 본능에 따라 움직인 것이었습니다. 너무 당황해서 머리를 굴릴 경황도 없었으므로 본능을 따르는 것이 제게는 최선이었을 겁니다.

말했다시피 우리는 짧은 시간 동안 완전히 물에 잠겨 있었고 저는 그때 숨을 참으며 볼트에 꼭 매달려 있었습니다. 더 이상 숨을 참을 수 없게 된 저는 무릎을 대고 일어나 손은 여전히 볼트를 잡은 채로 고개를 물 밖으로 내밀었습니다. 이때 배가 흔들렸습니다. 마치 물 밖으로 나온 개가 몸을 털듯이 말이죠. 그리고는 약간 물 위로 떠올랐습니다. 저는 여태껏 빠져 있던 망연자실한 상태에서 깨어나 무엇을 해야 할지 생각하기 위해 마음을 가라앉히려고 애쓰고 있었습니다. 그때 누군가 제 팔을 붙잡는 게 느껴졌습니다. 큰형이었죠. 형이 바다에 빠진 줄로만 알았던 저는 뛸 듯이 기뻤습니다. 그러나 큰형이 제 귀에 입을 바짝 대고 '모스코 스트룀!'이라고 소리치는 순간 이 모든 기쁨은 공포로 변해버렸습니다.

그 순간 제 심정이 어땠는지는 아무도 모를 겁니다. 심한 오한에라도 걸린 사람처럼 전신을 부들부들 떨 수밖에 없었습니다. 그 한마디만 듣고도 형이 무엇을 뜻하는지, 무엇을 알리고 싶어 하는지 충분히 알았습니다. 이렇게 바람에 실려 소용돌이를 향해 나아가면 우리는 꼼짝없이 죽을 거란 얘기였죠!

소용돌이가 있는 물살을 건널 때면 바람이 아무리 잠잠해도 우리는 항상 멀찍이 떨어져 돌아갔고 게조 때가 되기를 기다리며 주의 깊게 바다를 지켜보았죠. 그러던 우리가 지금 이 지독한 폭풍 속에서 소용돌이치는 웅덩이를 향해 돌진하고 있었단 말입니다! 속으로 이런 생각이 들더군요. '틀림없이 게조 때가 가까웠으니 조금은 희망은 있어.' 하지만 다음 순간 바보처럼 희망을 품었던 자신이 원망스럽더군요. 대포 아흔 개를 실은 군함보다 열 배 더 큰 배를 가졌다 해도 죽음을 피할 수 없으리란 걸 잘 알고 있었기 때문입니다.

처음 폭풍이 거세게 몰아치기 시작했을 때는 우리도 빠르게 바다를 질주하고 있던 터라 별 느낌이 없었던 것 같습니다. 그러다가 처음에는 바람이 잦아들고 거품만 일던 바다가 이제 산처럼 솟아올랐죠. 하늘도 심상치 않게 변했습니다. 사방은 여전히 캄캄했지만 갑자기 머리 위쪽의 둥근 틈으로 이제까지 본 것 중 가장 맑고 새파란 하늘이 나타났습니다. 그리고 그 틈을 통해 보름달이 신기한 광채를 내뿜고 있었지요. 달은 우리 주변의 모든 것을 아주 환하게 비추었습니다. 헌데 맙소사, 달빛에 드러난 광경이 어찌나 처참하던지!

형에게 말을 걸려고 한두 번 시도했습니다. 하지만 어디서 어떻게 발생하는 건지 짐작도 할 수 없는 크고 시끄러운 소리가 점점 커져 형의 귀에 대고 있는 힘을 다해 고함을 질러도 형은 전혀 알아듣지 못하더군요. 이윽고 형은 죽은 사람처럼 창백한 얼굴로 고개를 절레절레 흔들고는 '확인해봐!'라는 뜻인 듯 손가락 하나를 치켜들었어요.

처음에는 무슨 뜻인지 몰랐지만 이내 섬뜩한 생각이 뇌리를 스쳤죠. 저는 주머니에서 시계를 꺼냈습니다. 시계는 멈춰 있었습니다. 달빛에 시간을 확인한 저는 울음을 터뜨리며 시계를 멀리 바다로 던져버렸습니다. 시계가 7시에서 멈춰 있었던 겁니다! 결국 우리는 계조 때를 넘긴 셈이고 그래서 소용돌이는 세력이 한껏 강해진 것이었죠.

배를 잘 건조하고 제대로 다듬은 뒤 짐을 적게 실으면, 배가 강풍을 받아 빠른 속도로 질주할 때 파도는 언제나 배 아래에서 미끄러져 나오는 것처럼 보입니다. 이것은 육지 사람에게 매우 희한한 광경일 겁니다. 뱃사람들의 말로는 이것을 파도를 탄다고 합니다. 어쨌든 그때까지는 실수 없이 파도를 잘 탔지만 우연히 들이친 거대한 파도에 휩쓸려 우리는 선미 돌출부 밑에 처박혔습니다. 그 파도와 함께 계속 위로 솟구쳐 마치 하늘에라도 닿을 것 같았습니다. 파도가 그토록 높이 올라갈 수 있다는 사실이 믿어지지 않았죠. 그러고 나서는 마치 꿈속의 높은 산 정상부터 떨어질 때처럼 밀리고 미끄러지고 곤두박질치며 내려오느라 현기증이 나고 속이 메슥거리더군요.

높이 올라갔을 때 주변을 재빨리 둘러보았어요. 그렇게 한 번 본 것으로도 충분했습니다. 우리가 정확히 어디에 있는지 금방 알아차렸죠. 모스쾨 스트룀 소용돌이가 불과 400미터 앞에 있었습니다. 당신이 지금 보고 있는 소용돌이가 물레방아 물줄기 같지 않은 것처럼 우리 앞의 소용돌이도 평상시 보던 모스쾨 스트룀 같지 않았어요. 만약 우리가 어디 있는지 그리고 무슨 일이 일어날지 몰랐다면 저는 그것을 전혀 알아볼 수 없었을 겁니다. 그런 상황이 너무 끔찍해서 무심결에 눈을 질끈 감았습니다. 경련이라도 난 것처럼 눈꺼풀이 서로 꽉 맞물렸지요.

그런지 채 2분도 안 되어 갑자기 파도가 가라앉는 것이 느껴졌고 주변은 온통 물거품으로 둘러싸였습니다. 배는 정확히 좌현으로 절반을 돌더니 다시 새로운 방향으로 번개같이 튀어 나갔습니다. 그와 동시에 시끄럽게 울리던 파도 소리는 일종의 높고 날카로운 소리에 완전히 압도당했지요. 수천 대의 증기선이 배수관으로 일제히 증기를 빼낼 때 나는 소리를 상상하시면 될 겁니다.

우리는 이제 늘 소용돌이 주변을 둘러싸고 있는 띠 모양의 파도에 들어가 있었습니다. 그리고 물론 얼마 지나지 않아 심연 속으로 떨어지게 될 것 같았어요. 배가 놀라운 속도로 나아가고 있어서 저 아래 심연은 흐릿하게만 볼 수 있었습니다. 배는 바닷속으로 조금도 가라앉지 않은 채 공기 방울처럼 파도 표면을 스쳐 지나가는 듯 보였어요. 배의 우현 쪽으로 소용돌이가 있었고 좌현에는 우리가 내려왔던 파도가 높게 솟아 있었습니다. 파도는 우리와 수평선 사이에서 거대하고 뒤틀린 벽처럼 서 있었지요.

이상하게도 막상 그 큰 파도 속에 있게 되니 파도에 다가갈 때보다 마음이 좀 더 침착해지더군요. 희망을 품지 않기로 마음을 먹고 나자 애초에 나를 무기력하게 만들었던 공포가 많이 사라졌습니다. 나를 긴장시킨 것은 절망이었나 봅니다.

허풍 같아 보여도 제 말은 전부 사실입니다. 그런 식으로 죽는다면 얼마나 멋질까, 신의 위력을 보여주는 놀라운 장면 앞에서 속으로 제 하찮은 개인사나 걱정하는 것이 얼마나 어리석은가 하는 생각이 들기 시작했지요. 마음속에 그런 생각이 떠오르자 저는 부끄러워 얼굴이 달아올랐어요. 시간이 어느 정도 흐른 뒤에는 소용돌이 대해서도 알고 싶어졌습니다. 어차피 곧 죽을 목숨이니 소용돌이의 깊이라도 확실히 알고 죽는 것이 좋을 것 같더군요. 다만 제가 보는 신비로운 장면들을 해안의 오랜 친구들에게 이야기해줄 수 없다는 것이 안타까웠습니다. 이런 생각들은 극한 상황에 처했을 때 마음속에 들어차는 기이한 공상이 분명했습니다. 배가 소용돌이 주변을 계속 돌고 있어서 정신이 좀 이상해졌나 봅니다.

또 다른 상황에서 저는 침착함을 되찾을 수 있었습니다. 그 상황이란 바람이 멎어 우리의 현 위치에 영향을 미칠 수 없게 된 것이었어요. 당신도 직접 보다시피 파도 띠가 일반 해수면보다 훨씬 더 아래에 있기 때문에 수면은 높고 검은 산마루처럼 우리 위로 솟아 있었습니다. 거센 강풍이 불 때 바다에 있어본 적이 없다면 바람과 물보라를 한꺼번에 맞으며 느끼는 무기력함을 알 길이 없을 거예요. 아무것도 보이지 않고 들리지 않으며 목이 조여와 움직이거나 생각할 힘도 모조리 잃게 됩니다. 하지만 우리는 이제 이런 괴로움에서 거의 벗어나 있었습니다. 마치 사형을 선고받은 죄인에게 형이 집행되기 전에는 금지되었던 사소한 일들을 할 수 있게 허용해주는 것처럼 말이죠.

얼마만큼 띠를 따라 돌았는지는 모르겠습니다. 한 시간가량을 빠르게 돌고 돌았던 것 같습니다. 물에 떠 있다기보다 날다시피 해서 점차 파도의 중앙으로 들어선 다음 무시무시한 안쪽 테두리에 가까워지고 있었지요. 그러는 내내 저는 고리 모양 볼트를 한 번도 놓지 않았습니다. 형은 배 뒤편에서 선미 돌출부의 통발 아래 단단히 묶여 있던 텅 빈 작은 물통을 붙들고 있더군요. 그 물통은 처음 강풍이 우리를 덮쳤을 때 바다로 휩쓸려 떨어지지 않고 갑판에 남은 유일한 물건이었죠. 배가 소용돌이 가장자리로 가까이 가자 형은 이 물통을 팽개치고 볼트 쪽으로 왔습니다. 하지만 고리 달린 볼트는 두 명이 잡아도 될 만큼 크지 않았으므로 공포에 찬 형은 있는 힘을 다해 제 손을 짓눌렀어요. 순전히 두려움에 사로잡혀 제정신이 아닌 상태에서 하는 행동이란 것을 알면서도 형의 그런 모습을 보니 가슴이 미어지더군요.

아무튼 저는 그 지점을 두고 형과 겨루고 싶지 않았습니다. 우리 둘 중 누가 잡더라도 달라질 것은 없었으니까요. 그래서 볼트를 형에게 양보하고 배 뒤편에 있는 물통으로 갔습니다. 이동하는 것은 그리 어렵지 않았어요. 거대하게 요동치는 소용돌이에 휘말리고도 배가 이리저리 흔들리기만 할 뿐 균형을 유지한 채 계속 빙빙 돌며 흘러갔기 때문입니다. 그런데 미처 새로운 자리를 확보하기도 전에 배가 소용돌이 쪽으로 확 기울더니 심연 속으로 곤두박질쳤습니다. 급히 신에게 올리는 기도를 웅얼거리며 이제 다 끝났다고 생각했어요.

아래로 쓸리듯 떨어지는 느낌에 구역질이 났지만 본능적으로 통을 꽉 붙든 채 눈을 감았습니다. 잠깐은 감히 눈을 뜰 엄두가 나지 않더군요. 배는 곧바로 부서졌을 것 같았고 저 자신도 이미 더 이상 바다와 목숨 걸고 싸울 필요가 없는 상황에 이른 것은 아닌지 궁금했는데도 말입니다. 하지만 시간이 꽤 지났는데도 저는 아직 살아 있었습니다. 추락하는 느낌은 멈추었고 배의 움직임도 예전과 비슷해 보였죠. 이제 배가 띠를 이룬 물거품 안에 놓여 있다는 점만 달랐어요. 저는 용기를 내어 다시 한 번 현장을 둘러보았습니다.

주변을 보며 느꼈던 두려움과 전율, 경이로움은 결코 잊지 못할 것입니다. 배는 마술에라도 걸린 듯 방대한 둘레와 엄청난 깊이를 가진 깔때기의 안쪽 면에 절반만 걸쳐져 있는 것 같았습니다. 깔때기의 매끄러운 옆면은 흑단으로 착각할 정도였지만 실은 정신없이 빠른 속도로 회전하며 제가 이미 설명했던 구름 가운데 둥근 틈으로 비추던 보름달의 달빛처럼 섬뜩하게 빛나는 광채를 냈어요. 황금빛 광채는 까만 벽을 따라 흘러 심연의 제일 깊숙한 안쪽으로 멀어졌죠.

처음에는 너무 혼란스러워서 아무것도 정확히 관찰할 수 없었습니다. 제가 본 것이라고는 여기저기 펼쳐져 있는 멋진 장관이 전부였어요. 하지만 정신이 좀 들자 본능에 따라 아래를 내려다보았죠. 배가 소용돌이의 기울어진 표면에 매달려 있는 상태여서 아래쪽으로 탁 트인 시야를 확보할 수 있었습니다. 배는 균형을 아주 잘 유지했습니다. 갑판이 해수면과 평행을 이루었지만, 해수면 자체가 45도 이상 기울어 있었으므로 우리 배도 옆으로 기울어진 거나 마찬가지였어요. 그런데도 저는 이 상황에서 통을 잡고 지지하는 것이 완전히 수평으로 있을 때보다 별로 힘들게 느껴지지 않았습니다. 아마 배가 회전하는 속도 때문이었을 겁니다.

달빛이 저 깊은 밑바닥까지 비추는 듯 보였지만 짙은 안개 때문에 아무것도 분명하게 볼 수 없었어요. 모든 것이 안개에 싸여 있었고 이슬람교도들이 시간과 영원 사이의 유일한 통로라고 말하는 아름다운 무지개가 좁고 흔들거리는 교각처럼 안개 위에 걸려 있었습니다. 이 안개나 물보라는 틀림없이 깔때기의 거대한 벽들이 밑바닥에서 함께 만날 때 서로 부딪쳐 생긴 것이었습니다. 하지만 그 안개에서 나와 하늘로 올라가는 외침은 도저히 묘사할 길이 없네요.

우리가 위쪽 거품 띠에서 심연으로 처음 미끄러져 들어갔을 때는 경사면 아래로 꽤 멀리 나아갔습니다. 하지만 그 후부터는 떨어지는 거리가 일정치 않았습니다. 일정하게 움직인 것이 아니라 어지러울 정도로 심하게 흔들리며 빙글빙글 돌아 어떨 때는 몇 백 미터 나아갔고 어떨 때는 소용돌이 둘레를 거의 한 바퀴 돌기도 했지요. 느리긴 해도 매번 선회할 때마다 아래로 내려가고 있는 것이 느껴졌습니다.

흑단처럼 검은 물로 이루어진 넓은 황무지 위에 얹혀 주변을 둘러보니 소용돌이 안에는 우리 배만 있는 것이 아니었습니다. 우리 위아래로 선박 파편, 건축 목재 덩어리, 나무 몸통과 더불어 가구, 부서진 상자, 물통, 막대기와 같은 작은 물건들도 보였습니다.

원래 있던 공포 대신 이상한 호기심이 생겼다고 이미 말했었지요. 끔찍한 운명에 점점 다가갈수록 호기심도 더 커지는 것 같았습니다. 이제 저는 묘한 흥미를 느끼며 주변에 떠다니는 수많은 물건을 관찰하기 시작했습니다. 아래에 있는 물거품을 향해 물건들이 여러 번에 걸쳐 낙하할 때 그것들의 상대적 속도를 예측하는 것조차 재미있다고 생각한 걸 보면 정신이 어지간히 혼미했었나 봅니다. 한번은 혼자 이렇게 중얼거렸죠. '끔찍하게 곤두박질쳐 사라질 다음 물건은 분명히 이 전나무일 거야.' 그러다가 네덜란드 상선의 파편이 전나무를 앞질러 내려가는 것을 보고는 실망했습니다. 이런 식으로 추측이 몇 번 엇나가고 난 뒤 반복해서 틀렸던 점들을 맥락에 맞추어 생각해보게 되었습니다. 그 결과 다시금 온몸이 떨리고 심장이 쿵쾅거렸죠.

제게 찾아온 것은 새로운 공포가 아니라 설레는 희망의 조짐이었습니다. 이 희망의 일부는 기억에서, 일부는 지금 관찰한 것에서 생겨난 것이었습니다. 모스쾨 스트룀에 빨려 들어갔다가 다시 위로 떠올라 로포텐 해안에 흩어져 있던 다양한 종류의 부유물을 떠올려 보았지요. 엄청난 수의 물건들이 매우 이상하게 흩뿌려져 있었어요. 심하게 훼손되고 거칠어져서 산산이 부서진 모습이더군요. 하지만 제 기억으로는 확실히 그중에 전혀 손상을 입지 않은 물건들도 있었습니다. 여기서 그 차이에 대해 추측해본 유일한 경우는 이렇습니다. 거칠어진 파편들은 소용돌이로 완전히 빨려 들어갔던 것들이고 나머지 멀쩡한 물건들은 밀물과 썰물 때 너무 늦게 소용돌이로 들어갔거나 또는 어떤 이유에서인지는 몰라도 소용돌이에 들어간 뒤 아주 느리게 떨어져서 밀물이 들어오거나 썰물이 빠지기 전까지 여전히 바다에 닿지 못했던 겁니다. 어떤 경우건 간에 이 물건들은 더 일찍 소용돌이에 휘말렸거나 더 빠른 속도로 빨려 내려간 물건들과 달리 무사히 해수면 위로 다시 떠오를 수 있었을 거라고 상상해보았지요.

중요한 관찰도 세 가지 했습니다. 첫째, 대개 물건의 부피가 클수록 하강 속도가 빠르다. 둘째, 길이가 같은 두 개의 물체가 하나는 구 모양이고 다른 하나는 다른 모양일 경우 구 모양 물체의 하강 속도가 더 빠르다. 셋째, 크기가 같은 두 개의 물체가 하나는 원통 모양이고 다른 하나는 다른 모양일 경우 원통 모양 물체의 빨려드는 속도가 더 느리다.

소용돌이에서 빠져나온 이후에 저는 이 주제에 대해 지방의 나이 지긋한 교사 한 분과 여러 차례 이야기를 나누었습니다. '원통'과 '구'라는 단어를 사용할 줄 알게 된 것도 그분 덕분이지요. 그분이 설명한 대로 똑같이 기억은 나지 않지만 어쨌든 제가 목격한 것은 물에 뜨는 물체의 모양에 따른 자연스러운 결과라고 했어요. 그리고 소용돌이 위에 떠 있는 원통은 부피가 같고 모양이 다른 물체에 비해 빨아들이는 힘에 대한 저항

력이 더 커서 소용돌이 속으로 끌려 들어가기도 더 어렵다는 것을 실험으로 보여주셨습니다.[1]

제가 한 관찰들을 뒷받침해주고 그것들을 활용해보고 싶게 만든 놀라운 정황이 한 가지 있었습니다. 소용돌이 위를 돌면서 우리는 물통이나 그 밖에 배의 활대나 돛대 같은 것을 지나쳤지요. 제가 처음 눈을 뜨고 소용돌이의 경이로운 모습을 보았을 때 이들 중 많은 수가 우리와 같은 높이에 있었지만 지금은 우리보다 위쪽 높은 곳에 있었고 처음 위치에서 거의 움직이지 않은 것 같았어요.

저는 더 이상 무엇을 할까 망설이지 않았습니다. 이제까지 붙들고 있던 물통에 몸을 단단히 묶고 선미 돌출부에 매여 있는 밧줄을 끊은 다음 물속으로 뛰어들기로 마음먹었습니다. 손짓으로 형을 불러 근처로 떠밀려온 통을 가리키며 있는 힘을 다해 제가 무엇을 할 작정인지를 이해시키려고 노력했습니다. 마침내 형은 제 계획을 알아들은 것 같았습니다. 하지만 이 생각이 맞는 건지 틀린 건지 확신할 수 없었죠. 형은 절망하여 고개를 절레절레 흔들기만 할 뿐 고리 모양 볼트에서 이동하려 하지 않더군요. 형에게 가닿는 것은 불가능했고 상황이 급박해서 지체할 수도 없었지요. 힘껏 설득해도 소용이 없자 저는 형을 형의 운명에 맡기기로 하고 선미 돌출부에 물통을 고정해놓았던 밧줄을 이용해 몸을 물통에 단단히 잡아맨 후 조금도 망설이지 않고 바다로 뛰어들었습니다.

---

1) 아르키메데스의 《액체 속에서 낙하하는 물체에 관하여》 2권 참조 – 원주

결과는 정확히 제가 바라던 대로였습니다. 지금 이 이야기를 하고 있는 제가 보다시피 탈출에 성공한 장본인이고 당신은 제가 어떤 방법으로 탈출했는지도 이미 알고 있으니 뒤의 내용도 다 예상할 수 있을 겁니다. 그럼 얼른 결말을 말하지요.

배에서 뛰어내린 지 한 시간쯤 지났을 겁니다. 배는 제 아래로 아주 멀찌감치 내려가 있었고 빠른 속도로 서너 차례 연이어 회전하고 나서 사랑하는 큰형을 실은 채, 그 순간 영원히 거품으로 가득 찬 혼돈 속으로 곤두박질쳤습니다. 제가 묶여 있던 물통이, 물속으로 뛰어든 지점과 소용돌이의 심연 사이 중간 정도에 떠 있을 때 소용돌이의 기세에 큰 변화가 일어났죠. 거대한 깔때기 옆면의 경사가 점점 완만해졌습니다. 소용돌이의 회전도 점차 느려졌고요. 서서히 거품과 무지개가 사라지고 소용돌이의 심연도 천천히 수면 가까이로 올라오는 듯 보였습니다.

바다 위로 떠올랐을 때 하늘은 맑았고 바람은 잦아들었으며 서쪽에 밝은 보름달이 떠 있었습니다. 모스쾨 스트룀이 생겼던 지점 위쪽으로 로포텐 해안이 전부 시야에 들어왔어요. 게조 시간이었지만 허리케인의 영향으로 아직도 바다에는 산처럼 거대한 파도가 일렁이고 있었습니다. 저는 미친 듯이 해류 안으로 들어갔고 몇 분 만에 해안 쪽으로 밀려 내려가 어부들의 구역으로 들어섰어요. 배 한 척이 기진맥진해 있는 저를 건져 올렸죠. 이제 위험이 모두 사라졌는데도 공포로 가득한 기억 때문에 말이 나오지 않더군요.

저를 배 위로 끌어올린 사람들은 매일같이 보던 옛 동료들이었습니다. 하지만 저를 알아보지 못하고 영혼의 땅에서 온 여행자쯤으로 여겼어요. 전날까지도 까마귀의 깃털처럼 새까맣던 머리가 지금 보시는 것처럼 하얗게 세어버렸기 때문입니다. 그들이 보기에 제 표정도 확 바뀌었다더군요.

그들에게도 제가 겪은 이야기를 들려주었지만 믿지 않았죠. 지금 당신에게도 그 이야기를 하고는 있지만 당신이 로포텐의 유쾌한 어부들보다 제 이야기를 더 많이 믿어줄 거라고 기대하지는 않습니다."

아몬틸라도 술통

Edgar A. Poe

아몬틸라도 술통

포르투나토가 내게 준 그 수많은 상처를 나는 이제껏 애써 견디고 참아왔다. 하지만 또다시 나를 모욕하다니! 나는 마침 내 복수의 칼을 빼들었다. 내 천성을 잘 아는 사람이라면 험한 말을 입에 올리는 내 모습을 상상하기는 어려울 것이다. 하지만 언젠가는 복수하고야 말겠다. 이 점만은 기정사실이다. 하지만 이 일을 처리하면서 분명하게 짚고 넘어가야 하는 것은 절대 내게는 위험 부담이 없어야 한다는 것이다. 놈을 응징하되 나는 죗값을 치르지 않는 형태의 응징이어야만 했다. 처벌하는 사람이 벌을 받으면 그 죄는 제대로 처벌된 것이 아니다. 또 죄인이 천벌을 받고 있다고 느끼지 못한다면 그 또한 확실히 처벌했다고 할 수 없을 것이다.

포르투나토가 내 결연한 의지를 말이나 행동에서 눈치채지 못하도록 하는 것이 관건이었다. 나는 평소와 다름없이 포르투나토를 웃는 얼굴로 대했다. 다만 그 미소 속에 숨겨놓은 살의를 그가 전혀 눈치채지 못하고 있을 뿐이었다.

사람들은 포르투나토를 존경했고 심지어 편하게 대할 수 없는 두려운 존재로 여기기도 했지만 그런 그에게도 한 가지 약점은 있었다. 그것은 와인 감정에 있어서만큼은 자신이 대가라고 고집하는 자부심이었다. 아니, 이탈리아 사람치고 진정한 거장의 영혼을 가진 이가 몇이나 되겠는가. 돈 많은 영국인이나 호주인들을 등쳐먹을 기회가 생기면 침을 튀기며 열의를 보이는 정도가 고작 아닌가. 여느 이탈리아인과 마찬가지로 포르투나토도 그림과 보석 감정에는 사기꾼 기질을 유감없이 발휘했지만 오래된 와인을 감정할 때만큼은 진심에서 우러나온 진지한 모습을 보였다. 나 또한 그 점에서는 결코 뒤지지 않았다. 이탈리아산 와인 감정에 대단한 실력을 갖추고 있었고 기회가 있을 때마다 대량으로 사들이곤 했다.

나의 대단한 친구를 우연히 만난 건 사육제의 광기 어린 흥분이 최고조에 달했던 어느 날의 해 질 무렵이었다. 이미 거나하게 취해 있던 포르투나토는 나를 보고는 과하다 싶을 정도로 다정하게 인사를 건네며 손을 내밀었다. 우스꽝스럽기 짝이 없는 옷차림이었다. 몸에 꽉 끼는 줄무늬 옷을 입고 딸랑거리는 방울이 몇 개 달린 고깔모자를 쓰고 있었다. 그러지 말았어야 했는데 나는 친구의 열렬한 태도에 동화되어 흥분되고 기쁜 나머지 그의 손을 꽉 쥐고 반가워했다.

"내 사랑하는 친구 포르투나토, 이리 운 좋게 만나다니! 오늘 정말 최고로 근사해 보이는걸? 그런데 나에게 아무래도 미심쩍은 일이 생겼다네. 아몬틸라도(스페인산 백포도주-옮긴이)라고 해서 큰 통으로 하나를 샀는데 영…."

"아몬틸라도를? 큰 통으로? 말도 안 돼! 사육제 한중간에?"

"내 말이 그 말이라네. 아무래도 의심쩍다니까. 게다가 자네한테 한 번 물어보지도 않고 바보같이 아몬틸라도 값을 몽땅 내지 않았겠나. 자네는 찾을 길이 없는데 싸게 살 수 있는 절호의 기회를 놓치게 될까 봐 조바심이 나서 말이지."

"아몬틸라도라고?"

"나도 수상쩍다네."

"아몬틸라도?"

"아무래도 이 찜찜한 마음을 풀고 싶어서 말이야."

"아몬틸라도라고 했나?"

"자네는 바빠 보여서 루케시를 찾아가는 중이었다네. 냉철한 와인 감정이라면 아무래도 루케시를 따를 자가 없겠지? 루케시라면 내게…."

"루케시는 아몬틸라도와 셰리도 구별하지 못하는 작자야."

"하지만 자네만큼이나 루케시도 감각이 있다고 하는 멍청이들도 있던데."

"자, 가자고."

"어딜?"

"자네 집 지하 저장고로."

"하, 이 친구, 안 될 말이네. 자네가 아무리 사람 좋기로 유명해도 이렇게 폐를 끼칠 수야 있나? 자네는 바쁜 거 같으니 나는 그만 루케시…."

"바쁠 일 없어, 어서."

"오, 이 친구, 안 된다니까. 바쁘지 않다 하더라도 자네 지금 추워서 벌벌 떨고 있잖나. 지하 저장고는 말도 못 하게 눅눅하다네. 온통 초석(질산칼륨. 동굴에서 볼 수 있는 백색 고체. 화약의 재료 – 옮긴이)을 뒤집어쓸 테고 말이야."

"상관없어, 가자고. 추위 따위가 뭐 대수라고. 세상에, 아몬틸라도라니! 자넨 속았어, 속은 거라고. 하아, 루케시라니. 셰리와 아몬틸라도도 분간할 줄 모르는 놈을."

이렇게 말하면서 그는 내 팔을 잡아끌었다. 나는 검은색 실크 마스크와 검은 망토를 질질 끌면서 포르투나토를 데리고 집으로 향했다. 술에 취해 바싹 안기다시피 매달린데다 어찌나 서둘러 걷는지 무척 힘들었다.

역시나 집에는 아무도 없었다. 모두 신나게 사육제를 즐겨보겠다고 슬그머니 빠져나간 것이다. 집을 나서며 나는 내일 아침까지 못 들어오니 모두 꼼짝 말고 있으라고 신신당부를 했다. 이 말은 오히려 내가 등을 돌리는 순간 한 사람도 빠짐없이 곧바로 사라질 명백한 계기가 될 거라는 사실을 이미 알고 있었다.

벽에 붙은 촛대에서 횃불 두 개를 가져다가 하나를 포르투나토에게 건네주었다. 그리고 매우 공손한 태도로 여러 개의 방이 하나로 연결된 커다란 방을 지나 지하 저장고로 이어지는 아치형 길로 안내했다. 나는 긴 나선형 계단을 내려갈 때 뒤따라오는 친구를 향해 조심하라며 걱정스러운 어투로 말했다. 드디어 발끝이 지하 바닥에 닿았고 우리는 몬트레조르 가문 지하 묘지의 눅눅한 바닥에 내려섰다.

포르투나토는 술에 취해 걸음이 불안정했고 발을 내디딜 때마다 모자에 달린 방울들이 딸랑거렸다. 그가 성급하게 물었다.

"아몬틸라도는?"

"여기서 조금 더 가야 한다네. 이런, 동굴 벽에 희미하게 반짝거리는 흰 거미줄 좀 보게."

포르투나토는 눈물이 찔끔찔끔 나오는 눈을 가늘게 뜨고서 나를 돌아보며 말했다.

"초석?"

"그렇다네, 초석."

"어, 쿨럭! 어, 쿨럭! 쿨럭! 아! 쿨럭! 쿨럭! 쿨럭!"

"기침은 도대체 언제부터 이렇게 심해진 건가?"

내가 목소리에 염려를 듬뿍 담고 물었다. 가련한 내 친구는 한동안 대답도 할 수 없을 지경으로 기침을 해댔다.

"별거 아니야."

"돌아가세, 돌아가야 해. 자네 건강보다 중요한 일이 뭐가 있겠나. 자네는 부유한데다 사람들의 존경과 칭찬과 사랑을 한 몸에 받는 사람 아닌가? 자네는 참으로 행복한 사람일세. 나도 한때 그런 시절이 있기는 했네만. 사람들이 자네가 없는 세상을 상상이나 할 수 있겠나? 나야 뭐, 아무것도 아니지. 돌아가세. 자네가 병이라도 들면 나는 책임질 능력도 없는 사람 아닌가. 게다가 루케시도 있고 하니…."

"아, 됐어. 기침 이까짓 게 뭐 대수라고. 죽기야 하겠어? 내가 기침 따위로 죽을 사람으로 보이나?"

"아니지, 아니고말고. 쓸데없이 자네를 놀라게 하려던 건 아니었네. 다만 언제나 조심해서 나쁠 건 없다는 말이지. 자네는 우리에게 중요한 사람 아닌가. 여기 메독 한 모금 하시게. 눅눅한 한기가 좀 가실 걸세."

나는 와인 저장 틀에 길게 늘어놓은 술병 중 하나를 끌어다
마개를 땄다.

"드시게."

나는 와인을 건네주며 말했다. 포르투나토는 살짝 눈을 돌리
며 술병을 입술로 가져갔다. 와인을 머금고 한참을 음미하더니
나를 쳐다보며 만족스럽다는 듯 정겹게 고개를 끄덕였다. 모자
에 매달린 방울 소리가 짤랑거렸다.

"지금 우리 곁에 누워 계시는 고인들을 위해!"

"나는 자네의 장수를 빌겠네."

그가 다시 내 팔을 잡아끌었고 우리는 걷기 시작했다.

"이 지하 묘지는 엄청나군."

"몬트레조르 가문은 위대하고 어마어마한 대가족이었지."

"자네 가문의 문장이 뭐였더라."

"하늘색 바탕에 금장한 커다란 발. 발은 발꿈치에 독니를 박
아 넣은 사나운 독사를 짓누르고 있지."

"의미는?"

"너를 해하는 자는 반드시 응징하라."

"멋지군!"

포르투나토의 눈은 와인의 힘으로 생기가 넘쳤고 방울은 여
전히 딸랑거렸다. 메독과 함께 내 계획도 활기를 띠었다. 우리
는 해골이 켜켜로 쌓여 있는 벽을 지나 크고 작은 술통들이 어
지럽게 널린 곳을 거쳐 지하 묘지에서 가장 깊숙한 토굴까지
갔다. 나는 다시 잠시 걸음을 멈추고 이번에는 과감하게 포르

투나토의 팔뚝을 잡으며 말했다.

"보시게, 초석이 점점 늘어나고 있어. 이끼처럼 아치 천장까지 잔뜩 매달려 있군. 우리는 지금 강바닥 바로 아래에 있다네. 물방울이 인골들 사이로 똑똑 떨어지고 있어. 더 늦기 전에 여기서 나가야 하네. 자네 기침이…."

"쿨럭! 아무것도 아니라니까. 계속 가기나 하자고. 그 전에 메독 한 모금 더 하지."

나는 또 다른 와인 한 병을 따서 포르투나토에게 건넸다. 그는 단숨에 들이켰다. 눈이 갑자기 격렬하게 빛나는가 싶더니 미친 듯이 웃으며 병을 던지고 이해할 수 없는 몸짓을 했다. 내가 놀라 쳐다보자 그로테스크한 동작을 다시 한 번 했다.

"모르겠나?"

"글쎄, 나는…."

"그럼 자네는 동지가 아닌 게로군."

"응?"

"자네는 프리메이슨이 아니라고."

"아, 그거? 아니야, 나도 동지라네."

"자네가? 하, 그럴 리가! 프리메이슨이라고?"

"메이슨이라니까."

"증거."

나는 망토 속주머니에 있던 흙손을 꺼내 보이며 말했다.

"이거라네."

그는 흠칫 뒤로 몇 걸음 물러나며 큰 소리로 말했다.

"자네 참 재밌군."

"아몬틸라도나 보러 가자고."

"그러세."

나는 흙손을 다시 망토 안으로 집어넣으며 팔을 내밀었다. 술기운이 더 도는지 포르투나토는 무겁게 기대왔다. 우리는 아몬틸라도를 찾아 다시 걷기 시작했다. 나지막한 아치 지붕 여러 개를 지나 내려가고 지나가고 또다시 아래로 내려가서 마침내 깊은 토굴 앞에 도착했다. 토굴 안은 공기가 너무 탁해서 우리가 들고 있는 횃불이 활활 타오르지 못하고 겨우 어스름하게 명맥만 유지했다.

토굴 가장 깊숙한 곳까지 들어가자 작은 토굴이 또 하나 나타났다. 파리의 거대한 지하 묘지에서 유행하는 것처럼 벽은 인간의 유골로 빽빽이 채워져 둥근 천장까지 쌓여 있었다. 내부의 세 면은 이런 식으로 장식되어 있었지만 나머지 한 면은 쌓였던 해골이 무너져 바닥 한쪽에 작은 언덕 모양으로 쌓여 있었다. 인골이 무너지면서 벽 안쪽이 드러났는데 안으로 쑥 들어간 공간이 보였다. 가로세로 약 1미터에 높이는 2미터 정도였다. 그곳은 특별한 용도로 만들어졌다기보다 지하 묘지를 떠받치는 거대한 기둥 두 개 사이에 자연스럽게 만들어진 공간이었고 뒷벽은 기둥에 쓰인 단단한 화강암 재질이었다. 포르투나토는 흐릿한 횃불을 치켜들고 안쪽을 들여다보려고 안간힘을 써봤지만 불빛이 희미해서 토굴 안쪽은 잘 보이지 않았다.

"계속 가시게."

"이 안에 아몬틸라도가 있다네. 루케시라면⋯."

"글쎄 그자는 아무것도 모른다니까!"

포르투나토는 도중에 내 말을 끊더니 비틀거리며 안으로 들어갔다. 나도 곧장 그를 바싹 뒤쫓았다. 눈 깜짝할 사이에 포르투나토는 토굴 가장자리에 도착했고 앞을 가로막은 화강암 벽면에 화들짝 놀라 멈칫 서 있었다. 그 순간 포르투나토를 화강암 벽에 힘껏 밀어붙이고 족쇄를 채웠다. 벽면에 약 50센티미터 간격으로 두 개의 U자 모양 쇠붙이가 나란히 박혀 있었다. 한쪽에는 짧은 사슬이 달려 있었고 나머지 한쪽에는 자물쇠가 걸려 있었다. 그의 허리에 사슬을 감아 단단히 조이는 데는 불과 2초도 걸리지 않았다. 포르투나토는 너무 놀라 저항할 엄두조차 내지 못했다. 나는 자물쇠의 열쇠를 손에 쥐고 뒤로 물러섰다. 그리고 그를 향한 내 분노를 담아 싸늘한 목소리로 말했다.

"손을 뻗어 벽을 만져보시게. 벽이 온통 초석으로 반들반들하군. 정말이지 아주 축축할 텐데. 이거 한 번 더 되돌아가자고 애원을 해야 하나? 싫으시다고? 하는 수 없지 뭐. 혼자 가는 수밖에. 하지만 그 전에 먼저 네놈이 그동안 내 권위를 깡그리 무시한 은혜를 갚아주겠어."

여전히 사태 파악이 전혀 안 되고 있던 내 친구라는 작자가 갑자기 버럭 소리를 질렀다.

"아몬틸라도!"

"아, 물론, 아몬틸라도지."

친구의 말에 대꾸하면서 무너진 해골 더미를 뒤졌다. 인골을 한쪽으로 밀어내자 안에서 벽돌과 회반죽이 꽤 많이 나왔다. 나는 흙손을 꺼내 이 재료들을 가지고 토굴 입구를 막는 작업에 힘차게 돌입했다.

내가 겨우 첫 줄을 쌓기도 전에 토굴 안쪽에서 들려온 낮게 흐느끼는 울음소리로 포르투나토가 급격하게 술에서 깨고 있다는 것을 알아차렸다. 그것은 술 취한 사람의 울음소리가 아니었다. 그리고는 꽤 오랫동안 끈질기게 아무 소리도 들리지 않았다. 나는 계속 작업을 했다. 둘째, 셋째, 넷째 줄을 쌓아 올릴 무렵, 이번에는 사슬이 격렬하게 요동치는 소리가 들렸다. 몇 분간 절거덕거리는 소리가 계속 들려오는 동안 왠지 모를 흡족한 기분에 휩싸여 하던 일을 멈추고 해골 더미 위에 앉아 귀를 기울였다. 요란한 사슬 소리가 차츰 가라앉고 더 이상 들리지 않게 되자 나는 아무 방해도 받지 않고 다섯째, 여섯째, 일곱째 줄까지 흙손질을 마쳤다. 벽은 이제 내 가슴 높이까지 올라왔다. 나는 다시 하던 일을 멈추고 쌓아놓은 벽 너머로 횃불을 들이밀어 안에 있는 형체를 향해 어스레한 불빛을 비췄다.

갑자기 크고 날카로운 비명이 들렸다. 사슬에 묶인 놈의 목구멍에서 연달아 터져 나온 비명은 마치 내 몸을 거칠게 뒤로 밀어젖히는 것 같았다. 몸이 부르르 떨려와 잠시 멈칫했다.

나는 가볍고 가느다란 장검을 꺼내 놈이 있는 토굴 여기저기를 마구 찔러댔다. 하지만 곧 그렇게까지 반응할 일도 아니다 싶어졌다. 토굴 벽면을 만져보니 얼마나 단단한 구조인지 느낄 수 있어 새삼 안심이 되었다. 나는 다시 쌓고 있던 벽으로 다가갔다. 여전히 울부짖고 있는 놈을 향해 소리를 질렀다. 동시에 울부짖고 포르투나토의 절규에 더 큰 절규로 화답하면서, 크기로도 세기로도 놈에 뒤지지 않게 악을 써줬다. 마침내 난리법석을 떨던 놈이 잠잠해졌다.

자정이 되자 하던 작업도 거의 막바지에 접어들었다. 여덟째, 아홉째, 열째 줄까지 마쳤다. 이제 열한 번째 줄도 거의 다 마무리돼가고 있었다. 벽돌을 올리고 회반죽을 바르면 끝나는 마지막 한 장이 남았을 때였다. 돌을 끙끙대며 들어 올려 비어 있던 자리에 막 올려놓으려는 찰나였다.

바로 그 순간, 토굴 저 안쪽에서 나지막한 웃음소리가 들려왔다. 내 머리카락은 온통 곤두섰다. 웃음소리는 구슬픈 울음소리로 이어졌고 그 고매하신 포르투나토 님이라고는 도저히 상상할 수 없는 목소리가 들려왔다. 그의 애절한 음성은 이렇게 말하고 있었다.

"하! 하! 하! 히! 히! 정말 재미난 장난이야, 최고로 웃기는 장난이라고. 집으로 돌아가 이 이야기를 하면서 신나게 웃어보자고 친구. 이! 히! 히! 와인 잔을 기울이며 이! 히! 히!"

"아몬틸라도로 해야겠지."

"히! 히! 히! 이! 히! 히! 그렇지 술은 역시 아몬틸라도지. 하지만 너무 늦지 않았나? 집에서 포르투나토 여사와 아이들이 우리를 기다리고 있지 않을까? 우리 이제 장난은 그만하고 집으로 가세나."

"그럴까? 그럼 가보시든지."

"몬트레조르, 제발!"

"오, 그렇지, 제발이라고 사정하셔야지."

벽에 귀를 대고 대답을 기다렸지만 아무 소리도 들리지 않았다. 나는 갑자기 조바심이 나서 큰 소리로 놈의 이름을 불렀다.

"포르투나토!"

대답이 없었다. 다시 고함을 질렀다.

"포르투나토!"

여전히 대답이 없었다. 나는 마지막으로 남아 있던 벽돌 한 장 자리로 횃불을 디밀어 벽 안쪽으로 떨어뜨렸다. 그저 딸랑하는 방울 소리만 들려왔다. 가슴이 먹먹해졌다. 물론 지하 묘지의 습기 탓이었다. 나는 서둘러 작업을 끝냈다. 남은 벽돌을 제자리에 올리고 흙손으로 회칠을 했다. 새로 만든 회벽 앞에 원래 있던 대로 해골을 차곡차곡 꼼꼼하게 천장까지 쌓아 올렸다. 반세기가 지나는 동안 그 벽을 건드린 이는 아무도 없었다. 친구여, 편히 잠드소서!

함정과 진자

함정과 진자

여기, 피에 굶주린 자들의 배를 채웠던
무고한 군중이 분노하여 일어섰던 곳,
이제 죽음의 동굴은 파괴되고 평화가 깃드니
싸늘한 죽음이 있던 자리, 평온한 삶이 머물다.

— 파리의 자코뱅 클럽 유적에 선 시장 정문 현판 4행시

　메스꺼웠다. 기나긴 고통으로 죽을 것만 같았다. 저들이 마침내 결박을 풀어주며 자리에 앉으라고 했을 때 몸에서 모든 감각이 떠나가고 있다는 생각이 들었다. '사형 선고', 무시무시한 죽음을 예고하는 단어가 내 귀에 또렷하게 들린 마지막 말이었다. 선고 후에 들려온 재판관들의 말은 그저 희미하게 웅성대는 소리일 뿐이었다. 아마도 물레방아가 돌아갈 때 윙윙거리는 소리와 비슷해서인지 둥근 바퀴와 함께 '변혁'이라는 단어가 연상되었다. 소리는 금방 사라지고 더 이상 아무것도 들리지 않았다. 그러나 한순간 시야에 들어온 것이 있었다. 오, 그토록 끔찍하게 확대된 모습이라니! 시커먼 법복을 걸친 재판관

들의 입술이었다. 그들의 입술은 이 글을 쓰고 있는 종이보다 하얗게 아니 더 하얗게, 가늘게, 기괴하리만치 가늘게 보였다. 그 입술들은 타인의 고통 따위는 단호하게 무시하며 확고부동하게 결정된 의사를 강력하게 전달했다. 내 운명을 결정하는 치명적인 판결을 내리며 괴이하게 뒤틀렸고 내 이름을 한 음절 한 음절 또박또박 발음했다.

온몸이 견딜 수 없이 떨려왔다. 청각이 사라진 듯 아무 소리도 들을 수 없었기 때문이었다. 밀려드는 공포로 혼미해지는 와중에 법정에 둘러친 시커먼 휘장이 거의 알아볼 수 없을 만큼 미세하게 흔들리는 것이 보였다. 커다란 촛불 일곱 개가 켜진 테이블도 시야에 들어왔다. 처음에 촛불은 나를 구해주러 내려온 흰옷을 입은 하늘하늘한 구원의 천사들 같았다. 하지만 느닷없이 금방이라도 토할 듯이 욕지기가 치받쳐 오르며 수천 볼트의 전류가 흐르는 전선이라도 만진 것처럼 온몸의 신경이 전율했다. 천사로 보이던 촛불이 불꽃을 머리에 달고 있는 무의미한 악마로 변하는 동안, 나는 그들로부터 어떤 도움도 받을 수 없음을 알아차렸다. 죽음 뒤 잦아들 달콤한 휴식에 대한 열망이 격정적인 선율처럼 공상의 세계로 비집고 들어왔다. 그 생각은 너무도 슬그머니 스며들어 완전히 이해하는 데 시간이 걸리기는 했지만 마침내 정확히 알고 음미할 즈음 마법처럼 내 앞에서 재판관들이 사라졌다. 기다란 촛불 또한 하찮은 존재로 사라져 칠흑 같은 어둠이 찾아들자 모든 감각이 망자의 세계 하데스를 향해 미친 듯이 질주해 떨어졌다. 마침내 침묵과 정적 속에서 밤의 나락으로 빠져들었다.

나는 정신을 잃고 쓰러졌지만 모든 의식을 다 잃었다고 말할 수는 없을 것 같다. 남아 있던 의식이 정확히 무엇인지 정의하거나 묘사할 수는 없어도 정신을 다 잃지 않은 것만은 분명했다. 깊은 잠에 빠져 있을 때나 망상의 세계에 빠져 있을 때 혹은 기절한 순간이나 숨이 멎은 다음, 나아가 무덤 속에서조차도 우리는 영혼을 전부 잃어버리는 것은 아니다. 인간에게 허락된 불멸은 오직 그뿐이다. 깊은 잠에서 깨어나면서 우리는 꾸고 있던 꿈의 거미줄 같은 잔상들을 걷어낸다. 하지만 거미줄은 너무나 희미했던 터라 우리는 꿈을 꾸고 있었다는 사실조차 기억하지 못한다.

기절했다가 회복이 될 때는 두 단계를 거치게 된다. 첫 단계에서는 정신 또는 마음이 깨어나고, 두 번째 단계에서는 육체 혹은 실체가 돌아온다. 신체적으로 회복이 되었을 때, 정신이 깨어날 때의 느낌을 기억해낼 수 있다면 우리는 아득한 심연에 빠져 있을 당시의 감정을 떠올리는 것이다. 심연이란, 글쎄 심연이란 어떤 상태를 말하는 것인가? 우리는 최소한 그 아스라함을 죽음 후의 암흑과 분간이나 할 수 있을까? 정신이 깨어날 때의 기억은 아무리 떠올려 보려고 애를 써도 떠올려지지 않다가 시간이 흐른 뒤에 도대체 그 기억들이 어디에서 온 것인지 궁금증을 불러일으키며 불현듯 회상되지 않는가?

기절해본 경험이 없는 사람은 정신이 회복되는 과정에서, 뜨겁게 달아오른 숯덩이 속에서 보는 기이한 궁전과 지나치게 익숙한 얼굴들을 이해하지 못할 것이다. 또, 여느 사람과 마찬가지로 천상을 떠도는 서글픈 환영을 볼 수 없고 이제껏 한 번도 보지 못한 꽃들의 향기를 기억하지 못할 것이다. 그는 또 이전에 한 번도 관심을 가져본 적 없는 음악적 종지(악곡에서 종결 느낌을 주도록 두세 개의 화음을 연결한 형태 – 옮긴이)에 대해 고민하지도 않을 것이다.

정신을 잃고 그야말로 아무것도 없는 것처럼 보이는 상태를 파헤쳐 보려고 수시로 끈질기게 애를 쓰다 마침내 성공했다 싶은 생각이 드는 순간이 있기도 했다. 시간이 지나 의식이 명료해졌을 때, 단지 무의식처럼 보이던 상태와 관련이 있음 직한 기억의 편린들이 순간적이나마 문득 떠올랐던 것이다. 이 어렴풋한 기억 속에서 분명하지는 않지만 키가 큰 형상들이 켜켜로 서서 말없이 나를 들어 올렸다가 아래로 또 아래로 끝없이 아래로 떨어뜨렸는데 그 장면은 그저 관념일 뿐인데도 소름 끼치도록 아찔할 때까지 계속되었다. 심장은 비정상적으로 정지해 버렸고 그 기억은 아스라한 공포로 남아 있다. 다음 순간, 나를 둘러싼 세상 전부가 일제히 멈추었다는 느낌이 들었다. 마치 무시무시한 기차처럼 한 줄로 늘어서 나를 아래로 내려놓던 놈들이 무제한의 경계를 넘어선 한계를 느끼고 그 지루한 노역에서 빠져나오려는 듯 나를 완전히 내려놓았다. 일순 평평하고 축축한 땅에 닿았던 기억이 들면서 그 이후는 모든 것이 미친 듯이 움직였다. 금단의 기억 속으로 온 세상이 미쳐 날뛰며 소용돌이치듯 빨려 들어갔다.

돌연히 심장이 다시 격렬하게 박동하는가 싶더니 귓가에 심장의 박동 소리가 들리며 정신이 들었다. 또다시 잠깐 암흑 가운데 정적이 찾아들었다. 재차 희미한 소리가 들리고 심장이 약하게 움직였고 몸 전체에 얼얼한 감각이 느껴졌다. 그다음은 아무런 생각이 없이 그저 살아 있다는 느낌만 있는 상태가 좀 더 길게 지속되었다. 그러다 갑자기 정신이 번쩍 들었고 소름 끼치는 공포가 엄습하며 내가 놓인 상황에 대한 호기심이 강렬하게 발동되었다. 잠깐 동안 차라리 아무것도 느끼지 못하는 상태로 되돌아가고 싶은 열망에 사로잡혔다가 정신이 빠르게 회복되었다. 조금씩 움직일 수 있었다. 마침내 기억이 돌아왔다. 이제 공판과 재판관들, 칠흑 같은 휘장, 사형 선고, 현기증, 기절 등 모든 것이 생각났다. 다음에 일어난 일은 완전히 새까맣게 잊어버려 아무것도 기억해낼 수 없었다. 이후에 계속 기억해보려 노력했을 때조차도 희미한 잔상들만 겨우 떠올릴 수 있었다.

그때까지 나는 눈을 뜨지 않고 있었다. 몸은 묶여 있는 것 같지 않았고 바닥에 등을 대고 누워 있었다. 손을 뻗으니 축축하고 단단한 것이 묵직하게 떨어지는 느낌이 들었다. 내가 어디에 있으며 무엇을 할 수 있을지 생각하느라 한참 동안 내 몸을 그대로 내버려 두었다. 눈을 떠볼까 하는 생각도 들었지만 차마 엄두가 나지 않았다. 눈을 떠 주변을 둘러본다는 것이 너무나도 두려웠다. 끔찍한 것을 볼까 겁이 나서가 아니라 아무것도 볼 수 없을까 두려웠기 때문이다. 마침내 용기를 그러모아 필사적으로 눈을 떴다. 마음속에서 상상한 최악 중의 최악의 상황이었다. 불멸의 밤과 같은 암흑이 나를 에워싸고 있었다.

나는 숨을 쉬려고 발버둥쳤다. 칠흑 같은 어둠이 온몸을 짓누르며 숨통을 조여왔다. 공기는 삼킬 수 없이 답답했다. 나는 자세를 고쳐 잡고 누워서 침착하게 이성적으로 생각해보려 노력했다. 심문을 하던 과정으로 기억을 거슬러 올라가 그때부터 지금 현재까지 더듬어보려고 노력했다. 사형 선고를 받은 순간이 떠올랐고 그 후로 아주 오랜 시간이 흘렀다는 생각이 들었다. 하지만 정말 죽었다는 생각은 한순간도 들지 않았다. 소설에서는 가능한 일이지만 현실 세계에서는 전적으로 이치에 맞지 않는 일이다. 그렇다면 나는 지금 어디에 있고 어떤 상태에 놓인 것인가. 종교 재판에서 사형 선고를 받으면 일반적으로 화형에 처해진다는 사실을 알고 있었고 내가 재판을 받던 그날 밤에도 화형은 이루어졌다. 다음 희생자를 기다리기 위해 몇 달이 걸릴지 알 수 없을 집행이 다시 이루어질 때까지 지하 감방에 구금된 것일까? 곧 그럴 리 없다는 생각이 들었다. 저들의 제물은 판결 즉시 기다릴 필요 없이 처벌되기 때문이었다. 게다가 이곳 톨레도에 있는 다른 사형수의 감방과 같이, 내가 감금되어 있던 지하 감방도 돌로 된 바닥이었고 빛이 이렇게 철저하게 차단된 건 아니었다.

문득 끔찍한 생각이 들면서 순식간에 심장으로 피가 억수같이 쏟아졌고 아주 짧은 동안 나는 또다시 정신이 아뜩해졌다. 의식이 돌아오자 온몸을 부들부들 떨며 일어섰다. 팔을 들어 필사적으로 사방팔방 뻗어봤지만 손에 잡히는 것은 아무것도 없었다. 그렇다 하더라도 무덤의 벽이 내 앞을 가로막게 될까 두려워 한 발자국도 내디딜 수가 없었다. 모공이란 모공에서 모조리 땀이 배어 나왔고 이마에는 굵은 식은땀이 맺혔다. 마침내 신경을 끊어내는 듯한 팽팽한 긴장감을 견딜 수 없게 된 나는 양팔을 쭉 뻗고 앞으로 조심스럽게 한 발 한 발 내디뎠다. 희미한 빛이라도 잡아보겠다는 일념으로 힘을 준 눈알이 튀어 나올 것만 같았다. 몇 걸음 걸을 수 있었지만 여전히 짙은 어둠 뿐, 아무것도 없었다. 나는 이제 조금은 편하게 숨을 쉴 수 있게 되었다. 적어도 죽음의 가장 끔찍한 형태는 아니라는 것을 알 수 있었다.

내가 그렇게 신중하게 조금씩 발을 떼는 동안 악랄한 종교 재판소 감옥에 대해 들었던 수천 가지 소문이 어렴풋이 떠오르기 시작했다. 기괴한 소문들이 무성했고, 나는 늘 그것은 사람들이 꾸며낸 이야기라 치부하고 말았다. 하지만 소문은 몹시도 괴괴망측했고, 들은 말을 그대로 전하기에는 너무나 끔찍했으나 암암리에 퍼져나갔다. 나는 이 캄캄한 지하 세계에서 굶어 죽도록 방치된 것일까? 아니면 굶어 죽는 것보다 더 처절하고도 치명적인 운명이 기다리고 있는 것일까? 재판관들의 기질을 잘 아는 나로서는, 결국 평범한 고통과 비교할 수 없는 엄청난 고통을 겪으며 죽게 되리란 것을 믿어 의심치 않았다. 그리하여 언제 어떤 방식으로 죽게 될 것인지가 내 정신을 온통 사로잡고 불안하게 만들었다.

앞으로 뻗은 손에 드디어 단단한 것이 만져졌다. 그것은 벽이었는데 돌을 쌓아 올린 것 같았고 몹시 매끄럽고 미끌거리고 차가웠다. 뇌리에서 떠나지 않고 있던 감옥에 관한 기괴한 소문들을 상기하며 더욱 신중하게 벽을 따라 발을 내디뎠다. 하지만 벽을 따라 걷는 것만으로는 지하 감방의 크기를 가늠할 길이 없었다. 한 바퀴를 돌아 출발한 지점으로 되돌아온다 하더라도 출발점을 확인할 방법이 없었다. 어디 한 군데도 특이한 곳을 찾을 수 없이 한결같았다. 종교 재판소에 끌려올 때 넣어두었던 단도를 찾아 주머니를 뒤졌다. 단도는 사라지고 없었다. 입고 있던 옷이 어느샌가 거친 직물로 짠 가운 형태의 죄수복으로 바뀌어 있었다. 돌과 돌 틈에 단도를 끼워 넣고 그 부분을 출발점으로 여길 심산이었다. 마음이 심란한 상태여서 처음에는 이마저도 글렀다 싶은 생각이 들기도 했지만 문제는 곧 해결되었다. 죄수복 밑단을 찢어 천 조각을 벽에 직각 방향으로 길게 늘어놓았다. 벽을 따라 더듬어 돌다 보면 한 바퀴가 끝나는 지점에서 바닥에 놓인 천을 틀림없이 밟게 될 것이었다. 적어도 나는 그렇게 생각했다. 하지만 지하 감옥의 크기나 현재 내 몸의 상태를 전혀 고려하지 않은 계산이었다. 바닥은 물기가 많아 몹시 미끄러웠다. 비틀비틀 얼마간 앞으로 걸어나갔지만 곧 발을 헛디뎌 넘어지고 말았다. 피로가 급작스럽게 몰려들었고 한동안 꼼짝없이 누워 있다가 결국 넘어진 그대로 잠이 들어버렸다.

잠에서 깨어나 팔을 뻗자 빵 한 덩어리와 물이 든 주전자가 손에 닿았다. 상황이 어떻게 돌아가는지 따져보기에는 이미 심하게 탈진한 상태라 앞뒤 가리지 않고 일단 정신없이 먹고 마셨다. 나는 곧 벽을 더듬어 감옥 크기를 재는 일을 다시 시작했고 마침내 출발하는 지점에 깔아두었던 천 조각에 도착했다. 내가 넘어져 잠들기 전까지 재어둔 걸음이 52보였고 다시 시작해서 천에 닿을 때까지 48보를 더 걸었다. 그렇다면 모두 합해 100보가 된다. 2보를 약 1미터로 어림잡는다면 이 지하 감옥의 둘레는 약 50미터로 추정되었다. 하지만 벽에 모퉁이가 많은 아치형 지하실로 예상되었기에 이곳의 정확한 형태를 가늠하기는 어려웠다.

목적도 없고 더욱이 희망은 없는 이 조사 작업을 막연한 호기심에 이끌려 계속해나갔다. 벽 둘레 재는 작업을 끝내고 이번에는 감옥 내부를 가로질러보기로 했다. 바닥은 단단하게 느껴지기는 했지만 몹시 미끄러웠기 때문에 처음에는 극도로 조심하며 한 발 한 발 내디뎠다. 하지만 곧 대담해져서 가능한 한 직선으로 가려고 애쓰며 주저 없이 성큼성큼 걸었다. 이런 식으로 열두어 걸음 앞으로 나갔을 때, 아까 일부를 찢어내느라 너덜너덜해진 죄수복의 밑단 부분이 다리 사이에 얽혀들었다. 순식간에 엉킨 부분을 밟고 넘어지면서 바닥에 얼굴을 세차게 부딪쳤다.

얼얼한 상태로 처음에는 눈앞에 펼쳐진 기이한 상황이 바로 파악되지 않았다. 얼마간 그렇게 넋을 놓고 꼼짝없이 있다가 뭔가 심상치 않다는 것이 느껴졌다. 턱은 감옥 바닥에 닿아 있으나 입술을 시작으로 머리 위로는 분명 어디에도 닿지 않고 공중에 떠 있었다. 동시에 이마에는 축축한 수증기 같은 기운이 느껴졌고 곰팡이가 썩는 특유의 악취가 코를 찔렀다. 조심스럽게 팔을 앞으로 뻗자 어떤 둥근 구덩이의 가장자리 바로 앞에서 넘어졌다는 사실을 알게 되었다. 온몸에 소름이 끼쳤다. 물론 구덩이의 크기를 바로 확인할 방법은 없었다. 가장자리 바로 아래 벽을 더듬어 간신히 작은 조각 하나를 떼어낸 다음 구렁 아래로 떨어뜨렸다. 돌조각이 아래로 떨어지며 벽면 여기저기에 부딪히는 소리가 들렸다. 한참 뒤에야 비로소 돌이 물에 빠지는 둔탁한 소리가 들리더니 뒤이어 긴 메아리가 울렸다. 그와 동시에 머리 위에서 재빨리 문이 열리는 듯한 소리가 들렸고 갑자기 칠흑 같은 어둠을 뚫고 희미한 빛줄기가 비치는 가 싶더니 순식간에 사라지며 잽싸게 문 닫는 소리가 들렸다.

이제 나를 위해 준비된 죽음의 장치를 똑똑히 보았고, 참으로 적절하게 넘어짐으로써 죽을 뻔한 상황을 용케도 피한 나 자신에게 박수라도 쳐주고 싶었다. 한 발자국만 더 걸어가 넘어졌더라면 나는 더 이상 이 세상 사람이 아니었으리라. 이제 막 모면한 그 죽음이야말로 내가 그저 터무니없고 어리석은 이야기라 간주했던 종교 재판소에 관한 소문의 더할 나위 없는 실체였던 것이다. 그 포악 행위의 희생자에게는 육체적으로 지독한 고통을 겪으며 죽을 것인가 아니면 정신적으로 지옥 같은 고통에 시달려 죽을 것인가에 대한 선택권이 있었고, 내게는 후자가 마련되었던 셈이다. 하긴 내 목소리에도 놀라 자지러질 만큼 오랜 고통 때문에 극도로 쇠약해진 정신은 나를 위해 준비된 이런 종류의 고문에 안성맞춤이었다.

나는 온몸을 부들부들 떨면서 벽 쪽으로 엉금엉금 기다시피 뒷걸음질쳤다. 지하 감옥 곳곳에 설치되었을지도 모를 구덩이에 빠져 끔찍하게 죽느니 차라리 벽에 붙어 죽는 것이 낫겠다 싶었다. 구덩이 중 하나에 몸을 던져 단 한 번에 비참한 삶을 끝내버릴 용기를 낼 만도 했지만 그러기에 당시 나는 너무나 소심한 겁쟁이였다. 느닷없이 한순간에 삶을 끝장내는 이와 같은 구덩이에 관해 읽은 내용이 떠올라 뇌리에 박혔다. 하지만 그런 식의 죽음은 저들의 잔악무도한 계획에 걸맞은 것이 아니라는 것도 알고 있었다.

불안하고 복잡한 마음으로 한참 동안 잠을 잘 수 없어 뒤척이다 이윽고 다시 잠이 들었다. 잠에서 깨어났을 때 이전과 마찬가지로 빵 한 덩어리와 물 한 주전자가 옆에 놓여 있었다. 목이 타들어 가는 듯한 갈증에 나는 단숨에 주전자를 비웠다. 아마도 주전자의 물에 약을 탔던 것 같다. 왜냐하면 마지막 방울을 채 삼키기도 전에 도저히 견딜 수 없는 졸음이 밀려들었기 때문이다. 죽음과도 같은 깊고 깊은 잠에 빠져들었다. 물론 얼마나 지났는지는 알 길이 없었지만 다시 눈을 떴을 때는 드디어 주변에 있는 사물이 보이기 시작했다. 도저히 어디서 나오는지 알 수 없는 생생하고도 격렬한 빛으로 감옥의 크기와 모양을 볼 수 있게 되었다.

나는 감옥의 크기를 오롯이 잘못 짐작하고 있었다. 벽의 총 둘레는 대략 20미터 정도밖에 되지 않았다. 이 사실은 한동안 나를 부질없는 세계에 옭아매었다. 내가 한 것은 아무짝에도 쓸모없는 짓이었다. 이 비루한 상황에서 지하 감옥의 크기 따위가 뭐가 그리 중요했을까? 그런데 내 영혼은 그 하찮은 일에 미친 듯한 호기심이 동하였다. 도대체 어디에서 오차가 생겼던 것인지 알아내기 위해 부산히 머리를 굴렸다. 머지않아 의구심은 해결되었다. 처음 52보를 걷다가 넘어졌을 때 바닥에 깔아두었던 천 조각에서 한두 걸음 못 미쳐 넘어졌던 것이다. 사실상 지하 감옥을 이미 한 바퀴 돈 셈이었다. 그런 다음 잠이 들었다가 다시 깨어났을 때 반대 방향으로 되짚어 걸으면서 원래보다 거의 두 배 정도 크게 어림잡게 된 것이었다. 넘어질 때의 충격으로 얼이 빠진 나는 왼쪽으로 돌기 시작했다가 오른쪽에서 끝나는 것의 위화감조차 감지하지 못했으리라.

나는 또 감옥 내부의 모양을 예측하는 것도 실패했다. 손으로 더듬어봤을 때 모서리가 많아서 내벽이 매우 불규칙할 거라고 예상했었다. 깊은 잠이나 무기력 상태에서 깨어난 사람에게 칠흑 같은 어둠은 이토록 강력한 효과를 발휘하는가 보다. 모서리는 그저 여기저기 벽이 살짝 우묵하거나 작은 틈이 파인 정도였다. 감옥 내부 형태는 전반적으로 사각형이었다. 돌로 쌓아 올린 벽일 것으로 생각했었는데 실제론 쇠나 다른 금속으로 만든 거대한 판을 연결한 벽이었고 판을 잇거나 봉합하면서 생긴 함몰의 흔적이 여기저기 보였다. 이 금속 내벽의 표면 일체에는 수도사들이 불러일으킨 으스스한 미신이 고안해낸 역겹고 끔찍한 장치들이 덕지덕지 붙어 있었다. 뼈다귀만 남은 위협적인 악마 형상들과 훨씬 더 무자비한 형체들이 벽을 가득 채우고 있었다. 이들의 윤곽은 여전히 선명했지만 축축한 실내 공기 때문인지 색은 퇴색되어 흐릿했다. 그제야 바닥이 돌로 되어 있는 것이 눈에 들어왔다. 바닥 한가운데에는 내가 가까스로 피했던 둥그런 구덩이가 아가리를 쩍 벌리고 있었고 이 감옥에 구덩이는 그 하나가 전부였다.

이 모든 것을 파악하느라 나는 몹시 힘겨웠다. 잠들어 있는 동안 나의 자세가 변해 있었기 때문이었다. 등을 대고 길게 눕혀진 자세로 바지를 묶는 끈처럼 생긴 기다란 가죽끈으로 나지막한 나무틀 위에 단단하게 묶여 있었다. 머리를 제외한 몸통과 팔다리를 꽁꽁 묶어놓았다. 왼팔은 조금 움직일 수 있었는데 그나마 나무틀 옆 바닥에 놓인 사기그릇에 담긴 음식을 간신히 집어 먹을 수 있을 정도만 가능했다. 이럴 수가, 주전자가 사라지고 없었다! 타들어 가는 갈증으로 온몸이 갈라지는 것 같았기 때문에 이 상황이 더욱 끔찍하게 느껴졌다. 접시에 담긴 음식은 몹시 자극적으로 양념된 고기인 것으로 보아 아마도 이 갈증은 내 고통을 배가시키기 위해 구상된 것으로 보였다.

시선을 들어 감옥의 천장을 살펴보았다. 천장은 10미터가 조금 넘는 정도의 높이로 솟아 있었는데 벽과 같은 구조였다. 금속판 중 하나에 그려진 매우 특이한 형체 하나가 유난히 눈에 띄었다. 사신을 형상화한 그림이었는데 흔히 그렇듯 기다란 낫을 들고 있는 것이 아니라 언뜻 보기엔 옛날 괘종시계에서 볼 수 있는 거대한 진자 같은 것을 들고 있었다. 이 진자 그림이 예사롭지 않아서 나는 좀 더 자세히 관찰했다. 내가 누워 있는 나무틀 바로 위에 있었기 때문에 똑바로 올려다볼 수 있었는데 왠지 움직이고 있다는 상상이 그려졌다. 그리고 얼마 지나지 않아 내 상상이 그저 상상이 아님을 확인할 수 있었다. 그것은 매우 짧게, 그리고 매우 느리게 좌우로 흔들렸다. 어느 정도는 두려운 눈으로, 하지만 그것보다 훨씬 더 놀란 눈으로 그 움직임을 지켜보았다. 한참 뒤 그 느릿한 움직임을 들여다보는데 싫증이 난 나는 감옥 안의 다른 사물로 시선을 돌렸다.

바닥에서 부산한 소란이 느껴져 아래를 내려다보자 엄청나게 비대한 쥐 몇 마리가 돌아다니는 것을 발견할 수 있었다. 놈들은 내가 누워 있는 자세에서 오른쪽으로 시선을 돌렸을 때 겨우 시야에 들어오는 구덩이에서 나오고 있었다. 내가 빤히 쳐다보고 있는데도 고기에서 풍기는 강한 냄새에 이끌려 게걸스러운 눈빛으로 떼를 지어 잽싸게 몰려나왔다. 내 음식을 지키기 위해 놈들을 겁주어 쫓아 보내려면 부자연스런 자세로 엄청난 노력을 기울여야 했다.

내가 다시 위를 쳐다봤을 때는, 정확한 시간을 알 도리는 없었지만 아마도 30분, 어쩌면 한 시간 정도 지난 후였다. 그리고 그 놀라운 광경에 경악하지 않을 수 없었다. 진자의 진동 폭이 어느새 거의 1미터 가까이 늘어나 있었다. 당연한 결과이겠지만 속도 또한 훨씬 빨라졌다. 하지만 무엇보다 나를 당황하게 한 것은 진자가 눈에 띄게 밑으로 내려왔다는 사실이었다. 이제 나는 초승달 모양의 진자 아랫부분 날이 번뜩이는 강철로 만들어진 사실을 뚜렷하게 확인할 수 있었다. 30센티미터 정도 되는 진자의 양 끝은 위로 치켜들려 있었고 아래쪽 가장자리는 면도날처럼 선명하게 날카로웠다. 아, 그때의 공포를 어떻게 말로 표현할 수 있을까? 아랫면 가장자리는 예리했고 모서리 위로 올라갈수록 단단하며 넓어지는 구조는 잘 갈아놓은 식칼 같은 느낌이었고 무겁고 강력해 보였다. 진자는 육중한 놋쇠로 된 봉 끝에 매달려 있었는데 그 전체가 공중을 가르며 좌우로 흔들릴 때마다 쉭쉭 소리를 냈다.

내 앞에 펼쳐진 운명이, 고문에 한해서는 누구보다 기발한 수도자들의 독창적인 작품임을 의심하지 않았다. 종교 재판관 무리는 내가 함정에 대해 이미 파악했다는 사실을 알았던 것이다. 저들에게 복종하기를 당차게 거부하는 나 같은 인간을 위해 마련된 공포의 함정, 저들의 형벌에서 더 이상 다다를 수 없는 극한의 전형적인 지옥과도 같은 함정을 내가 알아버린 것이다. 우발적으로 이 함정에 빠지지 않고 살아남음으로써 지하 감옥의 기괴한 죽음에서 중요한 요소를 차지하고 있는 기습적인 덫의 성격을 간파당한 것이다. 악마 같은 계획을 세운 그들이 나를 함정에 빠뜨리는 데 실패했다고 해서 구덩이 안으로 나를 밀어버릴 수는 없는 노릇이므로 좀 더 가벼운 다른 형벌이(다른 대안이 없었을 것이다) 내게 마련된 것이다. 가벼움이라! 이 고통스러운 지경에서 가볍다는 표현을 생각하고 있는 나 자신에게 쓴 미소가 떠올랐다.

그 쇳덩이의 격렬한 진동수를 세는, 차라리 죽음보다 고통스럽고 끔찍했던 길고 긴 시간을 이야기하는 것이 무슨 소용이 있으랴. 조금씩, 서서히 마치 한 단계에서 그다음 단계까지 수 세기가 걸리듯 그렇게 아래로 조금씩 내려오고 있었다. 하루가 가고, 그야말로 여러 날이 지난 듯했고 진자는 코앞에 매캐한 바람을 일으킬 정도로 가까이 다가와 쓱 스쳐갔다. 날카로운 쇠 냄새가 내 코를 강하게 찔렀다. 나는 기도했다. 빨리 더 빨리 내려오게 해달라고 신도 지칠 만큼 기도했다. 나는 극도로 흥분하여 미쳐가고 있었고 그 무시무시한 언월도(과거의 무기, 초승달 모양으로 생긴 큰 칼―옮긴이)에 가슴을 들이대지 못해 안달했다. 그러던 어느 순간 나는 거짓말처럼 마음을 가라앉혔고 마치 싸구려 보석에 열광하는 아이들 마냥 반짝이는 죽음을 바라보며 가만히 누워 있었다.

또다시 의식을 잃었다. 아주 잠깐이었다는 것을 알 수 있었는데 정신을 다시 차렸을 때 진자가 아래로 더 내려온 흔적을 거의 느낄 수 없었기 때문이었다. 하지만 사실 그 시간은 생각보다 길었을 수도 있었다. 왜냐하면 내가 기절한 것을 알아챈 악마 같은 놈들이 그저 장난삼아 진자가 움직이지 못하도록 멈추어놓았을 수도 있기 때문이다. 정신이 돌아오자 나는 마치 오랫동안 아무것도 먹지 못한 사람처럼 말할 수 없이 어지럽고 기운이 없었다. 그토록 극심한 고통을 겪고 있는 중에도 인간은 어쩔 수 없이 음식을 찾게 되나 보다. 나는 내 몸을 묶은 가죽끈이 허락하는 한 힘겹게 왼팔을 뻗어 쥐들이 먹다 남긴 음식 찌꺼기를 집어 먹었다. 음식 조각을 입속으로 밀어 넣자 마음 저 깊은 곳에서 기쁨이 어쩌면 희망과도 같은 느낌이, 반쯤 형성되다만 생각이 밀려들었다. 내게 희망이라는 것이 존재하긴 하는 것일까? 늘 그렇듯 그것은 그저 막연한 느낌으로, 인간이란 언제나 결코 완성시키지 못하는 생각들이 많은 법이다. 나는 그 느낌을 기쁨이거나 희망 같다고 느꼈지만 그 또한 형성되는 과정에서 사라져버렸다. 나는 구체적으로 머릿속에 그려보려고 애쓰며 다시 한 번 떠올려 봤지만 소용이 없었다. 고통에 시달리는 그 긴 시간 동안 내가 평소에 가졌던 정신력은 모두 파괴되었고 나는 천치 바보와 다름없는 인간이 되어 있었다.

진자는 이제 내 가슴 바로 위 수직 방향에서 좌우로 움직이고 있었다. 초승달 모양의 진자는 내 심장을 가로지르도록 설계되어 있다는 것을 알 수 있었다. 반복적으로 계속 왔다 갔다 한다면 조만간 내가 입고 있는 죄수복의 천을 마모시킬 것이다. 진동 폭은 이제 10미터 가까이 매우 넓어졌고 이 감방의 금속 벽을 충분히 뚫을 만큼 무시무시한 쇳소리를 내며 활강을 계속하고 있었다. 몇 분 동안은 그저 내 옷의 일부만 해어지게 할 것이다. 생각이 여기에 미치자 나는 감히 더 이상 깊이 상상하고 싶지 않아 생각하는 것을 멈추었다. 그러다 그 생각 속에 빠지면 언월도를 붙잡아 놓을 수도 있을 것처럼 끈덕지게 곱씹고 또 곱씹었다. 나는 언월도가 내 옷을 스치는 소리에, 천을 가를 때 만들어내는 신경의 독특한 긴장감을 떠올리려고 안간힘을 썼다. 나는 이 모든 말도 안 되는 짓을 억지로 떠올리느라 이를 악물어야 했다.

더 아래로, 진자는 변함없이 아래로 천천히 내려왔다. 나는 이제 그것이 아래로 내려오는 속도와 좌우로 진동할 때의 속도를 비교하며 둘의 관계를 광적으로 즐기고 있었다. 진동은 저주받은 영혼의 비명처럼 좌우로 멀리, 넓게 움직였다. 하강은 마치 사냥하는 호랑이의 은밀한 걸음걸이처럼 내 심장을 향해 느리고 부드럽게 다가왔다. 나는 큰 소리로 웃다가 울부짖기를 반복했다. 저주받은 영혼이 좌우로 비명을 지르면 더 크게 웃다가, 추적하는 호랑이가 더 아래로 다가오면 더 크게 울부짖었다.

더 아래로, 가차 없이 정확하게 아래로 내려왔다. 이제 진자는 내 심장 바로 10센티미터 위에서 진동하고 있었다. 나는 왼팔이라도 좀 더 자유롭게 움직여보려고 격렬하고 광포하게 흔들어댔다. 왼팔은 팔꿈치에서 손까지만 움직일 수 있었다. 최대한 손을 뻗으면 옆에 놓인 접시에서 음식을 집어 입에 넣는 정도만 간신히 할 수 있을 뿐 더는 아무것도 할 수 없는 상태였기 때문이었다. 팔꿈치 위로 결박을 풀 수 있다면 움직이는 진자를 붙잡아 멈추게 할 수 있는 건가? 차라리 눈사태를 맨손으로 붙잡아 멈추게 하는 것이 빠를 것이다.

더 아래로, 하지만 끊임없이, 변하지 않고 필연적으로 아래로 내려오고 있었다. 나는 진자가 움직일 때마다 숨을 헐떡이며 몸부림을 쳤다. 식칼의 날카로운 날 같은 것이 심장 바로 위를 한 번 쓸고 지나갈 때마다 발작적으로 움츠렸다. 더 이상 어떤 희망도 없이 절망을 갈망하는 내 눈은 진자가 바깥으로 향하거나 혹은 위로 향하는 모습을 부질없이 따라다녔다. 차라리 죽어버리면 이 모든 고통 또한 끝나버릴 텐데 두 눈은 진자가 내려올 때마다 움찔움찔 저절로 감기고 있었다. 하, 무슨 말이 더 필요하랴! 진자가 조금만 더 아래로 내려오면 그 날카롭고 번뜩이는 도끼가 내 심장에 박히게 되리라는 생각에 온몸의 신경이 곤두서 벌벌 떨고 있었다. 몸을 움츠러들게 하고 온 신경을 떨도록 촉발시키는 것은 분명 희망이었다. 그 희망은 종교재판소의 지하 감방에서 죽음의 속삭임인 사형 선고를 받은 이들이 고문대 위에 올려놓을 승리의 나팔이었다.

진자가 열두어 번만 더 진동하면 내 옷에 닿게 될 순간이 다가오고 있었다. 이 생각이 들자 순식간에 절망을 넘어서 지극히 침착하면서도 날카로운 감정이 내 영혼 속으로 찾아들었다. 처음으로 몇 시간, 아니 어쩌면 며칠 만에 사고라는 것을 했다. 나를 결박하고 있는 가죽끈이 하나라는 생각이 불현듯 스쳤다. 나는 조각내지 않은 긴 끈 하나로 결박되어 있었다. 가장 먼저 떠오른 생각은 만약 그 면도날처럼 생긴 초승달 모양 진자가 이 끈의 어디라도 한 번 가로지르기만 하면 이 끈은 끊어질 테고 그러면 왼손으로 결박된 몸을 풀 수 있을지도 모를 일이었다. 하지만 그러려면 끔찍하게도 그 칼날에 접근해야 했다! 조금이라도 피부에 닿는다면 그 결과는 얼마나 치명적일까! 게다가 고문의 앞잡이들이 그럴 가능성을 미리 예견해서 대비해놓지는 않았을까? 가슴 위에서 교차된 끈을 진자가 지나가는 경로에 맞추는 것이 가능한 일이기는 할까? 어쩌면 실낱같은 마지막 희망이 좌절될까 두려워하며 가슴께를 똑똑히 보기 위해 고개를 들었다. 가죽끈은 내 몸통과 사지를 이리저리 각 방향으로 묶어놓았지만 살인적인 진자가 지나는 길목만은 예외였다. 몸을 전혀 움직일 수 없는 상황에서 진자가 끈을 자르게 할 도리는 없게 된 것이다.

힘겹게 머리를 원래 자리에 내려놓았을 때, 불현듯 타는 듯한 입술에 음식을 가져갔을 때 막연하게 미완성인 채 떠돌던 느낌, 앞서 잠시 언급했던 반밖에 형성되지 않아서 더 이상 묘사할 수 없었던 바로 그 생각이 떠올랐다. 흐릿하고 무모하고 게다가 분명하지도 않지만 겨우 전체적으로 완성된 생각이었다. 나는 절망으로 날카로워진 에너지를 원동력으로 삼아 이 계획을 시도하기 위해 즉시 움직이기 시작했다.

당시 내가 누워 있던 나무틀 아래에는 몇 시간에 걸쳐 문자 그대로 떼를 지어 몰려다니는 쥐들로 북새통을 이루고 있었다. 놈들은 거칠고 대담했으며 게걸스러웠다. 마치 내가 더는 움직일 수 없는 상태가 되어 자신들의 먹잇감이 될 때를 기다리기라도 하듯 시뻘건 눈을 희번덕거리며 나를 노려보았다.

'이놈들은 물구덩이에서 과연 무엇을 먹고 살아왔을까?'

기를 쓰고 놈들을 막으려고 애를 썼지만 이제 접시 위에 남은 건 일부 찌꺼기뿐, 놈들은 탐욕스럽게 내 음식을 모조리 먹어치웠다. 팔꿈치 아래만 움직일 수 있는 상태에서 그저 습관적으로 위아래 혹은 양옆으로 손을 흔들었지만 무의식적이고 한결같은 동작에 익숙해진 놈들에겐 아무런 효과도 내지 못했다. 놈들의 탐욕스러운 식성은 종종 내 손가락에 날카로운 송곳니를 박기도 했다. 나는 아직 그릇에 남아 있던 기름기와 양념이 묻은 음식 찌꺼기를 손이 닿는 가죽끈 어디든 마구 문질러댔다. 그리고는 손을 바닥에 떨어뜨리고 가만히 숨죽여 누웠다.

처음에 이 탐욕스러운 짐승들은 느닷없이 움직임을 멈춘 내 변화에 놀라고 겁을 먹은 듯했다. 약간은 경계하듯 뒤로 움찔 물러났고 많은 놈들이 구덩이 속으로 다시 기어 들어갔다. 하지만 이것도 잠시뿐이었다. 나는 놈들의 왕성한 식욕을 제대로 간파하고 있었던 것이다. 미동도 없이 가만히 있는 나를 한동안 지켜보던 놈들 중에서 제일 용기 있는 한두 놈이 나무틀로 튀어 오르더니 끈에 코를 박고 킁킁대며 냄새를 맡았다. 이것이 놈들의 무리에게 신호탄이었다. 구덩이에서 엄청난 무리가 허겁지겁 기어 올라왔다. 놈들은 나무틀에 매달리고 그 위를 타고 올라 순식간에 버글거렸다. 급기야 내 몸 위로 수백 마리가 기어 올라왔다.

규칙적으로 움직이는 진자는 놈들에게 전혀 방해물이 되지 못했다. 교묘하게 진자의 공격을 피해가며 양념이 묻은 끈을 집중적으로 물어뜯었다. 내게 몰려드는 놈들의 수가 기하급수적으로 늘어나면서 내 숨통을 조여왔다. 몇몇은 목 위에서 미 끄러지지 않으려고 발버둥을 치고 있었고 놈들의 축축한 입술 이 내 입술 위에서 꿈틀거렸다. 가슴께에 몰려든 놈들 때문에 숨을 쉴 수가 없었고 이 세상 어디에도 존재하지 않을 역겨움 으로 가슴이 터져나갈 것만 같았다. 그 무겁고 끈적끈적한 감 촉 때문에 심장은 얼어붙었다. 하지만 조만간 이 고통도 끝날 거라는 느낌이 들었다. 분명히 끈이 느슨해졌음을 감지할 수 있었기 때문이었다. 이미 어딘가 한 군데 이상 끊어졌음이 틀 림없었다. 보통의 인간으로서는 가질 수 없는 인내심을 발휘해 손끝 하나 꼼짝하지 않고 누워 있었다.

내 계산은 틀리지 않았고 내 인내심 또한 헛되지 않았다. 마 침내 내게 자유가 되었다는 사실을 느낄 수 있었다. 끈은 이제 갈가리 갉혀 너덜너덜한 채 걸려 있었다. 하지만 진자의 타격 이 거의 내 가슴께로 압박해 들어왔다. 이제 언월도는 입고 있 는 가운의 천을 쓱 갈라놓았다. 다음에는 겉옷 아래의 천을 쓱 갈랐다. 다시 두 번 더 양옆으로 진동하자 온 신경 세포를 통해 날카로운 통증이 전해져왔다. 마침내 벗어나야 만할 최후의 순 간이 도래했다. 손을 휘젓자 나의 은인들은 앞다투어 내 몸에 서 내려갔다. 침착하게 아주 조심스럽게 몸을 옆으로 천천히 움직여 끈을 치우고 언월도에 닿지 않게 조심스럽게 미끄러져 내려왔다. 마침내 그렇게 나는 자유를 맛보았다.

자유! 종교 재판관들에게서 벗어나 드디어 자유의 몸이 된 것이다. 내가 공포의 나무 형틀에서 벗어나 감옥의 돌 바닥에 가까스로 발을 내디뎠을 때 그 지옥과도 같은 기계도 동시에 멈춰 섰고 보이지 않는 힘에 이끌려 천장으로 끌어 올려지고 있었다. 나는 절망감에 휩싸인 채 한 가지 사실을 통감했다. 내 모든 행동이 의심할 바 없이 감시당하고 있었던 것이다. 자유라고? 나는 그저 고문 하나에서 벗어났을 뿐이고 죽음보다 더한 또 다른 고문들에게로 한 걸음 더 다가간 것이다. 상념에 빠진 채 나를 둘러싸고 있는 철제 장벽 주위로 초조하게 눈을 굴렸다. 예사롭지 않은 변화가 일어난 듯했지만 나는 그 변화가 무엇인지 정확히 알 수 없었다. 하지만 분명히 감옥 안에 변화가 일어난 것임은 틀림없었다. 의식이 흐릿한 상태에서 끔찍한 상상들로 앞뒤가 맞지 않는 추측을 해대느라 부질없이 몇 분을 흘려보냈다. 이 와중에 나는 처음으로 감옥 안을 밝히고 있는 격렬한 불빛이 어디서 나오고 있는지 깨달았다. 불빛은 감방을 에둘러 싸고 있는 금속 벽이 바닥에서 약 1센티미터 정도 폭으로 떨어진 틈에서 나오고 있었다. 그 벽은 완전히 바닥과 떨어진 것처럼 보였고 실제로 그렇게 분리되어 있었다. 나는 틈으로 밖을 들여다보려고 애를 썼지만 소용없었다.

바닥에서 몸을 일으켜 세우자 방의 변화에 대해 가졌던 의구심이 즉시 해결되었다. 벽면 위의 형상들은 처음 봤을 때 윤곽은 충분히 선명했지만 색은 흐릿하고 불분명하다고 여겼는데 이제 색상이 놀랄 만큼 강렬하게 밝아 보였고 시시각각으로 더 환해지고 있었다. 그것은 제아무리 강인한 정신을 소유한 사람이라 하더라도 전율케 할 만큼 사악한 유령들의 형상이었다. 이전에는 어디에서도 볼 수 없었던 거칠고 무시무시한 활기를 띤 악령 같은 눈이 수천의 방향에서 나를 쏘아보고, 이글대며 타오르는 불빛으로 빛나고 있었다. 나는 도저히 실제일 리 없다고 갖은 상상력을 동원해봤지만 모두 헛된 일이었다.

현실일 리 없다! 숨을 들이쉬면 달아오른 쇠에서 피어오르는 증기의 향이 콧속으로 스며들고 있을지언정 이것이 현실일 리 없다. 숨을 턱턱 막는 증기가 감옥 안에 가득 찼다. 악마의 눈을 한 형상들은 시시각각 더욱 강렬해진 빛으로 번쩍이며 내 오랜 고통을 지켜보고 있었다. 피보다 더 진한 선홍빛으로 핏빛 공포를 그린 자신들을 더욱 진하게 물들이고 있었다. 숨을 헐떡였다. 숨이 막혀 죽을 것 같았다. 고문자들의 설계도에는 한 치의 오차도 없었다. 오, 더없이 무자비한 자들! 오, 참으로 악마 같은 자들! 나는 작렬하는 금속 벽을 피해 방 한가운데로 가 몸을 웅크렸다. 조여드는 불빛에 머지않아 타 죽을지도 모른다는 생각이 들자 시원한 구덩이는 내 영혼의 향유일지도 모른다는 느낌이 들었다. 나는 구덩이를 향해 내달리다 그 치명적인 가장자리에서 멈춰 섰다. 극도로 긴장한 눈으로 발아래를 내려다보았다. 천장에서 타오르는 섬광이 구덩이 깊은 곳을 비추고 있었다. 광기에 사로잡혀 있었던 탓에 내 영혼은 잠시간 내가 보고 있는 것의 의미를 정확히 파악하기를 거부했다. 마침내 정신이 번쩍 들었다. 구덩이 내부의 실체는 내 영혼을 뚫고 들어와 거부하려는 영혼과 싸웠고 자신을 불태워 내게 가슴 떨리는 이성을 안겨주었다. 오, 말이라도 할 수 있으면 좋으련만! 정말 너무나도 끔찍했다. 이것만 아니라면 어떤 공포라도! 외마디 비명을 지르며 구덩이의 가장자리에 물러나 쓰디쓴 눈물이 쏟아지는 얼굴을 두 손에 묻었다.

방 안 공기는 급속도로 뜨거워졌고 나는 오히려 한기를 느끼며 몸을 떨었다. 그리고 다시 한 번 천장을 올려다보았다. 방은 이제 또다시 달라졌다. 방의 형태가 달라진 것이 분명했다. 아까와 마찬가지로 처음에는 무슨 일이 일어나고 있는지 알아보려는 시도가 아무 소용이 없었다. 하지만 의구심은 그리 오래 가지 않았다. 내가 잇달아 두 개의 함정에서 벗어나자 종교 재판관들은 복수심으로 이를 갈았고, 죽음의 신과 함께 더 이상 꾸물거리지 않고 서두르기로 한 모양이었다. 원래 방은 정사각형이었다. 그런데 이제 강철판으로 이어 붙인 방의 네 모서리 중 마주 보는 둘은 각을 좁혔고 결과적으로 나머지 둘은 넓어져 있었다. 그 무시무시한 변화는 낮게 웅성거리는 것 같기도 하고 울부짖는 것 같기도 한 소리를 내며 빠르게 진행되고 있었다. 순식간에 방은 정사각형에서 마름모꼴로 변했다. 그러나 변화는 여기에서 멈추지 않았다. 나 또한 변화가 거기서 멈추기를 열망하지도 않았다. 나는 영원한 안식의 옷으로 그 붉게 타오르는 벽을 내 가슴으로 맞아들일 수 있을 것 같았다.

　"죽음."

　나는 낮게 속삭였다.

　"저 함정에 빠져 죽은 것만 아니라면 어떤 죽음도 상관없다!"

　어리석기는! 저 달아오른 강철의 목적이 내가 저 함정 안으로 뛰어드는 것임을 몰라서 하는 소리란 말인가? 내가 과연 그 열기를 견뎌낼 수 있기나 할까? 그래, 만약 견뎌낸다면 벽이 밀어붙이는 압력은 어떻게 이길 것인가? 이제 마름모꼴은 내게 더 이상 생각할 시간을 주지 않고 점점 더 빠르게 평평해져갔다. 마름모꼴의 가운데, 그러니까 가장 넓적한 부분은 이제 하품하듯 아가리를 벌리고 있는 구덩이 바로 위까지 접근해왔다. 나는 경악하며 몸을 웅크렸지만 바싹 다가와 있는 벽은 저항할 수 없는 힘으로 밀어붙였다. 마침내 열기에 그슬리고 고통으로 일그러진 내 몸은 단단한 바닥에 한 발짝도 올려놓을 수 없게 되었다. 나는 더 이상 버틸 수 없었다. 고통에 찌든 내 영혼은 마지막 남은 절망을 길고도 큰 울부짖음으로 숨을 토해냈다. 내 몸이 구덩이 가장자리에서 기우뚱하는 것이 느껴졌다. 나는 시선을 돌리고야 말았다.

엄청난 군중의 떠들썩하고 수선스런 소리가 들렸다. 수많은 트럼펫이 한꺼번에 울려 퍼지는 소리도 들렸다. 수천 개의 천둥이 한 번에 몰아치는 듯한, 거친 쇠창살이 삐꺽거리는 굉음도 들렸다. 공포의 벽이 물러나고 있었다! 정신을 잃고 심연 속으로 떨어지는 나를 붙들어 준 팔이 있었다. 라살레 장군이었다. 프랑스 군대가 톨레도에 입성한 것이다! 종교 재판소는 이제 적군의 손아귀에 들어간 것이다!

직사각형 상자

Edgar
A. Poe

직사각형 상자

몇 년 전, 나는 사우스캐롤라이나의 찰스턴에서 뉴욕까지 가는 배편을 예약했다. 하디 선장의 정기 여객선 인디펜던스호는 날씨만 변덕을 부리지 않는다면 6월 15일에 출항할 예정이었다. 그래서 배가 출발하기 전에 내 전용실에 대한 몇 가지 문제를 처리하기 위해 배에 올랐다.

배 안에는 승객이 꽤 많았는데 여성 승객도 평소보다 많았다. 승객 명단을 살펴보니 아는 사람이 몇 있었다. 승객 명단에서 '코닐리어스 와이엇'이라는 이름을 발견하자 상당히 반가웠다. 그는 나와 뜨거운 우정을 나누었던 젊은 예술가였다. 우리는 C대학 동기로, 많은 시간을 함께 보냈다. 와이엇은 천재들에게서 흔히 보이는 염세적 성향과 감수성, 열정이 혼재된 괴팍한 성품의 소유자였지만 이러한 특징은 다른 이의 가슴을 울리는 따뜻하고 진실한 마음과 어우러져 있었다.

나는 전용실 세 개에 붙어 있는 그의 이름을 보고는 승객 명단을 다시 확인했다. 와이엇은 아내, 여동생 두 명과 동행하는 것이었다. 전용실은 공간이 충분했고 방마다 2층 침대가 설치되어 있었다. 물론 침대가 비좁아 한 사람 이상 누울 수 없기는 했지만 어째서 네 사람에게 방이 세 개나 필요한지 이해할 수 없었다. 그 시절의 나는 사소한 일에 대해 비정상적으로 관심을 가지곤 해서, 부끄러움을 무릅쓰고 고백하자면 와이엇이 필요 이상의 방을 예약한 이유에 대해 상상력을 발휘해 터무니없는 추측을 하기 시작했다. 물론 나와는 상관없는 일이었지만 이 수수께끼를 풀기 위해 끈질기게 매달렸다. 그러다 마침내, 어째서 진작 이런 생각을 하지 못했는지 의아할 수준의 결론에 도달하고는 이렇게 말했다.

"그래, 하인의 방인 거야. 어리석기도 하지, 이렇게 분명한 해답을 일찌감치 찾아내지 못하다니!"

그리고는 명단을 다시 훑어보았다. 하지만 동행하는 하인은 없었다. 어쨌든 원래는 하인 한 명을 데려올 생각이었음이 분명했다. '하인 동승'이라고 썼다가 나중에 줄을 그어 지운 흔적이 있었으니 말이다. 그리고 나는 혼자서 중얼거렸다.

"그래, 추가로 짐을 실으려는 게 확실해. 짐칸에 싣지 않고 자신이 직접 보관하고 싶은 소중한 짐인 거지. 그래, 그림이나 그런 것들이겠군. 그러면서 이탈리아계 유대인 니콜리노와 흥정했겠지."

나는 이러한 추측에 만족하여 우선은 호기심을 떨쳐낼 수 있었다.

와이엇의 두 여동생은 나도 잘 알고 있었는데 둘 다 사랑스럽고 영리한 소녀였다. 그리고 최근에 결혼한 그의 아내는 아직 만나보지 못했다. 예전에 종종 내 앞에서 와이엇은 늘 그렇듯 열정적으로 아내에 관해 이야기했다. 아내가 뛰어난 미모와 재치, 교양을 두루 갖추었다는 이야기를 들었기 때문에 나는 무척이나 그녀를 만나보고 싶었다.

내가 배에 들른 바로 그날, 선장은 와이엇과 일행 역시 배에 와 있다고 알려주었다. 나는 와이엇의 아내를 소개받고 싶다는 바람으로 생각했던 것보다 한 시간을 더 기다렸다. 하지만 돌아온 것은 선장의 사과뿐이었다.

"죄송합니다. 와이엇 부인은 몸이 좋지 않아서 내일 출항 시간에 맞춰 승선할 예정입니다."

다음 날, 호텔을 떠나 부두로 가려는데 하디 선장이 호텔로 찾아와 말했다.

"상황이 좋지 않아서(바보 같지만 편리한 표현이라고 생각한다) 인디펜던스호의 출항을 하루나 이틀 정도 미루려 합니다. 준비가 되는대로 연락하겠습니다."

당시에는 강한 남풍이 불고 있었기에 '상황'이 여의치 않다는 선장의 말이 이상하게 들렸다. 인내심 있게 이것저것 캐물어 보았지만 소득은 없었다. 집으로 돌아와 느긋한 마음으로 조급함을 누르는 수밖에 없었다.

그 후 일주일이 다 되어가도록 선장에게서는 아무런 연락도 없었다. 그러다 며칠 뒤에 연락이 왔고 나는 그 즉시 배에 올랐다. 배는 승객들로 북적였고 선원들은 출항 준비로 분주했다. 내가 도착하고 10분쯤 지나 와이엇 가족이 도착했다. 여동생 두 명과 아내 그리고 나의 친구 예술가였다. 와이엇은 여전히 감상적인 염세주의가 몸에 배어 있었다. 하지만 나는 이러한 모습에 이미 익숙했기에 특별한 관심을 기울이지 않았다. 하지만 와이엇이 나에게 아내를 소개조차 하지 않자, 이처럼 예의를 갖추는 일은 부득이하게 상냥하고 총명한 그의 여동생 마리앤에게 돌아갔다. 마리앤이 서둘러 와이엇 부인을 소개해주었다.

와이엇 부인은 베일을 깊숙이 쓰고 있었다. 고백건대 그녀가 나의 인사에 답례하기 위해 베일을 걷어 올렸을 때 나는 상당히 놀랄 수밖에 없었다. 어쩌면 놀라움 그 이상이라고 해야겠다. 그동안 내 친구가 아내의 아름다움에 대해 절대적인 확신에 차 열정적으로 묘사한 모습과는 사뭇 달랐기 때문이다. 나는 아름다움이라는 주제에 대해서 와이엇이 전적으로 이상적이라는 사실을 잘 알고 있었다.

솔직히 말하자면 와이엇 부인은 평범하게 생긴 여자였다. 못생긴 편이냐면 그것도 아니었다. 오히려 그쪽과는 거리가 멀었다. 하지만 그녀의 옷차림은 세련된 취향을 드러내고 있었다. 나는 와이엇 부인이 지성과 고운 마음이라는 오래 지속되는 매력으로 내 친구의 마음을 사로잡았다고 확신했다. 그녀는 거의 말을 하지 않았고 와이엇과 함께 곧바로 전용실로 들어갔다.

이전의 호기심이 다시 돌아왔다. 하인이 없다는 것은 확실했다. 그래서 나는 다른 짐을 찾아보았다. 다소 지체된 끝에, 짐마차가 직사각형의 소나무 상자를 싣고 부두에 도착했다. 마치 모든 일이 예정대로 진행되는 듯했다. 배는 짐마차가 도착하자마자 출항하여 곧 항구를 벗어나 바다로 향했다.

의문의 상자는 길이가 180센티미터, 폭이 75센티미터 정도의 직사각형 상자였다. 나는 상자를 주의 깊게 꼼꼼히 살펴보왔다. 상자의 모양이 특이했다. 하지만 그것을 보자마자 내 추측이 정확했다는 생각이 들어 뿌듯해졌다. 앞서 나는 예술가 친구의 짐이 그림일 것이라는 결론에 도달했었다. 그가 몇 주에 걸쳐 니콜리노와 협의한 것을 알고 있었기 때문이다. 그리고 상자의 모양으로 미루어볼 때, 그것은 레오나르도 다빈치의 〈최후의 만찬〉의 복사품이라고 확신했다. 한동안 니콜리노가 소유했던, 피렌체의 젊은 화가 루비니가 그린 〈최후의 만찬〉 바로 그 작품 말이다. 그리하여 나는 이렇게 의문이 해소되었다고 생각했다. 그리고는 나의 예리한 통찰력에 내심 뿌듯해하며 과하다 싶을 만큼 키득댔다. 여태까지 와이엇이 자신의 예술적 비밀을 숨긴 적은 없었지만 그가 바로 내 눈앞에서 예술품을 뉴욕으로 은밀히 밀반출하려는 것은 확실했다. 친구는 내가 아무것도 모르리라고 기대했을 것이다. 나는 이제부터 친구를 유심히 관찰하기로 마음먹었다.

그런데 나를 적잖이 혼란스럽게 만든 일이 벌어졌다. 그 상자가 여분의 전용실에 들어가지 않아서 결국 와이엇의 방에 들어가게 된 것이다. 상자가 전용실의 바닥 대부분을 차지해버려서 예술가와 그의 아내가 상당한 불편을 겪을 것이 확실했다. 게다가 상자에 글자를 갈겨 쓴 페인트인지 타르인지에서는 불쾌한 냄새가 짙게 풍겼는데, 묘하게 구역질이 올라오는 냄새였다. 뚜껑 위에는 다음과 같이 씌어 있었다. '애들레이드 커티스 부인, 올버니, 뉴욕. 코닐리어스 와이엇 씨의 짐. 이쪽을 위로 하시오. 취급에 각별히 주의할 것'

나는 올버니에 사는 애들레이드 커티스 부인이 그의 장모라는 것을 알고 있었지만, 이 주소가 마치 나를 위해 특별히 준비된 수수께끼라고 간주했다. 나는 그 상자와 내용물이 뉴욕 체임버스에 있는 나의 염세적인 친구의 집에서 조금이라도 더 북쪽으로 가게 두지 않겠다고 결심했다.

맞바람이 불어 뱃머리를 북쪽으로 돌리는 바람에 해변이 금세 시야에서 사라지긴 했지만, 처음 사나흘 동안은 날씨가 좋았다. 덕분에 기분이 좋아진 승객들은 사교 활동에 열을 올렸다. 하지만 다른 사람들에게 무뚝뚝하고 불친절하게 행동한 와이엇과 그의 여동생들은 예외였다. 와이엇의 행동은 그다지 신경써서 보지 않았다. 와이엇은 평소의 우울함을 넘어 침울한 상태였지만, 사실 나는 그의 이러한 기이함에 익숙했기 때문이다. 하지만 그의 여동생들에 대해서는 달리 말할 여지가 없었다. 와이엇의 여동생들은 내가 몇 번이고 권했지만 다른 승객들과 교류를 거부하고 항해하는 내내 전용실에 틀어박혀 지냈다.

와이엇 부인은 훨씬 괜찮은 사람이었다. 다시 말하자면, 그녀는 수다스러웠다. 그리고 수다스럽다는 것은 항해 중에는 상당한 장점이다. 와이엇 부인은 다른 여자들과 상당히 친밀해졌지만 놀랍게도 남자들과는 전혀 노닥거리거나 하지 않았다. 와이엇 부인은 우리 모두를 즐겁게 했다. '즐겁게 했다'고 말하긴 했지만, 실은 어떻게 설명하는 것이 정확할지 모르겠다. 솔직히 그녀는 다른 사람들과 더불어 웃었다기보다는 웃음거리가 되었다고 할 수 있다. 남자들은 와이엇 부인에 대해 아무 말도 하지 않았지만, 여자들은 조금 시간이 흐른 뒤 '친절하지만 평범한 외모에 교육이라고는 전혀 받지 않은 천박한 여자'라고 말했다. 와이엇이 어떻게 저런 여자와 얽히게 되었는지 이해할 수 없을 정도였다. 돈을 노렸다고 할 수도 있겠지만 그것이 터무니없는 추측이라는 것을 알고 있다.

와이엇은 아내가 결혼할 때 한 푼도 가져오지 않았으며 재산이나 그런 것에 대해서는 아무것도 기대하지 않는다고 말했다. 그리고 자신이 사랑 때문에, 오로지 사랑만을 위해 결혼했으며, '나의 신부는 내가 사랑하는 것보다 훨씬 더 훌륭한 사람이다'라고 말했다. 친구가 말했던 이 표현들을 생각하자 나는 말로 표현하기 어려운 당혹감에 휩싸였다. 와이엇이 정신이 나갔던 걸까? 나로서 그 외에 어떤 생각을 할 수 있겠는가? 예술가 친구는 세련되고 지적이고 흠과 결에 대해 까다로우며 아름다움을 감상하는 데 열정적인 사람이건만! 어찌 되었건 와이엇 부인이 내 친구를 좋아하는 것은 확실해 보였다. 특히 와이엇이 자리에 없을 때면 그를 가리켜 '사랑하는 나의 남편, 와이엇 씨'라고 말해서 놀림거리가 되곤 했다. '남편'이라는 말은 그녀 자신의 세련됨을 드러내는 표현으로 이용되며 언제나 와이엇 부인의 혀끝에서 맴돌고 있는 것 같았다. 반면에 나의 친구는 냉랭한 태도로 그녀를 피하며, 자신의 아내가 중앙 객실에서 공공연히 놀림감이 되도록 내버려 둔 채 전용실에 틀어박혀 있었다.

나는 보고 들은 것을 통해, 나의 친구가 설명할 수 없는 기이한 운명 또는 환상에 젖은 열정에 휩싸여 자신보다 못한 여자와 결혼했고 당연하게도 이내 질려버리게 되었다고 결론 내렸다. 나는 마음속 깊이 친구를 동정했지만 그러한 이유로 와이엇이

〈최후의 만찬〉에 대해 입을 닫은 일을 용서할 수는 없었다. 그래서 그에게 나의 서운함을 되갚아주어야겠다고 결심했다.

하루는 와이엇이 갑판에 나왔기에 나는 평소 습관대로 그의 팔짱을 끼고 이리저리 걸어 다녔다. 그러한 상황에서는 당연하다고 생각되지만 친구의 침울함은 전혀 나아지지 않은 것 같았다. 와이엇은 거의 말을 하지 않았고 애써 입을 열어도 깊은 침울함을 담아 겨우 몇 마디 내뱉었다. 내가 한두 번 농담을 건네보아도 그는 힘겹게 미소 지으려 했을 뿐이었다. 불쌍한 친구! 그의 아내에 대해 생각해보니 와이엇에게 즐거움 비슷한 감정이라도 있을까 하는 의문이 들었다. 나는 그 직사각형 상자에 대해 넌지시 떠보거나 풍자해보기로 마음먹었다. 내가 그의 유쾌한 수수께끼의 상대라거나 놀림감은 아니라는 점을 인식시키기 위해서였다. 나는 우선 감춰진 비밀이 드러날 때의 표정을 관찰했다. '그 상자의 특이한 모양'에 대해 이야기를 꺼내며, 다 알고 있다는 듯 미소 지으며 눈을 찡긋하고는 집게손가락으로 친구의 옆구리를 가볍게 찔렀다.

와이엇이 이러한 악의 없는 장난에 반응하는 모습을 본 즉시 나는 그가 미쳤다는 확신이 들었다. 우선 나의 농담을 이해할 수 없다는 듯 나를 빤히 쳐다보더니 무슨 뜻인지 뒤늦게 깨닫고는 눈이 튀어나올 듯 놀란 표정을 지었다. 그러면서 얼굴이 붉어지더니 곧이어 섬뜩하리만치 창백해졌다. 그러고 나서 내가 암시한 내용이 굉장히 즐거운 듯 큰 소리로 활기차게 웃기 시작하더니, 놀랍게도 그 후 10분 이상 서서히 활기를 잃으며 계속 웃어댔다. 그러다 결국 갑판 위에 쓰러졌다. 내가 와이엇을 일으키려 달려가 보니 그는 마치 죽은 사람처럼 보였다.

나는 도움을 요청했고 힘겨운 노력 끝에 나의 친구는 정신을 차릴 수 있었다. 와이엇은 정신이 들고난 후에도 한동안 횡설수설했다. 우리는 꽤 오랜 시간을 들여 와이엇을 진정시킨 후 침대로 옮겼고, 다음 날 아침에는 신체적으로는 꽤 회복되었다. 물론 친구의 정신적인 면에 대해서는 아무 말도 하지 않겠다. 나는 선장의 조언에 따라 남은 항해 기간 내내 와이엇을 피했다. 선장은 내가 와이엇이 발작하는 모습을 목격한 것을 우연히 보고서는 이 일에 대해 다른 누구에게도 말하지 말라고 주의를 시켰다.

와이엇의 발작 직후, 이미 사로잡혀 있던 호기심을 더욱 자극하는 몇 가지 일이 벌어졌다. 그중에는 이러한 일도 있었다. 강한 녹차를 너무 많이 마신 탓에 나는 밤새 잠을 이루지 못하고 뒤척였다. 사실, 이틀 동안 거의 제대로 잠을 이루지 못했다. 혼자 탄 대부분의 남자 승객들과 같이 나의 전용실도 중앙 선실이나 식당과 이어져 있었다. 반면에 와이엇 가족의 전용실은 선실 뒤쪽에 있었는데 중앙 선실과는 미닫이문으로 분리되어 있었다. 하지만 그 문은 밤에도 제대로 닫히는 경우가 없었다. 배는 바람을 맞으며 나아갔다. 바람이 잔잔하여 배는 바람이 가려지는 쪽으로 살짝 기울어 있었고, 배가 오른쪽으로 기울어 졌을 때 선실 사이의 미닫이문은 열리게 되었다. 하지만 아무도 일어나 문을 닫으려 하지 않았다. 내 침대가 그런 위치에 있었기 때문에 문제의 미닫이문뿐 아니라 내 전용실의 문이 열려 있으면 나는 선실 뒤쪽까지 꽤나 제대로 볼 수 있었다. 바로 그곳에 와이엇의 전용실이 있었던 것이다.

내가 잠을 못 이루던 두 번의 밤 동안, 나는 와이엇 부인이 매일 밤 11시경이면 와이엇의 전용실에서 조심스럽게 빠져나와 여분의 전용실로 들어가는 모습을 확실히 볼 수 있었다. 와이엇 부인은 그곳에서 새벽까지 머무르다 남편이 부르면 돌아갔다. 그들이 사실상 별거 상태라는 것이 확실했다. 부부는 방을 따로 사용했다. 그들이 이혼을 고려 중이라는 것은 의심의 여지가 없었다. 이것이 바로 여분 전용실의 수수께끼였던 것이다.

나의 흥미를 끄는 또 다른 일도 있었다. 잠을 이루지 못하던 문제의 이틀 밤 동안, 와이엇 부인이 여분의 전용실로 사라진 직후 그녀의 남편이 머무는 방에서 조심스럽고 억눌린 듯한 소리가 흘러나왔다. 한동안 집중해서 그 소리에 귀 기울여본 후, 나는 결국 그것이 정확히 무엇인지 알아내는 데 성공했다. 예술가는 끌과 망치로 그 직사각형 상자를 열려고 했던 것이다. 소리를 죽이기 위해 망치 머리 부분은 부드러운 면 같은 것으로 감싼 것이 분명했다.

이러한 식으로, 나는 와이엇이 상자 뚜껑을 열고 그것을 상자에서 떼어내어 아래층 침대에 넣는 정확한 순간을 알아차릴 수 있었다. 뚜껑을 아래층 침대에 넣는 순간은, 뚜껑을 조심스럽게 침대에 내려놓으려 할 때 뚜껑의 일부가 침대의 나무 모서리에 부딪히며 내는 가벼운 소리를 통해 알아챌 수 있었다. 바닥에는 뚜껑을 놓을 자리가 없었기 때문이다. 그 이후로는 쥐죽은 듯 고요해졌고 동이 틀 무렵까지 어떤 소리도 들리지 않았다. 굳이 말하자면, 낮은 흐느낌이나 중얼거리는 소리가 들린 것도 같았지만 한껏 억눌러서 거의 들리지 않았다. 하지만 내가 상상으로 만들어낸 소리일지도 몰랐다. 흐느끼거나 한숨을 내쉬는 소리와 비슷했지만, 둘 다 아닐 수도 있다. 오히려 내 귀에서 울리는 소리였다고 생각한다.

와이엇은 평소처럼 발작적인 예술적 열정에 빠져 있음이 분명했다. 예술가는 상자 안의 명화를 보며 눈을 즐겁게 하려고 직사각형 상자를 열었을 것이다. 그 안에 그를 흐느끼게 할 것은 아무것도 없다. 그래서 나는 선량한 하디 선장의 녹차에 취해 환청을 들은 것이라고 생각했다. 하지만 앞서 말한 이틀 밤의 동트기 전, 와이엇이 직사각형 상자에 뚜껑을 덮고 헝겊을 두른 망치로 원래 자리에 못 박는 소리를 분명히 들었다. 와이엇은 이렇게 한 뒤 옷을 차려입고 전용실을 나와 아내를 부르러 갔다.

항해 일주일 째, 해터러스 곶을 지나고 있을 때였다. 남서쪽에서 엄청난 강풍이 불어왔다. 한동안 위협적인 날씨가 지속되었지만 우리 배는 이런 상황을 대비하고 있었기에 이내 모든 것이 안정을 되찾았다. 바람이 점차 강해지자 우리는 앞뒤에 모두 돛을 펴고 나아갔다.

우리는 이런 상태로 이틀 동안 안전하게 항해했다. 배는 여러 면에서 훌륭한 선박으로 어떤 상황에서도 물이 새지 않았다. 하지만 이 시기가 지나고 강풍은 태풍으로 바뀌더니 돛이 부서지고 엄청난 파도에 휩싸였다. 이 사고로 승무원 세 사람과 왼쪽 뱃전에 설치된 파도를 막는 벽 대부분을 잃었다. 우리는 거의 정신을 차리지 못했지만 앞 돛대가 부서지기 전에 폭풍용 돛을 편 덕분에 몇 시간 동안은 이전보다 훨씬 안전하게 항해할 수 있었다.

하지만 강풍은 여전했고 잦아들 조짐조차 보이지 않았다. 밧줄은 잘못되어 있었고 크게 망가진 상태였다. 강풍이 몰아친 지 사흘째 되던 날 오후 5시쯤, 후미에 있는 돛이 바람 부는 쪽으로 크게 흔들리더니 갑판 위로 쓰러졌다. 돛을 치우기 위해 한 시간 이상을 노력했지만 배가 심하게 흔들리는 바람에 허사로 돌아가고 말았다. 그때 목수가 배의 후미에 4미터가량 물이 찼다고 알려왔다. 그런데 펌프가 고장 나 도저히 쓸 수 없었기 때문에 우리는 더욱 난감해졌다.

이제 모든 것이 혼란스럽고 절망적이었다. 그래도 희망을 버리지 않고 싣고 있던 짐을 최대한 던져버리고, 남아 있는 두 개의 돛대를 베어내어 배를 가볍게 하려 애썼다. 마침내 이 작업을 성공적으로 해냈지만 여전히 펌프는 작동되지 않았고 물은 배 안으로 빠르게 차올랐다.

해 질 무렵, 강풍은 현격히 위력이 약해지고 바다도 잔잔해졌다. 우리는 여전히 살아날 수 있다는 실낱같은 희망을 품고 있었다. 오후 8시, 구름이 바람 부는 쪽으로 흩어지면서 드러난 보름달을 보며 우리는 그 달을 꺾인 사기를 북돋우기 위한 행운의 징표로 여겼다.

엄청난 노력을 기울인 끝에, 마침내 우리는 긴 보트를 별 사고 없이 배의 측면으로 내리는 데 성공했고 선원과 승객 대부분이 탑승했다. 이들은 서둘러 출발하여 많은 고초를 겪은 뒤 배가 난파한 지 사흘 만에 오크라코크 만에 안전하게 도착했다.

선미에 있는 작은 보트에 운명을 맡기기로 한 열네 명의 승객이 선장과 함께 배에 남았다. 우리는 크게 힘들이지 않고 보트를 내릴 수 있었다. 보트가 바다에 닿을 때 파도에 뒤집히지 않은 것은 기적이라고 할 수밖에 없었다. 그 보트에는 선장과 그의 아내, 와이엇과 그 가족, 멕시코인 장교와 아내, 네 명의 아이들 그리고 나와 흑인 시종이 탔다.

꼭 필요한 몇 가지 기구들과 약간의 식량, 등에 짊어진 옷가지를 제외하고는 어떤 것도 더 실을 공간은 없었다. 누구도 물건을 더 실으려 하지 않았다. 하지만 놀랍게도, 배에서 몇 미터 떨어져 나왔을 때 와이엇이 보트 후미에서 일어나 그의 직사각형 상자를 가져오기 위해 보트를 돌려야 한다고 하디 선장에게 냉랭하게 요구하는 것이다!

"앉으시오, 와이엇 씨."

하디 선장이 단호한 목소리로 말했다.

"당신이 얌전히 앉지 않으면 배가 뒤집힐 거요. 이제 뱃머리가 거의 물에 잠겼소."

하지만 와이엇은 여전히 일어선 채로 고함을 질렀다.

"상자, 그 상자 말입니다! 하디 선장님, 당신이 그럴 수는 없습니다. 내 부탁을 거절하지 말아주십시오. 그 상자는 정말 가볍습니다, 없는 거나 마찬가지예요. 천상의 사랑을 위해, 당신을 낳은 어머니 그리고 구원의 희망을 걸고 나를 그 상자가 있는 곳으로 데려다 주세요! 이렇게 간청합니다!"

선장은 예술가의 진심 어린 호소에 잠시 감동한 듯 보였지만 평정을 되찾고 엄격하게 말했다.

"와이엇 씨, 당신은 지금 제정신이 아니오. 나는 당신 말을 들을 수 없소. 당장 자리에 앉으시오. 그렇지 않으면 배가 물에 가라앉고 말 거요. 저 사람 잡으시오, 저 사람 붙잡으시오! 저 사람은 배 위로 올라갈 참이오! 그래, 저럴 줄 알았어. 배에 오르는군!"

선장이 이렇게 말하는 순간, 와이엇은 보트에서 뛰어올라 초인적인 노력으로 앞 돛대 쪽 쇠사슬에 걸려 있는 밧줄을 잡는 데 성공했다. 우리가 아직 난파선 근처에 있을 때였다. 그리고는 배에 올라 미친 듯이 선실 쪽으로 달려갔다. 그사이 우리는 배의 뒤쪽으로 휩쓸려가 여전히 무섭게 요동치는 바다에 속수무책으로 운명을 맡기고 있었다. 우리는 배로 돌아가기 위해 온갖 노력을 기울였지만 우리가 탄 작은 보트는 폭풍 속의 깃털에 불과했다. 우리는 그 불행한 예술가의 운명이 결정되었음을 단번에 알아차렸다.

우리가 난파선으로부터 빠른 속도로 멀어져가고 있을 때, 그 미친 사람이(그렇게 볼 수밖에 없었다) 괴력을 발휘하여 힘껏 직사각형 상자를 끌며 갑판에 모습을 드러냈다. 우리가 충격에 휩싸여 바라보는 사이, 와이엇은 재빨리 밧줄을 상자에 감더니 뒤이어 자신의 몸에도 감았다. 그런 즉시, 와이엇은 상자와 함께 바다로 뛰어들어 눈 깜짝할 사이에 영원히 사라지고 말았다. 우리는 슬픔에 젖어 그곳을 주시하며 잠시 노를 멈추었다. 그러다 결국 다시 움직이기 시작했다. 한 시간가량 침묵만이 계속되었다. 마침내 내가 과감히 말을 꺼냈다.

"선장님, 와이엇이 순식간에 가라앉는 모습을 보셨습니까?

굉장히 이상하지 않습니까? 사실, 저는 와이엇이 자신을 상자에 묶고 바다에 몸을 던졌을 때 결국은 그 친구가 떠오를 거라는 미약한 희망을 가졌습니다."

"물론, 그들은 가라앉았소. 총알이 날아가듯 순식간이었소. 그리고 그들은 곧 다시 떠오를 거요. 소금이 다 녹고 난 후에야 말이오."

"소금이라고요?"

"쉿!"

선장이 죽은 이의 아내와 여동생을 가리키며 말했다.

"이 일은 좀 더 적절한 시기에 다시 이야기하도록 합시다."

우리는 엄청난 고난을 겪고 구사일생으로 살아났다. 긴 보트에 탄 다른 승객들처럼 운명은 우리의 편이 되어주었다. 우리는 나흘 동안 바다를 떠돌다 죽은 것과 진배없는 상태로 로어노크 섬 해변에 무사히 도착했다. 그리고 그곳에서 구조자들의 대접을 받으며 일주일간 머무른 뒤, 마침내 뉴욕으로 가는 길에 올랐다.

인디펜던스호가 침몰한 지 약 한 달 후, 나는 브로드웨이에서 우연히 하디 선장과 만나게 되었다. 우리의 대화 주제는 자연스럽게 그 재난, 특히 불쌍한 와이엇의 슬픈 운명으로 옮겨갔다. 그렇게 해서 나는 다음의 사실을 알게 되었다.

와이엇은 원래 자신과 아내, 두 여동생, 하인을 위해 배를 예약했다. 그의 아내는 그가 말했던 대로 사랑스럽고 교양 있는 여자였다. 내가 배에 들렀던 6월 14일 아침, 그 아름다운 여인은 갑자기 병에 걸려 죽고 말았다. 젊은 남편은 슬픔으로 거의 미쳐버렸지만 뉴욕으로 가는 일정을 미룰 수 없는 부득이한 상황이었다. 사랑하는 아내의 시신을 그녀의 어머니에게 전해주어야 했다. 하지만 사람들의 편견 때문에 그 일을 드러내놓고 할 수는 없었다. 승객 열 명 중 아홉은 시체와 여행하느니 차라리 배를 타지 않으려 할 것이기 때문이었다.

이런 딜레마에서 하디 선장은 방안을 강구했다. 우선 부분적으로 미라로 만든 뒤 다량의 소금과 함께 봉한 다음, 적당한 크기의 상자에 넣어 짐처럼 싣기로 한 것이다. 부인의 죽음에 대해서는 아무 말도 하지 않았다. 와이엇이 그의 아내 이름으로 배를 예약했기 때문에 항해 중 아내를 대신할 누군가가 필요했다. 죽은 부인의 하녀는 이 계획에 대해 쉽게 설득당했다. 부인이 살아 있었을 때, 원래 하녀를 위해 예약된 여분의 전용실은 유지되었다. 매일 밤, 가짜 부인은 이 전용실에서 잠을 잤고 낮 동안에는 최선을 다해 여주인 역할을 했다. 배에 탄 승객 중에 그녀의 여주인을 아는 이가 있었는지 여부는 이미 은밀하게 확인해두었다.

나의 실수는 부주의함과 호기심, 충동적인 기질이 지나쳤기 때문이다. 최근 들어 깊이 잠드는 일이 거의 없다. 생생히 떠오르는 어떤 얼굴과 내 귓속에 영원히 울릴 것 같은 신경질적인 웃음소리가 있다.

생매장

Edgar
A. Poe

생매장

세간의 관심을 끄는 데 효과적이기는 하지만 지나치게 끔찍해서 허구로 다루기에도 적절하지 않은 주제가 있다. 다분히 공상에 가까운 이런 주제는 독자를 불쾌하고 역겹게 할 작정이 아니라면 피해야 한다. 또한 사실을 뒷받침하는 정당한 근거가 있는지 엄정하고 신중하게 검증한 후 타당하게 다룬다. 예컨대 베레지나 전투나 리스본 지진, 런던 대역병과 성 바솔로뮤 축일의 대학살 그리고 백스물세 명이 질식사한 캘커타의 블랙홀과 같은 역사적인 대사건을 접하게 되면 우리는 온몸에 소름이 돋을 만큼 강렬한 통증을 느낀다. 그러나 이 사건들은 역사에 그대로 존재하는 엄연한 현실이다. 만약 이들이 허구였다면 단순히 혐오스러운 글로 치부하고 두 번 다시 눈길조차 주지 않았을 것이다.

나는 역사적으로 잘 알려진 일부 대참사를 언급했다. 이 사건들이 유난히 우리의 공상을 생생하게 자극하는 이유는 재난의 성격보다는 사상자의 수에 있다. 인간에게 닥친 기이한 일련의 사건 중에 앞에서 언급한 참사들을 선택한 이유는 대규

모 사상자를 낸 재앙의 보편성보다는 수많은 개인이 겪어야 했던 극심한 고통을 상기해볼 필요가 있기 때문이다. 진정한 불행, 이른바 궁극적인 비통함은 지극히 집중적이어서 결코 분리되지 않는다. 극한의 무시무시한 고통은 철저히 홀로 견뎌내는 것이지 집단이라고 해서 고통이 그 수만큼 나누어지는 것은 아니다. 그저 신의 자비에 감사해야 할 뿐이다!

산 채로 매장되는 것은 두말할 나위가 없다. 언젠가 죽을 수밖에 없는 운명을 안고 살아가는 인간 군상들이 겪을 수 있는 궁극의 공포라고 할 수 있다. 관심 있는 사람들이라면 이런 일들이 의외로 흔하게, 몹시 빈번하게 일어나고 있다는 것을 부인하지 않을 것이다. 삶과 죽음의 경계는 사실상 가장 그늘진 곳에 있고 모호하다. 삶이 어디서 끝나고 또 죽음은 어디서 시작되는지 단정 지을 수 있는 사람이 있을까? 생명의 활기를 분명하게 나타내는 기능들이 완전히 정지하는 질병이 있다는 것을 알고 있다. 이런 정지 상태 가운데 소위 가사 상태라고밖에는 달리 명명할 길이 없는 징후가 있다. 인간으로서는 도저히 이해할 수 없는 인체의 메커니즘 속에서 모든 기능이 일시적으로 정지한다. 일정한 시간이 경과하면 보이지 않는 신비한 원리가 다시 작동하여 마법의 날개와 요술 바퀴가 다시 움직이게 된다. 우주의 탯줄은 느슨해진 적이 없었고 황금 술잔도 결코 복구되지 않을 만큼 부서진 적이 없다. 하지만 그사이 영혼은 도대체 어디에 있었단 말인가?

원인은 결과를 낳는다는 식의 선험적 이론은 차치하고라도 환자가 사망과 다름없는 가사 상태에 놓일 경우, 사체의 부패가 진행되기 전에 시기적으로 이른 매장이 발생하는 것은 자연스러운 일이다. 실제로 발생한 수많은 생매장을 직접 증언하는 일반인과 의료계 종사자들도 있다. 필요하다면 당장에라도 사실로 증명된 백여 건 이상의 사례를 제시할 수도 있다. 일부 독자들의 뇌리에 선명하게 남을 괄목할 만한 예가 얼마 전 볼티모어 인근 도시에서 발생했다. 그 사건은 도시 전체를 고통스러운 충격의 도가니로 몰아넣었다.

존경받던 의원이자 저명한 변호사의 부인이 갑자기 원인을 알 수 없는 병에 걸렸다. 안타깝게도 주치의들의 의술은 무용지물이었다. 그녀는 고통스럽게 투병하다 끝내 숨졌고 아니, 숨졌다고 여겨졌다. 부인이 실제로 죽은 것이 아닐지도 모른다고 의문을 품은 사람은 단 한 사람도 없었거니와 그럴 만한 근거도 없었다. 그녀의 몸에는 사체에서 일반적으로 나타나는 온갖 징후를 볼 수 있었다. 뺨이 수척해지면서 움푹 패었고 입술은 대리석처럼 핏기 하나 없었으며 눈동자도 생기를 잃었다. 맥박이 멎으면서 몸은 얼음장처럼 차가워졌다. 사흘 동안 시신은 매장되지 않고 보존되었는데 그사이 부인의 몸은 돌처럼 딱딱하게 굳었다. 부패가 빠르게 진행되는 것을 염려한 가족들은 서둘러 장례식을 치렀다.

부인의 관은 지하 가족 묘지에 보관되었고 평온하게 시간은 흘러갔다. 그로부터 3년 뒤, 시신을 다시 석관으로 옮기는 의식을 치르기 위해 지하 묘지의 문이 열렸다. 그런데 이럴 수가! 홀로 의식을 치러야 했던 그녀의 남편이 받은 충격과 공포란! 의원이 묘지의 철제 미닫이문을 양옆으로 밀어서 열자 흰옷을 입은 물체가 그의 팔 안으로 덜렁거리며 툭 떨어진 것이다. 아직 채 삭지도 않은 수의를 입은 아내의 해골이었다.

사건의 진상을 밝히기 위해 면밀하게 조사가 이루어졌고 그 결과 매장 후 적어도 이틀 안에 부인이 다시 살아났다는 정황이 포착되었다. 가사 상태에서 깨어난 그녀는 관 속에서 격렬하게 몸부림쳤고 그 바람에 관은 제단에서 바닥으로 떨어졌다. 관이 심하게 파손되면서 부인은 비로소 그 끔찍한 상자에서 빠져나올 수 있었다. 매장하는 날, 누군가 기름이 가득 든 램프를 우연히 묘지 안에 두고 갔는데 그 기름통이 텅 빈 채 발견되었다. 그러나 기름은 증발되면서 모두 소진되었을 가능성도 없지 않을 것이다. 철제문에서 묘지로 내려가는 계단의 제일 위에서 커다랗게 깨진 관 조각이 발견되었는데 아마도 자신의 존재를 알리기 위해 철제문을 두드리는 데 사용한 것으로 보였다. 문을 두드리다 극도의 공포를 이기지 못하고 정신을 잃었거나 순수한 공포 자체로 죽어갔을 것이다. 쓰러지면서 철제문을 장식하기 위해 돌출된 무언가에 부인의 수의가 걸렸다. 그리하여 그녀는 꼿꼿하게 선 자세로 부패하게 된 것이었다.

1810년 프랑스에서도 때 이른 매장이 발생했는데 그야말로 허구보다 더 허구 같은 진실이 존재한다는 주장을 뒷받침할 수 있을 만큼 몹시 독특한 사례였다. 이야기의 주인공은 빅토린느 라푸르카드라는 여성으로 걸출한 가문 출신에 매우 아름다웠으며 물려받은 재산이 많아 부유했다. 빅토린느에게 구혼하는 수많은 신사 중 하나였던 줄리앙 보쉬에는 파리에서 기자 생활을 하는 가난한 문학도였다. 재능 있고 품성 또한 온화했던 보쉬에는 아름다운 상속녀의 관심을 끌었고 마침내 그녀도 자신을 진심으로 사랑하고 있다고 생각했다. 하지만 부유한 집안의 딸로서 가난한 보쉬에를 받아들일 자신이 없었던 빅토린느는 결국 명망 있는 외교관이자 은행가인 르넬르와 결혼했다. 하지만 결혼 후, 르넬르는 아내를 도외시할 뿐 아니라 심지어 폭력도 서슴지 않았다. 비참한 결혼 생활로 수년이 흐른 후 빅토린느는 사망했다. 아니 적어도 빅토린느의 마지막 모습을 본 사람이라면 누구나 인정할 정도로 사망 상태와 매우 흡사했다. 그녀는 지하 가족 묘지가 아닌 고향 마을에 있는 평범한 묘지에 묻혔다.

빅토린느에게 버림받은 후 절망에 휩싸여 있던 보쉬에는 여전히 빅토린느와 깊이 사랑했던 기억을 소중히 간직한 채 파리에서 멀리 떨어진 그녀의 고향 마을을 찾았다. 무덤을 파헤쳐 사랑하는 여인의 머리카락이라도 간직하겠다는 다소 로맨틱한 목적이었다. 보쉬에는 마침내 묘지에 도착했다. 깊은 밤, 관을 파내 조심스럽게 연 후 빅토린느의 머리카락을 자르려는 순간 그토록 사랑해 마지않던 그녀의 눈이 감겨 있지 않은 것을 보고 경악했다. 빅토린느는 살아 있는 상태에서 땅에 묻혔던 것이다. 다행히 생명의 활력은 온전히 사라지지 않았고 사랑하는 이의 손길 덕분에 죽음으로 오인되었던 혼수상태에서 깨어났다. 보쉬에는 정신없이 서둘러 마을에 있는 숙소로 그녀를 데리고 갔다. 다행히 의학 지식을 조금 갖고 있던 보쉬에는 원기를 되찾아줄 수 있는 효과적인 치료를 할 수 있었다. 이윽고 빅토린느가 다시 살아났고 자신의 곁에 있는 사람이 누군지 알아보았다. 빅토린느는 보쉬에와 함께 지내면서 조금씩 회복하는가 싶더니 마침내 완벽하게 예전의 건강을 되찾았다. 처음 빅토린느의 마음은 완전히 열려 있지 않았지만 이 마지막 사랑의 교훈은 모든 빗장을 녹였고 마침내 보쉬에에게 자신의 마음을 전부 주었다. 그리고 빅토린느는 남편에게 되돌아가지 않았으며 다시 살아났다는 사실 또한 비밀에 부치고 사랑하는 사람과 함께 미국으로 날아갔다. 그로부터 20년 후, 두 사람은 오랜 세월이 흘러 친구들마저 얼굴을 알아보지 못할 만큼 변했다고 생각했을 때 프랑스로 돌아왔다. 하지만 예상은 빗나갔다. 르넬르는 빅토린느를 보자마자 알아보았을 뿐만 아니라 자신의 아내로 돌아오라고 요구했다. 빅토린느는 거절했다. 사법 재판소는 사안이 매우 특수했으며 시간 또한 오래 경과하여 남편의 요구는 부당할 뿐 아니라 법적으로도 전혀 실효성이 없다는 근거를 대며 빅토린느의 손을 들어주었다.

독일 라이프치히의 〈의학 전문지〉는 권위와 명성이 자자한 정기 간행물로 최근 논란이 되고 있는 사건의 매우 비극적인 기사를 실었다. 기사의 내용을 정리하면 아래와 같다.

키가 크고 건장한 체구의 한 포병 장교가 길들지 않은 말을 타다 낙마하는 사고를 입었다. 장교는 머리에 심한 충격을 받고 바로 의식을 잃었다. 두개골에 약간의 골절상을 입었으나 응급한 상황이 염려되지는 않았다. 두개골 절개 수술은 성공적으로 이루어졌다. 수술 후 뇌출혈이 있었고 증상을 완화시키기 위해 수많은 처치가 다양하게 행해졌다. 하지만 환자는 점점 가망이 없는 의식 불명 상태에 빠졌고 결국 의사들은 그가 사망했다고 판단했다.

기온이 높은 시기였으므로 장교는 간단한 절차를 거쳐 서둘러 공동묘지에 묻혔다. 장례식은 목요일이었다. 그 주 일요일, 여느 때와 마찬가지로 묘지가 방문객들로 북적거리던 정오 즈음 한 농부가 일으킨 소동으로 한바탕 난리가 났다. 자신이 한 묘지 위에 걸터앉아 쉬고 있었는데 마치 누군가 밑에서 몸부림이라도 치듯 바닥이 격렬하게 요동쳤다고 주장했다. 처음에는 단순한 허풍이라고 여겼지만 농부의 공포에 질린 표정이며, 완고하게 피워대는 고집 때문에 사람들은 마침내 삽을 구해와 묘지를 파기에 이르렀다. 수치스럽게도 무덤은 허술하기 짝이 없게 메워져 있었고 얼마 지나지 않아 주검의 머리가 드러났다. 발견 당시 장교는 사망한 상태로 보였다. 그러나 격렬하게 몸부림을 치며 관 뚜껑을 반쯤 열다시피 해놓았고 관 안에서 꼿꼿하게 앉아 있었다.

장교는 지체 없이 가장 가까운 병원으로 이송되었고 식물인간 상태이기는 하지만 아직 살아 있다는 진단을 받았다. 몇 시간 뒤에 그는 다시 살아나 지인들을 하나하나 알아봤으며 무덤 안에서 보낸 고통스러운 시간을 드문드문하게나마 어눌한 발음으로 들려주었다.

장교의 증언에 따르면 땅속에서 다시 혼수상태에 빠지기 전에 한 시간 이상 의식이 있던 상태가 분명했다. 인부들이 무성의하게 대충 무덤을 만드는 과정에서 흙 사이로 공기가 스며들 수 있는 공간이 확보되었고 이 덕분에 신선한 공기가 공급되었던 것이다. 장교는 머리 위로 지나다니는 사람들의 발걸음

소리를 들었고 자신이 무덤 안에 있다는 것을 알리기 위해 필사적으로 노력했다. 이것이 그날 그를 삶으로 되돌린 공동묘지 소동이 되었던 것이다. 땅속에서 의식이 돌아오자마자 그는 자신이 처한 상황을 완전히 인지했고 너무나도 끔찍한 공포를 느꼈다고 말했다.

환자는 상태가 좋았고 예전의 건강을 되찾으며 완전히 회복되는 것처럼 보였다고 기록되었다. 하지만 다시 터무니없는 치료에 관련되어 의료 실험의 희생자가 되고 말았다. 갈바니 전지(자발적인 화학 반응으로 전류가 흐르도록 구성한 전지, 오늘날 심장 박동기 원리의 모태가 됨 - 옮긴이)가 장교의 치료에 적용되는 도중에 흔히 동반되는 증상으로 별안간 거세게 전율하며 혼수 상태에 빠졌다가 급사했다.

갈바니 전지를 언급하니 매우 독특했던 유명한 사건 하나가 떠오른다. 갈바니 전지가 활기를 소생시키는 역할을 한다는 사실을 증명했던 런던의 한 젊은 지방 검사가 있었는데 그도 역시 생매장된 경험을 했다. 1831년에 발생했던 이 사건은 당시 대단한 파문을 일으키며 많은 사람 사이에서 회자되었다.

에드워드 스테이플턴은 외관상으론 발진 티푸스로 사망한 것처럼 보였다. 하지만 그의 증상은 일반적인 환자들과 매우 달랐기 때문에 의료진들에게 상당한 의구심을 남겼다. 의사들은 에드워드의 가족과 친구들에게 시신의 부검을 요청했지만 거절당했다. 당시에는 이렇게 가족이나 친지에게 부검을 거절당할 경우 의사들은 불법적으로 시신을 땅에서 파내어 비밀리에 시체를 해부하는 경우가 허다했다. 런던에는 시체 도굴꾼들이 넘쳐났고 이들과의 계약은 어렵지 않게 이루어졌다. 에드워드의 장례가 치러지고 사흘째 되던 밤, 깊이 2미터가 넘는 그의 묘지는 파헤쳐졌고 사체는 한 개인 병원의 해부실 실험대 위에 놓였다.

의사들이 그의 복부를 일정 부분 절개했는데 시신이 전혀 부패가 진행되지 않은 것을 보고 전지를 연결해보자는 의견들이 나왔다. 실험이 끝나고 또 다른 부위에도 실험이 계속되었고 그들이 예상하고 있던 내용과 별다른 특징이 없는 일반적인 반응들이 나타났다. 다만 살아 있는 듯한 심한 경련을 일으키는 반응이 한두 번 있기는 했다.

시간이 점점 흘러 어느덧 새벽녘이었다. 전지 실험을 끝내고 부검을 진행해야 할 시간이었다. 하지만 연구하던 이론을 시험해보고 싶었던 수련의 한 명이 시신의 흉부 근육에 전지를 연결하기를 원했다. 흉부를 조금 절개하고 서둘러 전선을 연결한 순간이었다. 환자가 실험대에서 몸을 벌떡 일으켜 꽤 침착한 태도로 실험실 한가운데로 걸어가는 것이었다. 환자는 힘겹게 잠시 주위를 둘러보고는 입을 열었다. 그의 말은 전혀 알아들을 수 없었지만 분명 말을 하고 있었고 한 음절 한 음절을 끊어 발음했다. 그는 말을 채 끝내기도 전에 쿵 하고 바닥에 쓰러졌다.

의사들은 너무나 놀라 자리에 얼어붙은 듯했지만 사태의 심각성을 깨닫고 곧 침착함을 되찾았다. 혼수상태이긴 했지만 에드워드는 살아 있는 것으로 밝혀졌다. 다시 살아난 모습을 보인 이후에는 빠른 속도로 건강을 찾았으며 사랑하는 이들의 곁으로 돌아갔다. 하지만 가족과 친구들은 더 이상 병이 재발하지 않을 때까지 에드워드가 다시 살아난 것을 알리고 싶어 하지 않았다. 그들이 경이로움으로 얼마나 놀라워하고 또 행복했을지는 충분히 짐작이 가고도 남는다.

무엇보다 전율을 일으키는 이 사건의 특징은 환자 자신의 놀라운 주장이었다. 에드워드는 혼미하고 혼란스럽기는 했지만 단 한 번도 완전히 의식을 잃은 적이 없다고 분명하게 말하며 의사가 자신의 죽음을 선고한 순간부터 병실 바닥에 쓰러진 순간까지 전부 기억하고 있었다. 사람들은 전혀 알아듣지 못했지만 에드워드는 자신이 해부실에 있음을 인지하고 '나는 살아 있다'라는 말을 하기 위해서 죽을힘을 다했다고 했다.

이런 사례를 더 열거하기란 어렵지 않지만 여기서 그만두려한다. 성급하게 매장하는 일이 발생하고 있다는 사실을 새삼스럽게 확인할 필요는 없기 때문이다. 너무나 자연스럽게 일어나는 일들이라서 발견되기가 매우 어렵다는 사실을 인지하고, 우리도 모르는 사이에 너무나 자주 발생하고 있다는 것을 잊지 말아야 한다. 어떤 목적에서든 사태가 얼마나 심각하든 사실상 시신이 매장 당시 모습을 그대로 유지하고 있는지 확인하기 위해 무덤을 열어볼 만큼 끔찍하고 의문스러운 일이 얼마나 존재하겠는가?

그런 의문을 가지게 되는 상황도 끔찍한 일이지만 그런 죽음만큼 두려운 일이 또 있을까. 산 채로 매장되는 것보다 더 심하게 몸과 마음을 파괴하는 궁극의 고통은 없다고 단언할 수 있다. 폐를 짓누르는 참을 수 없는 고통과 축축한 땅이 내뱉는 숨막히는 기운, 좁은 관 속에서 최대한 좁혀진 몸에 감긴 수의의 감촉, 끝없이 밤만 계속되는 듯한 절대적인 어둠, 수천 미터 바다 밑에 가라앉은 듯한 침묵, 볼 수는 없지만 쉽사리 느낄 수 있는 지하의 침략자 벌레들의 공격, 이 모든 것과 함께 푸른 초원 위 드높은 창공에 대한 기억, 사실을 안다면 나를 구하기 위해 한달음에 달려올 사랑하는 이들과의 추억, 그러나 그들에게 결코 알릴 수 없는 처절한 운명에 대한 실감, 가장 절망적인 것은 정말로 죽은 자의 운명과 다르지 않다는 자각이다. 이런 자각들은 여전히 뛰고 있는 심장에 그토록 달콤한 상상을 접을 수밖에 없는 소름 끼치도록 참을 수 없는 공포를 안겨준다. 지구상에 그보다 더한 고통은 없다. 가장 지독한 지옥의 맨 아래 왕국에서의 형벌조차도 이 고통에 비하면 절반도 되지 못한다. 그래서 이런 주제에 관한 이야기들은 깊은 주목을 받게 되기도 하지만 그 흥미는 주제 자체가 가지고 있는 신성한 두려움일 뿐이다. 따라서 독자가 얼마나 타당하다고 여길 것인지 또 얼마나 특별하게 여길 것인지는 화자의 진실을 담아내는 능력에 달려 있다. 내가 지금부터 하려는 얘기는 실제로 일어난 일이며 정확히 내 개인적인 경험담이다.

수년 동안 나는 적당한 병명이 없는 관계로 의사들이 '강직증'이라 부르는 특이한 장애를 앓고 있었다. 즉각적이고 소인(병의 요인을 몸속에 가지고 있는 신체의 상태 – 옮긴이)적인 병의 특성은 충분히 잘 알려졌으나 정확한 진단은 아직 베일에 가려진 채였다. 사람마다 혹은 발병 시기마다 정도의 차이를 보인다. 환자는 가끔 하루 혹은 더 짧은 시간 동안 심각한 혼수상태에 빠진다. 의식은 물론 겉으로 보기에 전혀 움직임도 없지만 심장 박동은 희미하게나마 감지되고 온기도 어느 정도 남아 있으며 뺨에도 옅은 홍조를 보인다. 입술을 자세히 들여다보면 무기력하면서 불규칙한 폐의 움직임을 가까스로 느낄 수 있다. 그러나 다시 이 가사 상태는 몇 주, 심지어 몇 달간 지속되기도 한다. 면밀한 관찰과 의학적인 조사가 이루어지고 있지만 가사 상태와 절대적인 죽음이라고 부르는 상태 사이의 실질적인 차이를 아직 발견하지 못하고 있다.

환자의 친구 중에 환자가 강직증을 앓고 있다는 것을 이미 알고 있거나 무엇보다 실제 죽음과 다르게 신체가 부패하지 않는다는 의구심을 가진 사람이 주위에 없다면 대부분은 생매장되는 경우가 비일비재하다. 다행히 발병은 서서히 진행된다. 불행히도 전조를 나타내는 신호이기는 하지만 최초의 증상은 분명하게 알 수 있다. 발작 빈도가 늘어날수록 증상은 뚜렷해지고 혼수상태도 길어진다. 이런 경우라면 생매장의 위험에서 구해질 확률이 그나마 높다. 그러나 최초의 발병을 극심하게 겪는 불행한 환자는 산 채로 무덤으로 넘겨질 미래가 거의 필연적이다.

내 증세도 의학 서적에 명시된 주요한 특징과 크게 다르지 않았다. 가끔 뚜렷한 원인도 없이 쓰러졌고 정도의 차이는 있었지만 서서히 의식을 잃어갔다. 이런 상황에서는 고통도 없었고 움직일 힘도 없었고 명확하게 말하자면 생각할 힘도 없었다. 단지 내 침상을 지키고 있는 사람의 존재를 느끼거나 아직은 살아 있다고 희미하게 자각하는 정도였다. 그러다 불현듯 의식을 완전하게 되찾고 발작이 다시 덮치기 전까지는 온전한 의식을 유지했다. 급속도로 맹렬하게 발작이 시작될 때도 있었다. 전신에 욱신욱신한 통증과 함께 오한이 들고 어지럽고 정신이 혼미해지다가 바로 혼수상태에 빠졌다. 세상은 텅 비고 몹시 어두웠으며 적막해졌고 우주에는 아무것도 없이 몇 주가 흘렀다. 완전한 무無의 상태 그 이상 아무것도 없었다. 갑작스럽고 오래 지속되는 이런 식의 발작은 깨어나기는 해도 회복이 매우 더디게 이루어졌다. 집도 친구도 없이 황량하고 기나긴 겨울밤 내내 거리를 배회하고 다니는 부랑자에게 찾아오는 새벽처럼 내 영혼의 빛도 그렇게 느리고 지루하게, 하지만 기쁘게 찾아들었다.

자주 혼수상태에 빠져드는 경향에 비해 내 건강 상태는 비교적 양호해 보였다. 질병의 특징이 그저 일상적인 수면에 오래 빠져드는 것이므로 내가 고질병으로 그토록 오래도록 고통받고 있다는 사실을 인식하지 못했다. 혼수상태에서 깨어나는 즉시 한 번에 모든 감각을 되찾을 수는 없었다. 한동안은 혼란스럽고 혼미한 상태로 일상적인 정신력을 발휘할 수 없었고 특히 기억에 관련된 부분은 완전히 백지상태가 되었다.

내가 견뎌내야 하는 것은 육체적인 고통이 아니라 정신적인 고통의 무한함에 있었다. 내 공상의 무대는 어둡고 침침한 시체 안치실로 옮겨갔다. 나는 중얼거렸다.

"벌레, 무덤, 그리고 묘비."

나는 죽음의 망상에 사로잡혔고 생매장에 관한 생각이 끊임없이 내 머릿속을 파고들었다. 밤이나 낮이나 생매장당하는 끔찍한 위험이 나를 사로잡았다. 낮에는 지나친 공상이 나를 고문했고 밤에는 극한의 망상이 내 목을 졸랐다. 암울한 어둠이 대지를 덮을 때면 내가 상상할 수 있는 온갖 공포에 몸을 떨었다. 주검을 싣고 달리는 운구차 위에 내려앉은 깃털처럼 온몸을 부르르 떨었다. 아침 햇살이 더 이상 잘 수 없도록 나를 흔들어 깨울 때면 나는 눈을 뜨지 않으려고 몸부림을 쳤다. 깨어나는 순간 무덤의 내부가 눈앞에 펼쳐져 있을지도 모른다는 생각에 너무나 두려웠기 때문이었다. 마침내 다시 잠에 빠져들면 거대한 흑담비가 무덤 위를 맴도는 선명한 환영의 세계가 날개를 활짝 펴고 내 위를 떠돌았다.

꿈속에서 나를 짓누르던 수많은 음울한 환영들에게서 나는 유독 암담한 모습만을 찾아 기억했다. 내 생각에는 평소보다 훨씬 더 길게 그리고 더 심하게 강직성 혼수상태에 빠졌던 것 같다. 느닷없이 얼음장 같은 손이 섬뜩하게 이마에 닿더니 윙윙대는 듯한 목소리가 다소 성마르게 귓전에 대고 말했다.

"일어나라!"

나는 일어나 곧추서 앉았다. 주위는 온통 칠흑 같은 어둠이었다. 나를 일으켜 세운 형상의 모습은 볼 수 없었다. 내가 언제 혼수상태에 빠졌는지 어디에 누워 있었는지 아무것도 기억나지 않았다. 기억을 되짚느라 미동도 않고 있으니 얼음장 같은 손이 내 손목을 거칠게 낚아채 화난 듯이 흔들어댔다. 윙윙거리는 목소리로 다시 말했다.

"일어나란 말이다! 일어나라고 말하지 않더냐?"

"당신은 누구… 십니까?"

"내가 사는 곳에는 이름이 없다. 나는 한때 인간이었지만 지금은 인간도 악령도 아니다. 나는 한때 무자비했었지만 지금은 궁휼하다. 내가 떨고 있는 것이 보이지 않느냐? 말을 할 때 이가 부딪히는 소리가 들리지 않는가 말이다. 이 밤이, 이 영원히 끝나지 않을 밤의 추위에 떠는 것이 아니다. 하지만 이 끔찍한 모습만은 정말 견딜 수가 없구나. 어떻게 그리 태평스럽게 잠을 잘 수 있단 말이냐? 나는 이 고통스럽게 울부짖는 소리에 도저히 잠을 청할 수가 없고, 이 광경들을 더 이상 견딜 수가 없구나. 그러니 당장 일어나라! 함께 이 밤을 빠져나가 무덤들을 펼쳐 보여주겠다. 보라! 참으로 비통하지 않느냐?"

나는 보았다. 여전히 내 손목을 움켜쥐고 있는 눈에 보이지 않는 형상을 보았다. 그는 모든 인류의 무덤을 열었다. 시체가 부패하면서 발생하는 인을 함유한 빛이 무덤마다 희미하게 새어 나오고 있어 무덤의 가장 깊은 곳까지 볼 수 있었다. 무덤 안에는 낯선 이들이 수의를 입은 채 음울하고 경직된 얼굴로 누워 있었고 그 주위로 무수한 벌레가 꿈틀거리고 있었다. 그런데, 아! 진정 잠을 자고 있는 사람보다 아직 잠들지 못한 사람들이 수백만이었다. 그들은 희미하게 몸부림을 치고 있었고 불안해 했다. 입고 있는 수의의 바스락거리는 소리가 수없이 많은 구덩이들의 깊숙한 곳에서 들려왔다. 그들은 가만히 누워 있는 것처럼 보였다. 하지만 나는 많은 이들이 처음 매장될 때의 불편하고 딱딱했던 자세를 조금씩 혹은 상당히 바꾸었다는 사실을 느낄 수 있었다. 다시 목소리가 들려왔다.

"가엽지 않으냐? 오! 이 얼마나 측은한 모습이더란 말이냐?"

하지만 목소리의 주인공은 내가 채 대답할 말을 찾기도 전에 움켜잡고 있던 내 손목을 놓았다. 인을 함유한 빛도 꺼지고 불현듯 수많은 무덤이 격렬하게 닫혔다. 그리고 무덤 깊숙한 곳에서 절망적인 울음소리가 여기저기서 쏟아져 나왔다. 윙윙대는 목소리가 다시 들렸다.

"안 돼. 오, 신이시여, 가엾지도 않으십니까?"

한밤중에 이렇듯 자신을 드러내는 환영들은 이제 내가 깨어 있는 시간까지 그들의 끔찍한 모습을 보여주기 시작했다. 신경은 극도로 쇠약해졌고 끊임없이 사로잡히는 공포의 먹잇감으로 전락했다.

말을 타는 것도, 걷는 것도, 집을 벗어나는 어떤 활동도 주저했다. 나는 걸핏하면 혼수상태에 빠지는 내 병을 잘 알고 있는 사람들이 없는 곳에서 쓰러지게 될까 두려웠다. 그렇게 되면 일상적인 발작을 일으켜 쓰러졌을 때 진정한 상태가 확인되기도 전에 땅에 묻히게 될 것이기 때문이었다. 나는 또 사랑해 마지않는 내 친구들이 얼마나 충실하게 나를 돌봐 줄 수 있을지 의문을 품었다. 혼수상태가 평소보다 좀 더 오래 지속되는 경우, 그들이 마침내 내가 돌이킬 수 없는 지경이 되었다고 판단하게 될까 두려웠다. 급기야 나는 정도를 넘어서 내가 친구들에게 고민거리만 안겨주는 존재로서, 나를 완전히 떠나보낼 명분을 만들어준 긴 혼수상태를 오히려 그들이 반길지도 모른다는 생각에 몸서리를 쳤다. 친구들이 아무리 굳게 다짐을 하며 나를 안심시키려들어도 소용없었다. 나는 친구들에게 더 이상 보존이 불가능하다고 판단될 정도로 부패가 심각해질 때까지 절대 매장하지 않겠다고 신께 맹세하라고 강요했다. 점점 더 나를 짓누르는 공포는 어떤 이성적인 말도 들으려 하지 않고 안심시켜주려는 노력도 받아들이지 않았다.

　나는 주도면밀한 일련의 예방책을 세우기 시작했다. 먼저 지하 가족 묘지를 안에서도 손쉽게 열 수 있도록 개조했다. 살짝만 눌러도 철제문을 열 수 있도록 안쪽으로 긴 지렛대를 설치했다. 공기와 빛이 자유롭게 드나들 수 있도록 했으며 관 속에서도 필요하면 편리하게 음식과 물을 즉시 공급받을 수 있도록 설치했다. 관 안에는 부드러운 천을 덧대어 보온성을 높였다. 또 관 뚜껑에도 철제문에 설치한 원리처럼 가장 쇠약해진 몸 상태로도 충분히 열 수 있도록 어렵사리 스프링을 달았다. 이들 외에도 지붕 위에 커다란 종을 매달고 종에 줄을 연결하여 관에 뚫은 구멍으로 통과시킨 후 시체의 손에 묶을 수 있도록 설계했다. 하지만 아, 신이 정해놓은 인간의 운명에 예방책이 다 무슨 소용일까! 정교하게 고안된 이 안전 조치들마저 생매장이라는 극한의 고통에 이미 운명이 정해진 가련한 인간의 비애를 벗어나기에 충분하지 않았다.

　드디어 그날이 왔다. 이미 수차례 그랬듯이 완전한 의식 불명의 상태에서 희미하고 흐릿하게 서서히 살아 있음을 자각하며 나를 드러내는 순간이 찾아왔다. 천천히 마치 느릿느릿한 거북처럼 의식의 하루에 희미한 잿빛 새벽이 다가오고 있었다. 무력에서 기인한 불쾌함과 희미한 아픔을 심드렁하게 참아내는 인내, 조바심도 없고 희망도 없고 의지는 더더욱 없었다. 그렇게 한참이 지나고 귓가에 울림이 있었다. 조금 더 긴 시간이 흐르자 신경이 닿는 부분마다 따끔하고 얼얼했다. 그리고 다시 영원할 것만 같은 기분 좋은 정적, 감각들이 깨어나는 부산스러움이 머릿속을 파고들었다. 또 한 번의 짧은 무의식의 세계로 잠적. 그리고 느닷없이 정신이 들었다. 이윽고 눈꺼풀이 파르르 떨렸다. 곧이어 알 수 없는 무시무시한 공포 때문에 전기적 충격이 관자놀이에서 심장으로 피를 폭포처럼 흘려보냈다. 그제야 처음으로 생각을 해보려고 애썼다. 기억을 떠올리려는 첫 번째 노력이었다. 부분적으로 조금씩 떠올랐지만 쉽사리 사라져버렸다. 이제 기억은 마침내 내 상태를 인식하는 정도만큼 주권을 회복했다. 내가 단순히 일상적인 잠에서 깨어나는 것이 아니라는 느낌이 들었다. 강직증에서 기인한 혼수상태에 빠진 기억이 났다. 드디어 거대한 바다가 몰려오듯 떨고 있는 마음속으로 언제나 한결같은 무시무시한 공상이, 음침한 위험이 파고들었다.

얼마 지나지 않아 이 공상은 나를 완전히 사로잡았고 나는 손가락 하나 꼼짝할 수 없었다. 왜 그랬을까? 나는 움직일 용기를 그러모을 수가 없었다. 기꺼이 내 운명을 받아들이겠다는 노력 따위를 할 수가 없었다. 하지만 내 심장을 향한 속삭임이 있었다. 확실했다. 절망! 다른 어떤 가련함도 이제껏 부르지 않은 오로지 절망만이 나를 재촉했고 오랜 망설임 끝에 무거운 눈꺼풀을 들어 올렸다. 눈을 떴다. 어둠, 주위는 온통 어둠뿐이었다. 나는 발작이 끝났다는 것을 알 수 있었다. 위험한 고비는 지나갔다. 이제 시력이 완전히 돌아왔다는 것을 인지했다. 하지만 온통 칠흑 같은 어둠이 깔려 있었고 그 어둠은 영원한 밤의 지독하게 캄캄한 궁극적인 어둠이었다. 그 속에서 내 시력은 아무 소용이 없었다.

고함을 지르려고 발버둥을 쳤다. 바싹 말라버린 혀와 입술을 경련하듯 떨며 움직였다. 그러나 동굴 같은 폐는 신음 하나 내뱉지 못하고 마치 거대한 산에 짓눌린 듯 고통스럽게 토하는 숨 하나하나에 심장과 더불어 헐떡이며 움찔거렸다.

소리를 지르려고 아무리 버둥거려도 턱은 마치 죽은 사람의 턱처럼 꼼짝도 하지 않았다. 나는 단단한 물체 위에 누워 있다는 것과 그와 비슷한 소재로 양옆을 단단히 옥죄고 있다는 것도 느낄 수 있었다. 이제까지는 손발을 움직여볼 엄두를 내지 못하고 있었지만 이제 두 팔목이 교차된 채 가슴 위에 놓여 있던 팔을 거침없이 뻗었다. 팔에 단단한 나무 재질이 부딪혔고 그것은 내 얼굴에서 한 뼘도 되지 않는 높이에서 몸 위로 길게 늘어져 있었다. 결국 내가 관 속에 누워 있다는 사실을 한 치의 의심 없이 알 수 있었다.

끝을 알 수 없는 고통 속에서 희망의 천사가 달콤하게 다가왔다. 준비해둔 예방책이 드디어 생각난 것이다. 나는 몸을 뒤척여 관 뚜껑을 열기 위해 격렬하게 움직였지만 꿈적도 하지 않았다. 팔목에 묶여 있을 종에 연결된 줄을 찾아 헤맸지만 어디에서도 찾을 수가 없었다. 이제 내게 위안을 주는 것들은 영원히 사라져버렸고 가혹한 절망만이 승리의 나팔을 울리고 있었다. 내가 그렇게도 심혈을 기울여 준비했던 보호 물품들이 모조리 사라졌다는 것을 받아들이지 않을 수 없었기 때문이었다. 그러자 갑자기 축축한 흙 특유의 강한 냄새가 코를 찔렀다. 거부할 수 없는 결론이었다. 나는 지하 가족 묘지에 안장된 것이 아니었다. 내가 집을 떠나 낯선 사람들과 함께 있는 동안 가사 상태에 빠진 것이었다. 언제, 또 어쩌다 그랬는지는 여전히 기억이 나지 않았다. 내 상태를 모르는 사람들이 마치 개처럼 나를 평범한 관에 쑤셔 넣고 못을 박아 너무나 평범하고 이름 없는 무덤에 깊숙이 아주 깊숙이, 영원히 묻어버린 것이다.

끔찍하기 이를 데 없는 확신이 마음 가장 깊은 곳으로 파고들자 나는 다시 한 번 악을 썼다. 마침내 이 두 번째 노력은 성과가 있었다. 고통에 찬 외침 같기도 한 거친 비명이 오랫동안 길게 밤의 지하 왕국 전체에 울려 퍼졌다.

"이봐요! 어이, 거기!"

걸걸한 음성이 대답했다.

"이건 또 무슨 황당한 일이지?"

두 번째 음성이 말했다.

"거기서 당장 나와!"

세 번째가 소리쳤다.

"힌두교도 같은 옛날 옷을 입고 뭐라고 떠드는 거야?"

네 번째 음성이었다.

몇 분 동안 매우 거칠어 보이는 사람들이 나를 붙들고 인정사정없이 흔들어댔다. 그들이 나를 잠에서 깨운 것은 아니었다. 비명을 지르면서 이미 나는 선명하게 깨어 있었기 때문이다. 하지만 그 사람들 덕분에 완전히 기억을 되찾게 되었다.

이 모험은 버지니아의 리치먼드 근처에서 시작되었다. 나는 친구와 함께 제임스 강변을 따라 엽총 사냥에 나섰다. 밤이 다가왔고 폭풍우가 몰아닥쳤다. 부식토를 실은 작은 범선 한 대가 정박해 있는 것을 발견했고, 그 배는 우리가 이용할 수 있는 유일한 안식처를 제공했다. 우리는 배 위에서 밤을 보냈다. 나는 선박에 두 개밖에 없는 선실 중 한 곳에서 잤는데 60~70톤쯤으로 보이는 작은 범선의 선실이야 굳이 설명할 필요도 없을 것이다. 내가 자러 들어간 선실은 침구라고는 없었고 침상의 폭이 50센티미터도 안 되었다. 바닥에서 침상의 높이와 누웠을 때 이마에서 천정까지 높이도 마찬가지였다. 그 사이로 몸을 구겨 넣는 것이 매우 힘들었지만 어쨌거나 나는 숙면을 취할 수 있었다. 그리고 내가 누운 자세와 평소에 늘 가지고 있는 비뚤어진 망상 속에서 자연스럽게 펼쳐진, 꿈이 아닌 그 정경은 잠에서 깨어난 후 한참 동안 감각을 되찾고 특히 기억을 되찾는 일에 언제나 어려움을 겪는 문제에서 시작된 것이었다. 나를 흔들어 깨운 사내들은 범선의 선원들이었고 몇몇 인부들은 짐을 내리느라 바빴다. 그 짐에서 흙냄새가 났다. 턱에 둘러매고 있던 붕대는 언제나 쓰는 침상 모자 대용으로, 내가 머리에 두르고 잤던 실크 손수건이었다.

고통은 견뎌냈지만 그것은 실질적인 생매장과 다를 바 없는 고통이었다. 무시무시했고 상상할 수 없을 만큼 끔찍했다. 그러나 악에서 선이 나왔다. 악이 너무 지나치게 내 영혼을 옭아맸을 때 오히려 반감을 느끼지 않을 수 없었기 때문이었다. 이제 내 영혼은 단단해졌고 냉정을 되찾았다. 나는 집 밖으로 나갔다. 활기차게 움직였다. 천상에서 불어오는 신선한 공기를 마셨다. 죽음을 제외한 다른 주제에 대해서 생각했다. 의학 서적을 버렸다. 《버컨》을 불태웠다. 《밤의 사색》처럼 교회 부속 공동묘지와 유령에 관한 난잡하고 근거 없는 이야기는 더 이상 읽지 않았다. 다시 말해 나는 다른 사람이 되었고 인간다운 삶을 살기 시작했다. 그 잊을 수 없는 밤 이후, 생매장에 관련된 불안을 영원히 떨쳐버렸고 놀랍게도 불안과 함께 강직증도 사라져버렸다. 아마도 불안은 내 병의 원인이었다기보다 결과였으리라.

이성적인 냉철한 시선으로 바라봤을 때조차 서글픈 인류의 세상이 지옥처럼 보이는 순간이 더러 있다. 하지만 인간의 상상력이 지옥 동굴을 누비고 다닐 만큼 무한하다면 그 값을 치러야 한다. 아, 생매장에 대한 공포가 모조리 한낱 공상으로 간주될 수야 없지만 악령에 사로잡힌 아프라시아브 왕처럼 그들이 우리를 잡아먹기 전에 옥수스 강 밑으로 가라앉혀 잠들게 해야 한다. 공포는 잠들어야만 한다. 그렇지 않으면 우리는 영원히 파괴될 것이다.

모렐라

Edgar
A. Poe

모렐라

오직 바로 그것만이, 홀로, 영원하고 유일한 것이리라.

— 플라톤, 《향연》

나는 무엇보다 깊고도 기이한 애정을 가지고 나의 친구 모렐라를 바라보았다. 수년 전 나는 우연히 모렐라와 알게 되었는데, 처음 만났을 때부터 내 영혼은 이전에 결코 알지 못했던 불같은 열정으로 타올랐다. 하지만 이것은 사랑의 불꽃이 아니었다. 이 불꽃의 특별한 의미를 정의할 수도 없고, 그 모호한 강렬함을 규정할 수도 없다는 것을 점차 자각하는 일은 씁쓸하고도 괴로웠다. 그럼에도 우리는 만났다. 운명은 우리 둘을 제단에서 맺어주었으며, 나는 결코 열정이나 사랑의 정의에 대해 말하지 않았다. 하지만 모렐라는 다른 사람들을 멀리하고 오직 내게만 집착함으로써 나를 행복하게 만들었다. 이는 몹시도 놀랍고 꿈을 꾸는 듯한 행복이었다.

모렐라는 학식은 매우 깊이가 있었다. 그녀의 재능은 보통이 아니었고 막대한 지성을 갖추고 있었다. 나는 이를 느끼고 많은 부분에서 모렐라에게 배움을 얻었다. 하지만 모렐라는 슬로 바키아에서 교육을 받았기 때문인지, 보통은 초기 독일 문학의 싸구려 작품들로 간주되는 다수의 불가사의한 글을 내 앞에 내놓곤 했다. 어떠한 이유인지 짐작할 수는 없었지만 이것이 모렐라가 가장 꾸준히 선호하는 연구 대상이었다. 시간이 흐르면서 그것이 내 연구 대상이 된 이유는 간단하지만 효과적인, 본보기와 습관의 영향 때문이었을 것이다.

내 생각이 틀리지 않았다면 이 모든 것에 있어서 이성은 아무 관련이 없었다. 내가 착각한 것이 아니라면 내 행동이나 생각에 나타났던 신념은 결코 이성에 따라 생겨난 것이 아니며, 내가 읽었던 신비주의 서적의 색채가 발현된 것도 아니었다. 이 생각을 납득한 나는 모렐라의 지도를 전적으로 따랐으며 꺼지지 않는 열의를 가지고 복잡한 그녀의 연구에 함께 몰두했다. 그리고 금지된 책을 열심히 연구하면서 내 안에서 금지된 영혼이 타오르는 것을 느꼈다. 모렐라는 자신의 차가운 손을 내 손에 겹쳐 올려놓으며, 쇠퇴한 철학의 잔해에서 열등하고 기묘한 격언들을 긁어모았다. 그 말들의 이상한 의미는 내 기억 속에 깊이 새겨져 있다.

나는 시시각각 모렐라의 옆에서 서성거리며 아름다운 그녀의 목소리를 곱씹어보았다. 그렇게 모렐라의 목소리를 곱씹고 또 곱씹다 이윽고 그녀의 목소리는 공포로 물들어 내 영혼에 그림자를 드리웠고 나는 창백하게 질려 너무나도 오싹한 어조에 마음속으로 진저리를 치게 되었다. 이처럼 즐거움은 공포로 바뀌었고, 가장 아름다웠던 여인은 가장 끔찍한 사람이 되었다. 천국이 지옥으로 바뀌어버리듯이.

오랜 시간 동안 모렐라와 나의 유일한 대화거리였던 연구의 정확한 특징까지 말할 필요는 없을 것이다. 이 연구는 앞서 말했던 서적들에서 발전한 것이다. '신학적 도덕'이라고 불리는 것을 배운 사람이라면 우리의 연구를 쉽게 이해할 수 있을 것이고, 배우지 않은 사람이라면 거의 이해할 수 없을 것이다. 일반적으로 피히테의 범신론, 피타고라스의 윤회론, 무엇보다도 셸링이 주장한 것과 같은 정체성주의가 상상력이 풍부한 모렐라에게 멋진 사례를 제공하는 토론거리였다. 존 로크는 이를 자아 정체성이라고 칭하면서, 정체성은 이성적 존재의 분별력에 있다고 정의했다. 우리는 개인을 이성을 갖춘 지적 본질로 이해하고 언제나 사고를 수반하는 의식이 존재하기에 이것이야말로 우리 모두를 자아라는 존재로 있게 한다. 사고하는 다른 존재들로부터 우리를 구분하며 우리에게 자아 정체성을 주는 것이다. 죽은 이후에도 정체성이 존재하는지 그렇지 않은지에 대한 개념인 개체화의 원리는 내가 언제나 강렬한 관심을 쏟는 주제였다. 그 주제가 복잡하고 흥미로웠기 때문이라기보다는 모렐라가 이 주제를 언급하면서 분명하고 격렬한 태도를 보였기 때문일 것이다.

하지만 시간이 지나면서 아내의 불가사의한 태도가 나를 억압하기 시작했다. 나는 더 이상 모렐라가 창백한 손가락으로 나를 건드리는 행동도, 그녀의 듣기 좋은 낮은 목소리도, 울적한 눈빛도 견뎌낼 수 없었다. 모렐라는 이 모든 걸 알고 있었지만 나를 나무라지 않았다. 내 약점이나 어리석음을 알아채고 있는 것 같았지만 웃으며 이를 운명이라 말했다. 또한, 나는 알지 못했지만 모렐라는 내 애정이 점차 멀어지는 이유를 알아챈 것 같았다. 하지만 나에겐 어떠한 암시나 표시도 주지 않았다. 그러나 결국 모렐라는 병들었고 갈수록 야위어갔다. 이내 붉은 반점이 점점 볼 위에 내려앉았고 창백한 이마 위로 푸른 정맥이 도드라졌다. 그리고 어느 순간 내 마음은 동정심으로 바뀌었다. 하지만 다시 그녀가 나를 의미심장한 눈빛으로 바라보면 진저리가 나서 두렵고 불가해한 심연을 내려다보는 듯 어지러워졌다.

그렇다면 내가 진지하고 강렬하게 모렐라가 죽기를 기다렸다고 말하는 것인가? 솔직히 말하자면 그렇다. 하지만 며칠, 몇 주, 짜증 나는 몇 달 동안 고통스러운 신경과민이 정신을 지배할 때까지 모렐라의 허약한 영혼은 육체에 붙어 있었고, 나는 지체되는 시간 동안 점점 더 화가 났다. 해가 저물 때 그림자가 드리우듯 모렐라의 평온한 인생이 점차 끝을 향해 다가가면서, 늘어져버린 것 같은 날과 시간과 고통스러운 순간을 악마와 같은 마음으로 저주했다.

어느 가을 저녁, 아직 하늘에 바람이 걸려 있을 때, 모렐라는 자신이 누워 있던 침대 곁으로 나를 불렀다. 지면 전체에 안개가 어렴풋이 껴 있었고 물 위로 따뜻한 빛이 반짝였으며 10월의 풍성한 숲 속 나뭇잎들 사이로 하늘엔 무지개가 드리워져 있었다. 내가 다가가자 모렐라가 말했다.

"오늘은 아주 중요한 날이에요. 내가 죽거나 사는 아주 중요한 날이에요. 지상의 아들들과 삶에게는 좋은 날이고, 천상의 딸들과 죽음에게는 더욱 좋은 날이에요!"

나는 모렐라의 이마에 입을 맞췄고 그녀는 말을 이어갔다.

"나는 죽어가고 있어요, 하지만 살아 있을 거예요."

"모렐라!"

"당신이 나를 사랑할 수 있던 날은 없었어요. 내가 살아 있을 때는 혐오했지만 죽었을 때는 사랑하게 될 거예요."

"모렐라!"

"다시 말하지만 나는 죽어가고 있어요. 하지만 당신이 나에게, 이 모렐라에게 느꼈던 사랑의 서약은, 비록 사랑은 거의 없다시피 했지만, 그럼에도 내 안에 남아 있어요. 내 영혼이 이 세상을 떠날 때 아이는 살아 있을 거예요. 모렐라의 아이가요. 하지만 그날들은 슬픔의 날들일 거예요. 나무 중에 소나무가 가장 오래 사는 나무이듯 감정 중에서 가장 오래 남는 그 슬픔 말이죠. 당신의 행복했던 시간은 끝났어요. 파에스툼의 장미는 1년에 두 번 피지만, 인생에서 즐거움은 두 번 찾아오지 않아요. 당신은 머지않아 아나크레온의 시를 즐길 수 없게 될 거예요. 도금양과 포도나무를 알지 못한 채 지상의 수의를 두르게 되겠죠. 이슬람교도들이 메카에서 하는 것처럼요."

"모렐라! 모렐라! 당신은 어떻게 이걸 아는 거요?"

모렐라는 베개에 얼굴을 묻었고 사지가 약하게 떨리는 게 느껴졌다. 그렇게 모렐라는 죽었고 나는 더 이상 그녀의 목소리를 들을 수 없었다.

하지만 모렐라가 말했듯 그녀가 죽으면서 낳은 아이는 살아 있었다. 딸은 엄마가 숨을 거둘 때까지 숨을 쉬지 않았었다. 키와 지성이 남다르게 성장한 아이는 세상을 떠난 엄마와 완벽하게 닮아 있었다. 나는 세상에 존재하는 그 어떤 생명에 기울일 수 있는 것보다 더욱 열렬한 애정으로 딸을 사랑했다.

하지만 이윽고 이 같은 순수한 사랑의 극치는 점차 어두워지고 침울해지고 두려워졌으며 비통함에 휩쓸렸다. 앞서 딸의 키와 지성이 남다르게 성장했다고 말한 바 있다. 아이의 몸집이 급격히 성장한 것은 진정 이상한 일이었으나, 아이의 정신적 자아가 성장하는 것을 바라보면서 내 머리에 문득 떠오른 격동적 생각들이야말로 진정 끔찍한 것이었다. 아이의 생각에서 성인 여성의 힘과 능력을 발견했을 때, 아이의 입으로 경험에서 얻은 교훈을 쏟아낼 때, 아이의 깊고 헤아리는 듯한 눈에서 어슴푸레 빛나는 성인의 지혜와 열정을 계속해서 발견했을 때, 달리 어떤 기분이 들었겠는가? 오싹해진 내 정신 상태에 이 모든 것들이 명백해졌고 더 이상 숨길 수도 없고 받아들이기도 겁나는 자각을 떨쳐버릴 수 없게 되었다. 그때 두렵고 흥미진진한 의심이 내 마음속에 자리 잡게 된 것이 놀랄 만한 일인가? 이미 땅속에 묻힌 모렐라의 거칠었던 이야기와 오싹했던 이론에 경악하게 된 것이 놀랄 만한 일인가? 나는 세상의 감시로부터 벗어나 운명적으로 사랑할 존재를 얻었다. 그리고 철저히 고립된 집 안에서 괴로이 걱정하며 사랑하는 딸과 관련된 모든 것을 주시했다.

수년이 흘러갔다. 나는 매일같이 성스럽고 온화하며 표정이 풍부한 딸의 얼굴을 바라보았고 딸이 성숙해진 모습을 지켜보았다. 매일같이 딸에게서 우울했던 죽은 엄마와 유사한 점을 새로이 발견했다. 시시각각 유사함의 그늘은 짙어졌고 닮은 점은 더욱 충만하고 명확하고 소름 끼치게 끔찍해졌다. 딸의 미소가 내가 참아냈던 모렐라의 미소와 닮아갔기 때문이다. 하지만 이윽고 그 미소가 너무나도 완벽하게 똑같아져 몸서리칠 수밖에 없었다. 딸의 눈 또한 내가 견뎌냈던 모렐라의 눈을 닮아갔다. 이 눈 역시 강렬하고 당혹스러운 의미를 담은 모렐라와 같은 눈빛으로 내 영혼 깊숙한 곳을 내려다보곤 했다. 높은 이마의 윤곽에서, 비단결같이 부드러운 곱슬머리에서, 꼭 쥐고 있는 창백한 손가락에서, 말할 때 슬픔을 담은 듯한 듣기 좋은 목소리에서, 무엇보다, 아아, 그 무엇보다 살아 있는 사랑하는 딸의 입에서 흘러나오는 죽은 이가 사용하던 말과 표현에서, 영원히 죽지 않는 벌레가 파먹을 법한 강렬한 생각과 공포의 양식을 발견해냈다.

딸이 태어난 지 10년이 지났지만 여전히 딸은 이름이 없었다. 보통 '내 아가', '내 사랑'이 딸을 향한 나의 사랑을 표현하는 호칭이었다. 딸은 철저히 고립된 삶을 살았기에 다른 사람들과 어떠한 교류도 없었다. 모렐라의 이름은 그녀가 죽으면서 함께 죽어버렸다. 딸에게 한 번도 엄마에 대해 말해준 적이 없었기 때문에 모렐라의 이름을 말하는 것은 불가능했다. 자신이 살아왔던 짧은 시간 동안 생활한 협소한 범위 내에서 느낄 수 있었던 것을 제외하면 딸은 외부 세계에 대한 어떠한 인상도 받지 않았다.

마침내 다가온 세례식은 불안하고 동요된 내 마음을 운명의 공포로부터 구제해주었다. 나는 세례 성수통 앞에 서서 어떤 이름을 지어야 할까 망설였다. 현명하고 아름다운, 고대와 현대의, 조국과 외국의 여러 이름이 입술에 맴돌았다. 온화하고 행복하며 선한 아이를 위한 수많은 마땅한 이름을 읊조려보았다. 그때 나는 무엇 때문에 땅속에 묻힌 죽은 이의 기억을 건드린 것인가? 어떤 악마가 나로 하여금 관자놀이부터 심장까지 보랏빛 피를 한순간 썰물처럼 빠져나가게 하는 그 단어를 내뱉도록 한 것인가? 어떤 악령이 어둑한 복도에 서서 고요한 한밤중에 내 영혼 가장 깊숙한 곳으로부터 신성한 그분의 귓속에 그 음절을 속삭이라고 말한 것인가?

"모렐라."

어떤 악령이 내 아이의 이목구비에 경련을 일으키고 죽음의 색을 뒤덮었는가? 딸은 거의 들리지도 않던 그 소리에 놀라 지상에서 하늘로 반짝이는 눈을 돌리며 조상의 묘지 위 검은 석판에 엎드리며 대답했다.

"저 여기 있어요!"

그 몇 단어가 분명히, 차갑게, 고요하도록 분명하게 내 귀에 들려왔다. 그 소리는 녹아내린 납같이 쉭쉭거리며 내 머릿속으로 흘러 들어왔다.

수년이 흘렀다. 하지만 그 시절의 기억은 결코 사라지지 않았다. 나는 도금양과 포도나무를 잊지 않았다. 그러나 독미나리와 소나무가 밤낮으로 내게 그늘을 드리웠다. 나는 시간도 장소도 신경 쓰지 않았다. 운명의 빛은 하늘에서 빛이 바랬다. 그 때문에 지상은 어두워졌고 지상의 물체들은 그림자처럼 쏜살같이 내 옆을 지나갔다. 그중에 내가 유일하게 바라보는 것

은 오직 모렐라였다. 하늘에서 바람이 살랑거렸지만 내 귓속에
는 오직 한 가지 소리만을 속삭였다. 바다 위의 잔물결이 일며
영원히 조용하게 소곤거렸다. 모렐라. 하지만 그녀는 죽었다.
내 두 손으로 그녀를 무덤에 묻었다. 두 번째 모렐라를 뉘인 해
협에서 첫 번째 모렐라의 흔적을 찾을 수 없게 되자 나는 길고
씁쓸한 웃음을 터뜨렸다.

절름발이 개구리

Edgar
A. Poe

절름발이 개구리

나는 여태까지 그 왕만큼 농담을 즐겨 하는 이는 본 적이 없다. 그는 오로지 농담을 하기 위해서 사는 것 같았다. 재미있는 농담거리를 재치 있게 말하면 가장 확실하게 왕의 호감을 얻을 수 있었다. 따라서 그 나라의 일곱 대신들은 모두 익살꾼으로 유명한 사람들이었다. 그들은 모두 왕과 마찬가지로 비할 데 없는 익살꾼일 뿐 아니라 덩치가 크고 비대하며 얼굴엔 기름기가 번들거렸다. 농담을 하면 뚱뚱해지는지, 뚱뚱하면 농담을 잘하는지 그것은 확신할 수 없지만 마른 재담꾼이 없다는 것만은 확실하게 말할 수 있다.

왕은 '위트의 정신'이라고 불리는 품위에는 관심을 기울이지 않았다. 왕은 특히 다양한 소재의 농담을 좋아했으며 이를 위해서라면 서두가 아무리 길어도 참곤 했다. 하지만 지나치게 미묘한 내용은 참기 힘들어했다. 그는 볼테르의 《자디그》보다는 라블레의 《가르강튀아》를 더 좋아했다. 다시 말해, 말장난보다는 실제적인 농담이 훨씬 왕의 취향에 맞았다.

이야기의 배경이 되는 시대에는 아직 직업적인 어릿광대가 궁정에 남아 있었다. 유럽의 강국들은 여전히 어릿광대를 두고 있었고, 어릿광대들은 방울이 달린 알록달록한 옷과 모자를 걸치고 왕의 식탁에 떨어진 부스러기에도 즉각적으로 날카로운 기지를 발휘해야 했다.

이 이야기의 왕도 당연히 어릿광대를 곁에 두고 있었고, 당연히 왕은 그에게 우스꽝스러운 것들을 요구했다. 자신은 물론이고 일곱 대신들의 둔한 지혜와 균형을 맞추기 위해서였다.

왕의 어릿광대, 또는 직업적인 익살꾼은 그저 단순한 어릿광대가 아니었다. 왕의 눈에는 어릿광대의 가치가 세 배는 더 되어 보였다. 어릿광대는 난쟁이였을 뿐 아니라 절름발이였기 때문이다. 당시의 궁정에서는 어릿광대만큼이나 난쟁이를 흔히 볼 수 있었다. 궁정에서의 하루는 다른 어느 곳보다 길기에, 함께 웃어주거나 놀림감이 되어주는 난쟁이가 없이는 하루하루를 보내기 어려웠다. 하지만 내 관찰의 결과, 어릿광대 백 명 중 아흔아홉 명은 뒤룩뒤룩 살찐 뚱보들이다. 그래서 한 사람이지만 세 가지 역할을 해내는 '절름발이 개구리(이것이 그 어릿광대의 이름이다)'는 왕에게 큰 기쁨의 원천이 되었다.

'절름발이 개구리'라는 이름은 세례받을 때 대부가 지어준 진짜 이름이 아니라 대신들이 상의해서 붙여준 이름이다. 절름발이 개구리는 감탄을 자아낼 만한 쾌활한 걸음걸이로도 잘 걸어 다녔다. 뛰는 것 같으면서도 한편으로는 꿈틀대는 것 같은 그 움직임은 왕에게 무한한 즐거움과 위안을 주었다. 왕에게 있어서 절름발이 개구리는, 배가 볼록 나오고 선천적으로 머리가 컸음에도 궁정에서 가장 중요한 인물이라 여겨졌다.

절름발이 개구리는 다리를 뒤틀며 고통스럽고 힘겹게 걸을 수밖에 없었다. 하지만 하늘이 불편한 다리에 대한 보상으로 부여한 힘센 팔로 온갖 뛰어난 재주를 부릴 수 있었다. 절름발이 개구리는 나무나 밧줄을 물론, 어디든 올라가는 재주가 있었다. 이렇게 움직일 때는 개구리보다는 다람쥐나 새끼 원숭이처럼 보였다.

절름발이 개구리가 정확히 어디에서 왔는지는 모르겠다. 왕국에서 멀리 떨어진 야만인의 지역으로 누구도 들어본 적 없는 곳이다. 절름발이 개구리와, 그보다 훨씬 작았지만 신체 비율이 빼어나게 좋아 뛰어난 무용수였던 난쟁이 소녀 트리페타의 고향은 서로 가까이에 있었다. 그 지역에서 승리를 거둔 장군에 의해 차출되어 왕에게 선물로 보내진 것이었다.

이러한 환경에서 이 두 작은 포로 사이에 친밀감이 생긴 것은 그리 놀랄 일이 아니었다. 그들은 곧 평생을 약속한 사이가 되었다. 재주는 많았지만 인기가 없었던 절름발이 개구리는 뛰어난 무용수 트리페타에게 큰 도움이 되지 못했다. 하지만 난쟁이였음에도 우아하고 섬세한 아름다움을 가진 트리페타는 많은 사람의 존경과 사랑을 한 몸에 받았고, 그 덕분에 상당한 영향력을 지니게 되었다. 그리고 절름발이 개구리에게 도움이 필요할 때마다 자신의 영향력을 아낌없이 발휘했다.

어느 성대한 모임에서(어떤 모임인지는 잊었다) 왕은 가장무도회를 열기로 결정했다. 궁정에 가장무도회나 그런 종류의 연회가 열릴 때면 절름발이 개구리와 트리페타는 연회에 참석해 재주를 부렸다. 특히 절름발이 개구리는 가장무도회의 가장행

럴을 연출하고, 참신한 인물을 발굴하여 의상을 준비하는 것에 대한 아이디어가 많았기 때문에 그의 도움 없이는 아무것도 진행할 수 없을 정도였다.

드디어 연회 날의 밤이 되었다. 무도회장은 화려하게 꾸며져 있었다. 트리페타의 눈에는 모든 장식이 가장무도회를 더욱 화려하게 만들어주는 것처럼 보였다. 온 궁정이 연회에 대한 기대의 열기로 가득 차 있었다. 모든 사람이 분장할 인물과 의상을 이미 결정해둔 것 같았다. 대부분의 무도회 참석자는 어떤 인물로 분장할 것인지 일주일 혹은 한 달 전부터 미리 정해두었다. 사실, 왕과 일곱 대신들을 제외하고는 지금까지 결정하지 못한 사람은 없었다. 그들이 무엇 때문에 머뭇대는지는 모르겠다. 누구도 생각치 못한 농담을 하겠다는 작정이 아니라면 말이다. 어쩌면 너무도 비대했기 때문에 결정이 어려웠을지도 모른다. 어쨌든 시간을 흘러갔다. 그들은 최후의 방법으로 트리페타와 절름발이 개구리를 불러들였다.

이 두 작은 친구가 왕의 부름을 받고 와보니, 왕과 일곱 명의 대신들은 술판을 벌이고 있었다. 하지만 왕은 기분이 언짢은 것 같았다. 왕은 절름발이 개구리가 술을 좋아하지 않는다는 걸 알고 있었다. 절름발이 개구리는 술을 마시면 지나치게 흥분되어 기분이 나빠지기 때문이다. 하지만 왕은 짓궂게 장난치는 걸 좋아해서 절름발이 개구리에게 억지로 술을 먹여(왕이 말한 표현을 그대로 빌자면) '흥이 오르게' 만들고 싶었다.

"이리 오너라, 절름발이 개구리야."

어릿광대와 그의 친구가 방 안에 들어오자 왕이 말했다.

"이 자리에 없는 네 고향 친구들의 건강을 위해 술 한잔 마시고(이때 절름발이 개구리는 한숨을 쉬었다) 우리에게 너의 기발한 아이디어를 들려다오. 우리는 가장, 그것도 참신한 가장을 원한다. 매번 똑같은 가장은 이제 싫증이 나는구나. 어서 마셔라! 그러면 좋은 생각이 떠오를 게다."

절름발이 개구리는 평소처럼 왕의 말을 익살로 넘기려 했지만 그럴 수 없었다. 그날은 이 불쌍한 난쟁이의 생일이었기에 '이 자리에 없는' 친구들을 위해 마시라는 명령에 눈물이 흘러나와 버린 것이다. 폭군에게서 받아 든 술잔에 절름발이 개구리의 굵은 눈물방울이 떨어졌다.

"하! 하! 하!"

난쟁이가 마지못해 술잔을 비우는 모습을 보며 왕이 크게 웃으며 흥에 겨워 말했다.

"한 잔 마시니 얼마나 좋으냐! 벌써 네 눈이 반짝이는구나!"

불쌍한 절름발이 개구리! 그의 큰 눈은 반짝이기보다는 초점을 잃었다. 술기운이 난쟁이의 뇌를 흥분시킨 것이다. 절름발이 개구리는 신경질적으로 잔을 탁자에 내려놓으며, 반쯤 미친 듯한 시선으로 주위를 둘러보았다. 대신들은 왕의 장난이 성공을 거두는 것을 보고는 굉장히 즐거워했다.

"그럼 이제 본론으로 들어가시지요."

굉장히 뚱뚱한 수상이 신이 난 목소리로 말했다.

"그래, 우리를 도와다오. 가장무도회의 배역 말이다, 이 착한 녀석아. 배역을 정해야 한다. 우리 모두 말이다. 하! 하! 하!"

왕이 말했고, 이 말은 분명 농담이었기에 일곱 대신들도 따라 웃었다. 절름발이 개구리 또한 따라 웃었지만 어딘가 흐릿하고 공허한 웃음이었다.

"어서, 어서 말해보거라. 좋은 생각이 없느냐?"

왕이 조바심을 내며 말했다.

"참신한 걸 생각해내려 애쓰는 중입니다."

살짝 취기가 돌아서인지 난쟁이가 건성으로 대답했다.

"생각을 하고 있다고! 그게 무슨 뜻이냐? 아, 알겠다. 아직 부루퉁한 걸 보니 술을 더 마시고 싶은 게로구나. 자, 더 마셔라!"

그러고는 다른 잔에 가득 술을 따라 절름발이 개구리에게 내밀었다. 난쟁이는 숨을 몰아쉬며 술잔을 빤히 바라보았다.

"마시라고 하였다! 그렇지 않으면 네 친구는…!"

괴물 같은 폭군이 소리쳤다. 난쟁이가 머뭇거리자 왕은 분노로 얼굴이 붉으락푸르락해졌고 신하들은 히죽대며 웃었다. 트리페타는 시체처럼 창백하게 질려 왕의 앞으로 나아가 무릎을 꿇고 친구를 대신해 애원했다.

폭군은 트리페타의 대담한 행동에 놀라 잠시 그녀를 바라보았다. 왕은 당황한 나머지 말을 잇지 못했다. 자신의 분노를 제대로 표출할 길이 없어 어쩔 줄 모르는 것 같았다. 결국 왕은 말한마디 없이 트리페타를 세게 밀치더니 잔을 넘치도록 채운 술을 트리페타의 얼굴에 뿌렸다. 이 불쌍한 소녀는 한숨조차 쉬지 못하고 힘겹게 일어나, 탁자 끝 자신의 자리로 되돌아갔다.

잠시 죽음과도 같은 정적이 흘렀다. 나뭇잎 하나, 깃털 하나 떨어지는 소리도 들릴 것만 같았다. 정적은 뭔가를 가는 듯한 소리에 깨어졌다. 낮지만 거친 소리였고 방의 한구석에서 들려오는 것 같았다.

"대, 대체, 어째서 그런 소리를 내는 것이냐?"

왕이 분노한 시선으로 난쟁이를 바라보며 말했다.

절름발이 개구리는 술기운이 거의 가신 것 같았다. 그는 폭군의 얼굴에 담담히 시선을 고정한 채 외쳤다.

"제, 제가요? 어찌 감히 그럴 수 있겠습니까?"

"다른 곳에서 들리는 소리 같습니다. 창가의 앵무새가 새장의 창살에 부리를 긁어대는 소리였겠지요."

대신 중 한 명이 말했다.

"그렇겠군. 하지만 기사의 명예를 걸고 말하건대, 저 고얀 녀석이 이를 가는 소리처럼 들렸다."

이때 난쟁이는 크고 억세며 역겨운 이를 드러내며 웃었다(왕은 누구의 웃음도 거부하지 않는 익살꾼이었다). 게다가 기꺼이 왕께서 바라시는 만큼 술을 마시겠다고 공언했다. 왕은 화가 가라앉았다. 절름발이 개구리는 아무 탈 없이 다시 한 잔을 마시고는, 씩씩하게 가장무도회를 준비하기 시작했다.

"어째서 이런 생각이 떠올랐는지는 모르겠습니다만."

절름발이 개구리는 술을 한 방울도 마시지 않은 듯 차분하고 또렷한 목소리로 말했다.

"폐하께서 저 소녀를 밀쳐내시고 얼굴에 술을 끼얹은 직후, 그러니깐 폐하께서 이렇게 하신 직후에 창밖에서 앵무새가 이상한 소리를 냈을 때, 굉장한 아이디어가 떠올랐습니다. 제 고향에서는 가장무도회 때 흔히 하는 놀이지만 이곳에서는 새로울 것입니다. 하지만 등장 인물이 여덟 명이 필요한데…."

"우리가 있지 않으냐!"

때마침 인원이 딱 맞는다는 사실이 즐거운 듯 왕이 외쳤다.

"나와 대신 일곱, 이렇게 해서 여덟 명이 되는구나. 그래! 그 놀이가 무엇이냐?"

"그 놀이는 '쇠사슬에 묶인 여덟 마리 오랑우탄'이라고 합니다. 잘만 하면 아주 재미있습니다."

"우리도 할 수 있을 것이다."

왕이 몸을 세우고 눈을 내리깔며 거만하게 말했다.

"이 놀이의 장점은 여자들을 깜짝 놀라게 한다는 것입니다."

"훌륭해!"

왕과 대신들이 입을 모아 외쳤다.

"여러분을 오랑우탄으로 꾸며 드리겠습니다. 모든 걸 저에게 맡겨주십시오. 놀라우리만치 똑같아서, 가장무도회에 참석한 사람들은 진짜 야수라고 여길 겁니다. 당연히 놀라 기절하겠지요."

"오! 정말 훌륭하군! 절름발이 개구리! 너를 버젓한 사내로 인정해주겠다."

왕이 찬사를 퍼부었다.

"쩔렁거리는 소리를 내어 혼란을 가중시키기 위해 쇠사슬도 필요합니다. 여러분께서는 우리에서 막 탈출한 것처럼 보일 것입니다. 쇠사슬에 묶인 오랑우탄 여덟 마리가 가장무도회에 등장하면 무슨 일이 벌어질지 폐하께서는 상상조차 못 하실 것입니다. 야수처럼 울부짖으며 멋지게 옷을 빼입은 사람들 사이로 등장하면 모두 진짜라고 여기겠지요. 이렇게 극적으로 대비되는 순간을 어디서 볼 수 있겠습니까!"

"분명 그렇겠지. 하하하!"

왕이 말했다. 하늘빛이 점점 어두워지고 있었으므로 대신들은 서둘러 자리에서 일어나 절름발이 개구리의 계획을 실행에 옮길 준비를 했다.

오랑우탄으로 꾸미는 방법은 간단하면서도, 목적을 달성하기에는 충분히 효과적이었다. 문제의 동물은 당시 문명화된 세계에서는 쉽게 볼 수 없었기 때문에 난쟁이가 해준 분장만으로도 충분히 야수 혹은 그 이상으로 흉측하게 보일 수 있었다. 따라서 야수의 원래 모습이 이렇다고 여겨졌다.

왕과 대신들은 우선 몸에 꽉 끼는 내복을 입고 타르를 듬뿍 발랐다. 이 단계에서 대신 중 한 사람이 몸에 깃털을 붙이는 건 어떻겠냐고 제안했지만 난쟁이는 즉시 그 제안을 거부했다. 그리고는 직접 아마 섬유(껍질로 옷감을 짜거나 밧줄을 만드는 식물로 만든 섬유-옮긴이)를 보여주며 오랑우탄의 뻣뻣한 털은 아마 섬유로 만드는 편이 훨씬 효과적이라고 그들을 확신시켰다. 타르를 바르고 위에 아마 섬유를 빽빽하게 붙인 다음 긴 쇠사슬을 감았다. 우선 왕의 허리에 쇠사슬을 감아 묶은 뒤, 대신들도 같은 방식으로 묶었다. 쇠사슬을 모두 감자 이들은 가능한 한 서로 멀리 떨어져 원을 만들었다. 그리고 자연스럽게 보이도록 나머지 쇠사슬로 원을 가르는 십자가를 만들었다. 오늘날 보르네오에서 침팬지나 다른 큰 원숭이들을 잡을 때 사용하는 방법을 따른 것이다.

가장무도회가 열릴 대연회장은 천장이 높은 둥근 방으로 천

창天窓을 통해서만 햇빛이 들어오는 곳이었다. 무도회를 위해 특별히 설계된 이 방에서는 밤이면 커다란 샹들리에의 불빛이 빛났다. 샹들리에는 천장 한가운데 쇠사슬로 매달려 있었고 평형추를 이용해 높이를 조정할 수 있었다. 하지만 평형추는 눈에 띄지 않도록 지붕 밖으로 빼놓았다.

연회장 안의 준비는 트리페타가 맡았지만 그녀는 절름발이 개구리의 냉정한 판단을 그대로 따르는 것 같았다. 난쟁이는 이런 날씨에는 샹들리에를 떼어내자고 제안했다. 촛농이 흘러내려(날씨가 따뜻했으므로 어쩔 도리가 없었다) 손님들의 비싼 드레스를 더럽힐 수도 있었기 때문이다. 연회장이 사람들로 가득 차 있는 와중에 연회장 중앙의 샹들리에 밑으로 아무도 가지 않으리라고는 생각할 수 없었다. 연회장 안 곳곳에 추가로 촛대를 세우고 벽 쪽에 세워진 50~60개가량의 여인상의 오른손마다 달콤한 향기를 풍기는 횃불을 밝혔다.

여덟 마리 오랑우탄은 절름발이 개구리의 조언에 따라 자정이 될 때까지 참을성 있게 기다렸다. 그때가 되면 연회장 안은 가장무도회에 참가하는 사람들로 가득 차기 때문이다. 12시를 알리는 종소리가 멈추자마자 그들은 한꺼번에 밀려들어 왔다. 아니, 굴러들어 왔다고 하는 것이 적절하다. 들어올 때, 몸에 감고 있던 쇠사슬에 걸리는 바람에 넘어지거나 비틀거렸기 때문이다.

연회장 안에 한껏 흥분이 고조되었고 왕의 마음은 기쁨으로 가득 찼다. 기대했던 대로 손님들 대부분은 저 흉포하게 생긴 생물체가 정확히 오랑우탄은 아니더라도 살아 있는 야수의 일종이라고 여겼다. 여자들은 놀라 기절해버렸다. 만일 왕이 예방책으로 연회장 안에 무기 지참을 금하지 않았더라면 왕과 대신들은 모두 피로써 짓궂은 장난에 대해 속죄해야 했을 것이다. 당연히 많은 사람이 문을 향해 달려갔다. 하지만 난쟁이의 제안에 따라 왕은 자신들이 들어오자마자 문을 잠그라고 명령했고 열쇠는 난쟁이가 갖고 있었다. 소란은 극에 달했으며 사람들은 자신의 안위에만 급급했다. 흥분한 군중이 서로 밀치고 있는 정말 위험한 상황이었다. 그때, 평소에는 샹들리에가 걸려 있었지만 지금은 아무것도 걸려 있지 않은 쇠사슬이 천장에서부터 서서히 내려오는 모습이 보였다. 마지막에 가서는 쇠사슬의 갈고리가 바닥에서 1미터 남짓한 높이까지 내려왔다.

그리고 얼마 지나지 않아 왕과 일곱 대신들은 연회장 안을 사방팔방 굴러다니다 마침내 갈고리에 곧장 걸릴 만한 위치인 홀 정중앙에 이르렀다. 그들이 이 위치에 오자 소리 없이 그들 뒤를 쫓아다니며 소란을 선동했던 난쟁이가 십자가 형태로 교차된 쇠사슬을 붙잡고는 샹들리에의 갈고리에 연결했다. 그 즉시 보이지 않는 조력자에 의해 샹들리에의 쇠사슬은 손이 닿지 않을 만큼 높이 올라갔고 결국 여덟 마리 오랑우탄은 얼굴을 맞댄 채 한 덩어리가 되고 말았다.

이때쯤엔 손님들도 충격에서 어느 정도 회복되었다. 이 모든 걸 처음부터 잘 계획된 장난이라고 생각한 사람들은 오랑우탄이 곤경에 처한 모습을 보고 크게 웃어댔다.

"저것들은 내게 맡겨두십시오!"

절름발이 개구리가 외쳤다. 그의 카랑카랑한 목소리는 시끄러운 와중에도 청중들에게 또렷이 전해졌다.

"내게 맡겨두십시오! 저것들의 정체를 알아내겠습니다. 잘 보면 정체를 밝혀낼 수 있을 겁니다."

그리고는 사람들의 머리 위로 재빠르게 움직여 벽 쪽으로 가 여인상이 든 횃불을 집어 들고는, 갔던 방법대로 중앙으로 돌아와 원숭이처럼 왕의 머리 위로 뛰어올랐다. 그리고 쇠사슬 위 몇 미터 높이까지 올라갔다. 오랑우탄 무리가 잘 보이도록 횃불을 내리고는 이렇게 외쳤다.

"이들의 정체를 곧 폭로해드리겠습니다."

오랑우탄을 포함한 모든 군중이 포복절도하고 있을 때, 절름발이 개구리가 갑자기 날카로운 휘파람 소리를 냈다. 그러자 쇠사슬이 맹렬히 10미터 정도 올라갔고 오랑우탄은 천창과 바닥 사이에서 깜짝 놀라 버둥대며 공중에 매달리게 되었다. 절름발이 개구리는 쇠사슬이 올라가는 와중에도 여덟 마리 오랑우탄을 내려다볼 수 있는 위치를 고수했다. 그리고 마치 아무 일도 없었던 양 그들의 정체를 밝혀내려는 듯 그들에게 횃불을 갖다 댔다.

군중은 모두 위쪽에서 벌어지는 이 같은 광경에 놀라 잠시 쥐죽은 듯 침묵했다. 왕이 트리페타의 얼굴에 술을 끼얹었을 때 왕과 대신들이 들었던, 뭔가를 긁는 듯한 낮고 거친 소리가 침묵을 깨뜨렸다. 하지만 이번에는 소리의 출처를 의심할 여지가 없었다. 난쟁이가 입에 거품을 문 채 이를 가는 소리였다. 그는 거꾸로 매달린 왕과 일곱 대신들의 얼굴을 보며 격렬한 분노를 불태우고 있었다.

"아! 이제 이자들이 누구인지 알겠군!"

분노로 불타는 어릿광대가 말했다. 난쟁이는 왕을 가까이 살펴보려는 듯 왕에게 붙어 있는 아마 섬유에 횃불을 갖다 댔고 순식간에 섬유를 따라 불길이 타올랐다. 그리고 삽시간에 여덟 마리 오랑우탄은 성난 불길에 휩싸였다. 아래쪽에서 그들을 올려다보고 있던 사람들은 공포에 휩싸여 비명을 질러댈 뿐, 그들을 구할 수 있는 방법은 찾을 수 없었다.

불길이 더욱 거세지자 어릿광대는 불길이 미치지 않는 높은 곳으로 올랐다. 그가 움직이자 군중은 다시 침묵에 빠졌다. 난쟁이는 이 기회를 놓치지 않고 다시 한 번 말했다.

"이자들이 누구인지 이제 분명히 알겠습니다. 대왕님과 그의 일곱 대신들이군요. 힘없는 소녀를 밀치고 양심의 가책도 느끼지 못하는 왕과 그의 분노를 부채질한 일곱 명의 대신들 말입니다. 나로 말할 것 같으면 그저 절름발이 개구리, 어릿광대입니다. 이것은 나의 마지막 광대극입니다."

몸에 바른 타르와 아마 섬유는 연소성이 높았기 때문에 난쟁이가 짧은 연설을 마치기도 전에 복수는 끝나고 말았다. 검게 타 서로 구분할 수 없는 흉측한 덩어리가 된 여덟 구의 시체는 악취를 풍기며 쇠사슬에 매달려 있었다. 절름발이 개구리는 그들에게 횃불을 던지고 쇠사슬을 타고 기어올라 천창을 통해 사라졌다.

연회장의 지붕에 있던 트리페타가 불타는 복수극의 공범이었으며 아마도 그들은 함께 고향으로 돌아갔을 것이다. 그 후로 두 번 다시 그들의 모습을 볼 수 없었다.

메첸거슈타인

Edgar
A. Poe

메첸거슈타인

살아 있는 동안 나는 그대들의 골칫거리였으나,

세상을 떠나면 그대들의 죽음이 되리라.

— 마르틴 루터

공포와 숙명은 예나 지금이나 널리 퍼져 있다. 그렇다면 지금 하고자 하는 이야기가 어느 시기에 일어난 일인지 굳이 밝힐 필요가 있겠는가? 다만 그 당시 헝가리 내에 윤회론에 대한 굳은 믿음이 있었다는 정도만 말해두겠다. 이 같은 믿음이 공공연하게 드러난 것은 아니었다. 윤회론 자체에 대해, 다시 말해 윤회론에 존재하는 거짓이나 개연성에 대해서는 어떠한 언급도 않겠다. 그러나 프랑스의 작가 라 브뤼에르가 세상에 존재하는 모든 불행에 대해 말한 것처럼, 대부분의 의심은 혼자 있을 수 없기에 생겨난 것이라고 주장하는 바이다.

헝가리인들의 미신에는 완전히 부조리에 가까운 부분이 있다. 헝가리인들은 근본적으로 동부 유럽과는 달랐다. 예를 들어 전자가 말하는 '영혼'에 대해 예리하고 박식한 파리 사람의 말을 인용해보고자 한다.

영혼은 민감한 신체에 단 한 번만 깃든다. 그렇지 않은 존재는
말, 개, 심지어 인간이라도 그저 모호한 닮은꼴일 뿐이다.

베를리피칭 가문과 메첸거슈타인 가문은 수 세기 동안 사이
가 좋지 않았다. 그들은 유명한 두 가문이었지만 서로에게 지
독한 적개심을 품고 헐뜯었다. 이 같은 증오가 어디서부터 시
작되었는지는 고대 예언에서 찾아볼 수 있을 듯하다.

기수가 말 위에 올라타듯 인간의 운명을 타고난 메첸거슈타인
이 불멸의 베를리피칭에게 승리를 거둘 때 고귀한 이름은 무
시무시한 나락으로 떨어지리라.

분명 예언 자체에는 특별한 의미도 없었다. 그러나 이보다도
사소한 원인 때문에 중대한 결과가 발생하기도 하는 것이다.
아주 최근에 이런 일도 있었다. 두 가문은 영지가 인접해 있
었기 때문에 두 가문은 여러 복잡다단한 사건들에서 오랫동안
경쟁적인 영향력을 행사해왔다. 더욱이 가까운 이웃일수록 친
구가 되지 못하는 법인데, 베를리피칭 성의 거주인들은 높은
부벽에서 메첸거슈타인 성의 창문 안쪽까지 볼 수 있을 정도로
두 가문의 영지는 가까웠다. 봉건적인 웅대함이 부족했기 때문
에 역사가 더 짧고 재산도 적은 베를리피칭 가문에서 언짢은
감정을 가라앉히려는 경향이 있었다. 예언의 내용 자체가 얼마

나 실이 없든 간에 유서 깊은 질투로 이미 반목하고 있던 두 가문이 예언으로 여전히 앙숙처럼 지내는 것은 당연한 일일 것이다. 그 예언에 어떠한 의미가 있었다고 한다면 더 강력한 가문이 결국 승리를 거머쥐게 된다는 의미가 아니었을까? 물론 예언은 상대적으로 세력과 영향력이 약한 쪽에서 쓰라린 반감을 가지고 기억하고 있었을 테지만.

베를리퍼칭 가문의 빌헬름 백작은 고상한 후예였지만 이제는 그저 노쇠하고 노망난 노인이었다. 백작은 경쟁 가문에 대한 고질적이고 과도한 사적인 반감으로 잘 알려져 있었다. 말과 사냥을 몹시도 좋아했기 때문에 쇠약하고 고령인데다 심지어 정신이 오락가락했음에도 매일 위험을 무릅쓰고 사냥을 나가곤 했다.

반면 메첸거슈타인 가문의 프레드리히 남작은 아직 성년이 되지 않았다. 남작의 아버지는 젊은 나이에 세상을 떠났고, 어머니였던 메리 여사도 오래지 않아 남편의 뒤를 따랐다. 당시 프레드리히 남작은 열다섯 살이었다. 도시에서 15년은 오랜 시간이 아니다. 열다섯 살을 먹었다 해도 아직 어린아이의 티를 벗지 못했을 것이다. 하지만 시골에서, 그토록 오래된 영지의 아름다운 자연에서 열다섯 살이라는 나이는 훨씬 더 깊은 의미를 지니고 있었다. 어린 남작은 아버지가 세상을 떠난 그 즉시 막대한 재산을 물려받았다. 헝가리 귀족 가운데 이토록 막대한 재산을 소유한 사람은 없었다. 성은 셀 수 없이 많았다. 특히 '메첸거슈타인 성'은 호화로움과 크기에 있어 가히 최고라 할 수 있었다. 영지의 경계선이 명확히 규정된 적은 없었지만주 정원의 둘레는 약 80킬로미터에 달했다.

세간에 잘 알려진 어린 주인이 비할 데 없이 막대한 재산을 물려받은 후, 그의 행실이 어떻게 변할지에 대한 예상은 거의 추측되지 않았다. 이후 사흘간 상속자의 행동은 헤롯 왕보다도 잔학무도했으며 남작을 가장 아끼는 숭배자들의 예상을 훨씬 뛰어넘었다. 수치스러운 방탕함과 노골적인 배반과 전례 없는 잔학 행위에 하인들은 벌벌 떨었다. 그 이후로는 자신들이 노예같이 굴복한다 해도, 설사 주인이 양심을 지킨다 해도, 옹졸한 칼리굴라(로마의 황제, 독단적인 정치로 악명이 높았음 – 옮긴이) 황제의 무자비한 송곳니로부터 어떠한 보호도 받을 수 없다는 사실을 금방 알게 되었다. 남작의 예측할 수 없는 행동이 지속된 지 나흘째 밤이 되었을 때, 베를리피칭 성의 마구간에서 불이 났다. 지역 주민들은 남작이 저지른 수많은 비행과 극악무도한 범죄에 방화가 추가된 것이라고 입을 모아 말했다.

그러나 화재로 소란이 벌어지는 동안 어린 귀족은 메첸거슈타인 성의 광활하고 적막한 방에 앉아 명상에 잠겨 있었다. 호화로우나 색이 바랜 휘장이 음울하게 벽에 걸려 있었는데 그곳에는 천 명에 달하는 저명한 조상들의 장엄한 모습이 그려져 있었다. 여기에서는 풍성한 털 장식을 걸친 사제들과 교황청 고위 관리들이 독재자와 군주 옆에 친근하게 앉아 국왕의 소망에 거부권을 행사하거나, 교황의 명령으로 반역적 왕권을 거부했다. 그곳에서는 음울하고 키 큰 메첸거슈타인 공작들과 전사한 적군의 시체 위를 뛰어넘는 강건한 군용 말들이 힘찬 기세를 내뿜으며 침착한 정신력을 뒤흔들었다. 그리고 다시 여기에서는 백조 같은 모습의 관능적인 과거의 여성들이 가상적인 선율에 맞춰 비현실적인 춤을 추며 미로 속을 떠다녔다.

그러나 남작은 베를리피칭의 마구간에서 점차 크게 들려오는 소란에 귀를 기울이고 있었다. 혹은 귀 기울이는 척했다. 어쩌면 좀 더 새롭고 확실하며 대담한 행동을 생각하고 있던 것일 수도 있다. 자신도 모르는 사이에 남작은 비정상적인 색깔을 띤 거대한 말의 모습에 시선을 고정했다. 휘장에 그려진 모습을 볼 때 이 말은 경쟁 가문의 선조인 사라센 베를리피칭의 소유임을 알 수 있었다. 말은 가장 앞쪽에서 움직임 없는 조각상처럼 서 있었다. 그 훨씬 뒤에는 패배한 기수가 메첸거슈타인의 단도에 찔려 죽어가고 있었다.

자각하지 못한 사이 자신의 시선이 어디를 향하고 있었는지 깨닫자 프레드리히의 입술에는 사악한 미소가 감돌았다. 그러나 그는 그 미소를 거두지 않았다. 반면, 어째서 과도한 불안감이 관 덮개처럼 의식을 뒤덮는지는 납득할 수 없었다. 확실히 깨어 있는 상태에서 공상적이고 앞뒤 없는 생각을 조화시키기란 힘든 일이었다. 더 오랫동안 휘장을 응시할수록 더 깊이 그 마력에 빠져들었고, 휘장의 매혹으로부터 시선을 거두기란 불가능한 일인 듯했다. 소란이 갑자기 격렬해지거나 하지는 않았지만 남작은 창문 너머에서 활활 불타오르는 마구간이 내뿜는 불그레한 빛을 향해 억지로 주의를 돌렸다.

그러나 이 행동도 잠시뿐이었다. 남작은 벽을 향해 다시금 기계적으로 시선을 돌렸다. 너무나 무섭고 놀랍게도 그사이 거대한 말의 머리는 위치가 바뀌어 있었다. 앞서 구부리고 있던 머리가 이제는 엎드린 주인의 시체를 동정하듯 남작 쪽을 향해 길게 뻗어 있었던 것이다. 앞서 보이지 않던 눈에 이제는 인간의 것 같은 정력적인 눈빛을 띠고는 불타는 듯한 기이한 붉은 빛을 이글거렸다. 화난 게 틀림없는 말의 입술은 부풀어 올라서 역겹고 커다란 이빨이 전부 드러났다.

공포로 몸이 굳어진 어린 귀족은 문을 향해 휘청거리며 다가갔다. 남작이 문을 벌컥 열자 붉은 섬광이 방 안 깊숙이 쏟아져 들어오며 흔들리는 휘장에 선명한 그림자를 비추었다. 문턱에서 잠시 휘청거리는 사이에 그림자는 사라센 베를리피칭을 죽인 무자비하고 의기양양한 살인자의 태도로 그 윤곽을 정확히 채웠다. 이를 깨닫고 어린 귀족은 몸서리를 쳤다.

암울한 기분을 떨쳐버리기 위해 남작은 서둘러 밖으로 향했다. 그는 성의 정문에서 세 명의 마부를 만났다. 마부들은 생명의 위협을 느끼며 불이 이글거리는 듯한 색깔의 거대한 말이 발작적으로 뛰어오르는 것을 가까스로 붙잡고 있었다.

"누구의 말인가? 이 말을 어디서 잡았나?"

어린 주인은 눈앞에 있는 사나운 동물이 휘장으로 둘러싸인 방에서 보았던 불가사의한 말과 꼭 닮았다는 것을 일순간에 눈치채며 불만스러운 쉰 목소리로 물었다.

"이 말은 주인님 것입니다. 적어도 자기가 주인이라고 주장하는 자는 달리 없습니다. 베를리피칭 성의 불타는 마구간에서 뛰쳐나와 화가 난 채 급히 달리고 있는 놈을 저희가 잡았죠. 늙은 백작이 가지고 있던 말이라고 생각해서 길 잃은 놈이라며 돌려보냈었는데, 그쪽 마부들도 자기들 마구간에 있던 놈이 아니랍니다. 분명히 몸에 불길에서 간신히 탈출하면서 난 상처가 있는데, 그것참 이상한 일이죠."

마부 하나가 답했다. 그러자 다른 마부가 끼어들며 말했다.

"이마에 W. V. B.라는 글자도 선명하게 낙인찍혀 있어요. 빌헬름 폰 베를리피칭Wilhelm Von Berlifitzing의 머리글자가 틀림없다고 생각했습니다. 하지만 그쪽 성에 있는 놈들 모두 그 말에 대해서 모른다고 단호하게 말하네요."

"정말 이상하군!"

생각에 잠겨 자신이 뭐라고 하는지 분명히 자각하지 못한 채 어린 남작이 계속 지껄였다.

"말한 대로 이 말은 놀라운 녀석이야. 정말 비상한걸! 수상하고 다루기 어려운 녀석이군. 자네들이 그렇게 본 것도 당연해. 그래도 아마 이 메첸거슈타인의 프레드리히 같은 기수라면 베를리피칭의 마구간에서 뛰쳐나온 악마라도 길들일 수 있겠지."

"잘못 생각하고 계십니다, 주인님. 말씀드린 것처럼 그 말은 베를리피칭의 마구간에서 온 놈이 아닙니다. 만약 그랬다면 고귀한 메첸거슈타인 가문의 주인님이 계신 이곳에 이놈을 들여오지는 않았겠지요."

"물론!"

남작이 무미건조하게 말했다. 그 순간 한 시종이 한껏 상기된 얼굴로 황급히 성의 침실에서 달려나왔다. 시종은 주인의 귀에 대고 방에 걸린 휘장 일부가 갑자기 사라졌다는 이야기를 속삭였다. 무슨 일이 일어났는지 상세히 이야기하는 동안 이들은 아주 낮은 목소리로 속삭였기 때문에 호기심이 달아오른 마부들을 만족시킬 만한 이야기는 전혀 새어 나가지 않았다.

　이야기를 듣는 동안 어린 프레드리히는 수많은 감정 때문에 마음이 어지러워지는 것 같았다. 그러나 곧 평정심을 되찾았는데 얼굴에는 단호한 악의가 떠올랐다. 남작은 그 즉시 침실의 문을 걸어 잠그고 열쇠를 자신에게 달라고 위압적으로 명령했다.

　시종이 떠난 후 남작이 가지기로 한 거대한 말은 한층 더 분노하여 메첸거슈타인 성에서 마구간까지 길게 뻗어 있는 거리를 날뛰었다. 그때 하인 한 명이 남작에게 말했다.

　"주인님께서는 늙은 사냥꾼 베를리피칭이 불행하게 죽었다는 소식을 들으셨습니까?"

　"아니, 죽었다니! 설마!"

　"정말입니다, 주인님. 주인님의 고귀한 이름을 걸고 말입니다. 듣던 중 반가운 소식이 아닐 수 없습니다."

　남작의 얼굴에 싸늘한 미소가 스쳤다.

　"어떻게 죽었다고 하느냐?"

　"사냥하는 말 중 가장 마음에 드는 놈을 서둘러 구하려다 불길에 휩싸여 비참하게 죽었다고 합니다."

　"정말이냐?"

　남작이 소리쳤다. 마치 어떤 흥미로운 생각의 진상을 깨닫고 천천히 신중하게 감명받은 듯했다.

　"정말입니다."

　"그거야말로 충격적이군."

　남작은 차분히 말하며 조용히 성을 향해 발걸음을 돌렸다.

그날부터 무절제한 어린 프레드리히 폰 메첸거슈타인 남작의 외적인 행실에서 두드러진 변화가 나타났다. 그의 행동은 모든 이들의 예상과 어긋났으며 수많은 사람의 의견과도 부합하지 않았다. 남작의 성향과 행동은 이웃 귀족들과는 달랐다. 자신의 영지 밖에서는 결코 모습을 드러내지 않았으며 사교계에 친구라고는 단 한 명도 만들지 않았다. 그날 이후 계속해서 남작이 타고 다니던 기이하고 충동적인 불 같은 색깔의 말이 유일한 친구라고 불릴 만했다.

그러나 한동안은 이웃 귀족들로부터 주기적으로 수많은 초대가 밀려들었다.

"남작께서 부디 우리 파티에 참석해주시겠습니까?"

"메천거슈타인은 참석하지 않을 것이오."

"남작께서 멧돼지 사냥에 함께 해주시겠습니까?"

"메첸거슈타인은 사냥을 하지 않소."

남작은 거만하고 무뚝뚝하게 대답했다.

이 같은 모욕이 반복되자 오만한 귀족들은 참을 수 없었다. 점차 초대가 줄었고 이내 뚝 끊어졌다. 심지어 미망인이 된 불운한 베를리피칭 백작 부인은 이렇게 말하기까지 했다.

"남작은 집에 있고 싶지 않을 때도 집에 있을 거예요. 그 사람은 자신과 똑같은 부류의 사람들을 경멸하니까요. 또 말에 타고 싶지 않을 때도 말을 탈 거예요. 그 사람은 말과 어울리는 걸 더 좋아하니까요."

이는 유전적인 적대감을 아주 유치하게 표현한 것이 분명했다. 또한 대단히 강경해지고자 할 때 우리가 하는 말들이 어느 정도까지 무의미해질 수 있는지를 보여주는 것이기도 했다.

그럼에도 자선가들은 어린 귀족에게 행동에 변화가 생긴 것은 너무 이른 나이에 부모를 잃은 아들이 당연히 느끼는 크나큰 슬픔 때문이라고 생각했다. 다만 이들은 부모가 사망하고 유산을 물려받은 직후의 짧은 기간 동안 남작이 보인 극악무도하고 난폭한 행동에 대해서는 함구했다. 자의식과 위엄 때문이라는 오만한 의견을 제시한 사람들도 있었다. 다른 사람들은 망설이지 않고 병적인 우울증과 유전적 병환 때문일 거라고 다시금 말했다. 그런 말을 한 사람 중에는 메첸거슈타인 가문의 주치의도 있었다. 그러던 중 대중들 사이에서 수상쩍고 음울한 전조가 널리 퍼졌다.

남작은 최근 손에 넣은 말에 대해 괴팍한 애착을 보였다. 말이 악마 같고 사악한 성향으로 색다른 모습을 보일 때마다 남작의 애정은 점차 더 강력한 힘을 얻게 되는 것 같았다. 분별력 있는 사람의 눈에는 이 감정이 비정상적인 열정처럼 보여 두려움을 자아내기도 했다.

정오의 눈부신 빛 속에서, 고요한 한밤중에, 아플 때나 건강할 때나, 날씨가 차분할 때나 폭풍우가 일 때나 어린 메첸거슈타인 남작은 거대한 말의 안장에 올라타 있었다. 다루기 어려운 말의 대담함은 주인의 기질과 잘 어울렸다.

게다가 최근 일어난 사건들 때문에 말에 대한 주인의 애정은 물론 말의 능력까지도 터무니없고 불길하게 느껴지게 되었다. 말이 한 번 도약하는 거리를 정확히 재보았는데 감히 상상할 수 있는 수준을 뛰어넘었다. 그뿐만 아니라 남작은 다른 말들은 특유의 호칭으로 구분했지만 이 말에게 특정한 이름을 지어주지 않았다. 이 말이 지내는 마구간 역시 다른 말들로부터 멀리 떨어진 곳에 따로 마련해주었다. 손질이나 여타 필요한 관리 업무는 주인이 직접 처리했고 다른 이들은 감히 시도조차 하지 못하게 했다. 심지어 마구간 안에 발을 들여놓지도 못했다. 베를리피칭 마구간의 큰 화재에서 도망쳐 나온 말을 붙잡았던 마부 세 명은 사슬 고삐와 올가미를 이용해서 그 동물을 붙잡을 수 있었지만, 셋 중 어느 누구도 위험한 사투 중에 혹은 그 이후 어느 때라도 그 동물의 몸에 실제로 손을 댈 수는 없었다.

고귀하고 고상한 동물이 행동에서 특출난 지능을 뽐내는 경우는 왕왕 있으나 그렇다고 해서 사람들로부터 터무니없는 관심을 불러일으킬 수 있을 정도라고는 생각지 않는다. 특히 매일같이 말에게 사냥 훈련을 시킨 이들은 말의 총명함을 잘 알고 있었다. 하지만 그에 대해 회의적이고 냉정한 사람들 앞에 부득이 나서야만 하는 상황도 있었다. 남작의 기괴한 말은 자신을 둘러싸고 있는 군중을 향해 격렬히 발길질을 휘둘러 사람들이 무서워서 뒷걸음질 치게 하기도 했고, 인간 같은 진실 어린 눈에서 순간적으로 탐색하는 듯한 눈빛을 내뿜어 어린 메첸거슈타인 남작이 새파랗게 질리며 몸을 움츠리는 때도 있었다.

그러나 남작의 수행원들 가운데 성질이 불같은 말에 대한 어린 귀족의 열렬한 애정을 의심하는 이는 없었다. 적어도 미천하고 왜소한 불구의 하인 하나를 제외하면 그랬다. 이 하인의 기형은 모든 이들의 놀림감이 되었고 아무도 그의 의견을 중시하지 않았다. 이 하인의 의견을 언급할 가치가 있는지 모르겠지만, 하인은 뻔뻔스럽게도 주인이 안장에 올라탈 때는 이유를 알 수 없지만 언제나 알아챌 수 없을 정도로 몸을 떨었으며, 꽤 긴 시간 동안 일상적인 승마를 마치고 돌아올 때면 의기양양한 악의 때문에 주인의 모든 얼굴 근육이 뒤틀려 있었다고 주장했다.

비바람이 사납던 어느 날 밤, 메첸거슈타인 남작은 선잠에서 깨어나 미친 사람처럼 방에서 내려온 후 서둘러 말에 올라타 미로 같은 숲 속으로 달려가 버렸다. 흔히 있는 일이었기에 그때는 누구도 주의를 기울이지 않았다. 그러나 주인이 자리를 비운 지 몇 시간이 지나자 하인들은 상당히 불안해하며 그가 돌아오기를 기다렸다. 그때 통제할 수 없는 격렬한 불길이 일어 메첸거슈타인 성의 거대하고 웅장한 담벼락이 탁탁거리고 타오르며 사방으로 흔들거렸다.

처음 발견했을 때부터 이미 불길은 심하게 번져 있어 성을 구해보려는 모든 노력은 수포로 돌아갔다. 경악한 인근 주민들은 할 말을 잃고 마음 아프게 탄식하며 헛되이 성 주변에 서 있었다. 그러나 막 모습을 드러낸 무시무시한 형체가 이내 사람들의 관심을 끌었다. 불길이 치솟는 끔찍한 광경을 지켜보는 것보다 고통스러운 인간의 모습을 바라볼 때 얼마나 격렬한 감정의 동요가 일어날 수 있는지 알 수 있는 순간이었다.

숲에서 메첸거슈타인 성 입구까지 이어지는 오래된 오크 나무 길 멀리에서 모자도 쓰지 않은 엉망진창의 기수를 태운 말이 맹렬한 기세로 달려왔다. 그 모습은 〈템페스트〉에 나오는 악마를 쉬이 능가하는 듯했다.

기수는 속도를 제어하지 못하고 있음이 분명했다. 얼굴에 떠오른 고통과 발작적으로 버둥거리는 몸짓에서 그가 초인적인 노력을 기울이고 있음을 알 수 있었다. 하지만 단 한 번 비명을 지른 것을 제외하고는 찢어진 입술에서는 아무 소리도 나오지 않았다. 기수는 극도의 공포로 계속해서 입술을 깨물었다. 이글거리는 불길과 비명을 지르는 바람 위로 한순간 달가닥거리는 말발굽 소리가 날카롭게 울려 퍼졌다. 성 입구와 주변을 둘러싼 연못을 한달음에 통과한 말은 흔들거리는 성의 계단을 경중경중 뛰어 올라가 주인을 태운 채 마구잡이로 타오르는 불길 속으로 사라졌다.

맹렬한 폭풍은 곧 잠잠해졌고 절대적인 고요함이 음울하게 이어졌다. 여전히 수의 같은 백색 화염이 성을 감싸고 있었고 조용한 대기 속으로 흘러들어 기이한 빛을 뿜어댔다. 그사이 연기가 거대한 형상을 띠며 담벼락 위로 무겁게 드리웠다. 그것은 분명 말의 형상이었다.

베레니스

／

Edgar
A. Poe

베레니스

벗이 말하길, 사랑하는 이의 무덤을 찾아가면 고통을 덜 수 있으리.

— 이븐 자이아트

    고통은 다양하다. 세상에 존재하는 비참함은 각양각색이다. 마치 무지개처럼 드넓은 지평선 끝까지 펼쳐지는 고통은 그 색깔 또한 무지개의 빛깔만큼이나 다양하다. 그만큼 명확하지만 그만큼 뒤섞여 있다. 마치 무지개처럼 드넓은 지평선 끝까지 펼쳐진다는 것! 어째서 나는 그런 아름다움으로부터 불쾌함을 이끌어냈을까? 어째서 평화의 서약으로부터 슬픔을 비유해냈을까? 하지만 윤리학에서 악이 선의 결과인 것처럼 사실상 슬픔은 기쁨에서 탄생한다. 지난날 행복했던 기억이 오늘날의 고뇌가 되거나 현재의 괴로움이 과거의 황홀경에서 연유한다.

    내 세례명은 에게우스다. 성은 말하지 않겠다. 그렇지만 유산으로 물려받은 음울한 회색 저택은 이 지역에서 가장 유서 깊은 건물이었다. 우리 집안은 환영을 보는 이들의 혈통이라 불려왔다. 여러 놀라운 사실들에서, 집안 저택의 특징에서, 응

접실의 프레스코 벽화에서, 침실의 휘장에서, 무기고의 부벽 조각에서, 특히 오래된 미술 작품이 전시된 화랑에서, 서재 양식에서, 마지막으로 서재에 비치된 서적의 아주 독특한 특성에서 우리 집안에 대한 믿음을 보증하는 증거는 충분히 존재한다.

가장 어릴 적 기억은 그 서재와 그 안의 서적과 관련된 것이다. 이 서적에 대해서는 말하지 않겠다. 내 어머니는 이곳에서 돌아가셨다. 그리고 나는 이곳에서 태어났다. 이런 말을 하는 것은 무의미하겠으나 나는 이전 생을 살아본 적이 없으며 전생이란 없다고 생각한다. 이를 부정하는가? 이 문제에 대해 논쟁은 하지 말도록 하자. 나 자신은 이 문제에 대해 확신하지만 설득하려고 하지는 않겠다. 하지만 실체 없는 형상, 의미심장한 영적인 눈빛, 듣기 좋지만 슬픈 소리를 기억한다. 이 기억은 사라지지 않고 계속해서 밀려 온다. 어렴풋하고 다채롭게 변화하며 불명확하고 불안정한 그림자 같은 기억이 존재한다. 그리고 마치 그림자같이, 내 이성이 반짝이며 존재하는 한 이 기억은 떨쳐버릴 수 없다.

나는 그 서재에서 태어났다. 실제로 존재하지 않는 듯했지만 실제로 존재했던 긴 밤에서 깨어나 그 즉시 요정의 나라, 상상의 궁전, 수도자적 사고와 학식의 영지를 알아차렸다. 그 때문에 놀랍고 열정적인 눈으로 주변을 둘러보고, 소년 시절을 책 속에 파묻혀 보내고, 공상을 즐기며 청춘을 보낸 것은 이상한 일이 아니었다. 하지만 수년이 흐르고 성년이 되었는데도 아직 선조들의 저택에 머무르고 있던 것은 이상한 일이었다. 내 청춘에 어떤 침체가 찾아와 흔해빠졌던 사고가 정반대로 바뀌게 된 것은 경이로운 일이었다. 세상의 현실은 그저 환상처럼 다가왔다. 그저 환상 같았기에 꿈속 세계의 터무니없는 생각이 결국 일상생활의 소재가 아닌 생활 그 자체가 되었다.

베레니스와 나는 사촌이었으며 선조들의 저택에서 함께 자랐다. 하지만 우리는 꽤 다르게 자랐다. 나는 병약하고 우울함에 빠져 있었지만 베레니스는 명민하고 우아하며 활기가 흘러넘쳤다. 나는 외딴 서재에 머물렀지만 베레니스는 언덕 위를 거닐었다. 나는 내 일에만 몰두하며 가장 치열하고 고통스러운 명상에 심신을 바쳤지만 베레니스는 앞날에 펼쳐질 그늘에 대해서나 까마귀가 날개를 펼치고 조용히 날아다닐 시간에 대해 전혀 생각하지 않고 무심하게 삶을 배회했다. 베레니스! 그녀의 이름을 부른다. 베레니스! 그녀를 부르는 소리에 음울한 과거의 잔해 속 수천 가지 격동적인 기억이 소스라치게 놀란다. 아아, 쾌활하고 기쁨이 가득했던 어린 시절 베레니스의 모습이 지금 내 앞에 생생하다. 아아, 우아하고 환상적인 아름다움이여! 아른하임의 관목림 속 공기의 요정이여! 분수 속 물의 정령이여! 그리고 모든 것이 불가사의와 공포이며 말해서는 안 되는 이야기다. 마치 모래 폭풍이 휘몰아치듯 불치병이 베레니스를 덮쳤다. 심지어 내가 그녀를 바라보는 동안 변화의 기운이 엄습하여 베레니스의 마음, 습관, 성격에 스며들었다. 가장 미묘하고 끔찍한 방법으로 그녀의 정체성까지 바꿔버렸다. 아아! 병은 사라졌다 나타나곤 했다. 베레니스는 어디로 갔는가? 그녀는 모르는 사람이었다. 혹은 더 이상 내가 알던 베레니스가 아니었다.

내 사촌의 정신과 신체에 너무나도 끔찍한 변화를 불러온 최초의 치명적인 질병으로부터 수많은 다른 질병이 유발되었는데, 그 성질상 가장 고통스럽고 끈질겼다고 할 수 있는 것은 바로 간질이었다. 간질의 끝은 대부분 실신으로 끝났으며 그 양상은 전적으로 죽음과 거의 유사했고, 회복 방식은 놀라울 정도로 갑작스러웠다. 그사이 나 또한 질병을 앓고 있었는데 내질병은 달리 부를 만한 이름이 없다고 진단받았기에 그냥 '내질병'이라 칭하겠다. 그 무렵 내 질병은 급격하게 악화되어 결국 독특하고 기이한 편집광적 증상이 발현되었다. 그 증상은 시간이 지날수록 기세가 강해져 마침내 나를 지배했다. 이 증상에 굳이 이름을 붙여야 한다면 '편집증'이라고 할 수 있다. 이 편집증은 형이상학에서 주의력이라고 칭하는 마음의 특성이 병적으로 과민해진 것이다. 아마 내 말을 이해할 수 없을 것이다. 단순한 일반 독자들에게는 이 과민해진 강렬한 관심이 무엇인지 충분히 전달할 수 없다는 것이 두렵다. 나의 경우, 우주에 존재하는 가장 일상적인 대상을 생각하는 것에 매달리고 몰두하는 명상 능력이라 할 수 있겠다.

책의 여백에 쓰인 시시한 장치나 서체에 신경을 쏟으며 오랜 시간 사색했다. 여름에는 대부분 휘장이나 마룻바닥으로 비스듬히 떨어지는 그늘 속에서 생각에 열중했다. 하룻밤 내내 흔들리지 않는 램프 불빛이나 타다 남은 불씨를 넋을 잃고 바라보았다. 꽃의 향기에 빠져 종일 멍하니 시간을 보냈다. 어떤 흔한 단어를 자주 반복하여 그 단어의 소리로부터 아무런 의미도 느껴지지 않을 때까지 계속해서 같은 단어를 단조롭게 읊조렸다. 오랫동안 전혀 움직이지 않고 꾸준히 인내함으로써 모든 운동 감각이나 신체적 감각을 잃어버리려 했다. 이 같은 사례는 정신적인 부분에서 유발되는 가장 흔하고 악의 없는 변화였다. 사실 유사한 경우가 없는 것도 아니었지만 명확하게 분석하거나 설명할 수 없는 증상이었다.

하지만 나에 대해 오해하지 않길 바란다. 과도하고 진지하며 병적이기에 대상의 사소한 특성에 흥분하고 마는 이 주의력이 모든 인간에게 흔히 나타나는, 특히 열정적인 상상력을 가진 사람들이 즐기는 심사숙고하는 성향과 혼동되어서는 안 된다. 비록 처음엔 이 같은 주의력은 심사숙고하는 성향이 극단적이거나 과장되어 나타나는 것으로 생각될 수도 있겠지만 실제론 그렇지 않으며 기본적으로 전혀 다른 별개의 것이다.

한 가지 예를 들어보겠다. 주로 사소하지 않은 대상에 관심을 보이는 몽상가나 열성가의 경우, 대상에 대한 무수한 추론과 제안을 거친 후 이를 망각하게 되며 사치로 가득한 공상 끝에 본래의 대상이나 사색을 시작한 최초의 원인에 대해 잊어버리게 된다. 하지만 나의 경우, 최초의 대상은 예외 없이 사소했다. 비록 병적인 시각 때문에 왜곡된 비현실적 중요성이 부여되기는 했지만 추론은 거의 하지 않았으며, 추론을 한다 해도 끝내 본래의 대상으로 돌아왔다. 명상은 결코 즐겁지 않았다. 그리고 공상이 끝날 무렵에는 최초의 원인을 망각하기는커녕 최초의 대상에 극도로 과도한 관심을 쏟게 되었다. 이것은 내 질병의 지배적인 특성이었다. 한마디로 말해 내 경우에는 앞서 언급했던 주의력이 과도하게 행사되는 것이며, 몽상가들의 경우 더욱 마음을 기울여 심사숙고하는 것이라 할 수 있다.

당시 내가 읽던 서적이 내 질병을 실제로 악화시킨 것이 아니라면, 책들의 종류가 공상적이고 일관성이 결여되어 있었기에 책들 자체가 내 질병의 특성을 띠고 있었다고 생각될 수도 있겠다. 다른 무엇보다 더 잘 기억나는 책으로는 이탈리아 귀족 코엘리우스 세쿤도 쿠리오의 《축복받은 신의 왕국에 대하여》, 아우구스티누스의 위대한 《신국론》, 테르툴리아누스의 《그리스도의 육신론》이 있다. 《그리스도의 육신론》에서 '신의 아들이 죽었다. 믿을 수 없는 일이기에 믿을 수 있다. 신의 아들이 부활했다. 불가능한 일이기에 틀림없다'라는 역설적 문장에 온전히 시간을 쏟았다. 몇 주 동안 힘든 사색을 지속했지만 어떤 결실도 얻지 못했다. 따라서 사소한 일에만 평정심이 흔들리는 내 이성은 프톨레마이오스와 헤파이스티온이 말한 바닷가의 험준한 바위를 닮은 것처럼 보일 것이다. 인간의 폭력이라는 공격, 물과 바람의 격렬한 분노에는 끊임없이 맞서고 수선화에 닿았을 때만 흔들리는 바위를 말한다.

베레니스의 불행한 질병으로 야기되는 정신 상태의 변화는 경솔한 사상가에게 있어 의심할 여지가 없는 문제처럼 보일 수 있으나, 내게는 격렬하고 비정상적인 명상거리를 많이 제공해 주었다. 그 명상의 성질에 대해 설명하기는 다소 어려운 면이 있다. 제정신이 돌아올 때면 베레니스의 질병 때문에 진정 고통스러웠으며, 그녀의 아름답고 온화한 삶이 완전히 망가졌다는 사실을 깊이 통감하면서 어김없이 그토록 이상한 변화가 그렇게 갑자기 나타나게 된 놀라운 방식에 대해 생각했다. 하지만 이 같은 생각은 내 질병의 독특한 성질 때문이 아니라 일반적인 사람들이 비슷한 상황에서 했을 법한 것이었다. 다만 내 질병의 독특한 성질에 걸맞게 베레니스에게 나타난 신체적 변화 중 덜 중요하지만 더욱 놀랄 만한 변화, 특이하고 가장 끔찍하게 정체성이 왜곡된 모습에 마음을 썼다.

베레니스가 비할 데 없이 아름다웠던 그 시절에 나는 분명 베레니스를 사랑하지 않았다. 나라는 존재는 묘하게 이상한 곳이 있었기 때문에 마음으로 감정을 느끼지 않았고 머리로 열정을 생각했다. 흐릿한 이른 아침, 숲의 그림자가 드리우는 정오 그리고 서재에 고요함이 감도는 밤, 베레니스는 내 눈앞을 스쳐 지나갔다. 내가 바라보는 그녀는 살아 숨 쉬는 베레니스가 아니라 꿈속의 베레니스였으며 저속한 지상의 존재가 아니라 관념적 존재였고, 동경하는 대상이 아니라 분석하는 대상이었으며, 사랑하는 대상이 아니라 가장 난해하지만 종잡을 수 없는 사색의 대상이었다. 그리고 지금, 베레니스의 존재 자체가 소름이 끼치고 그녀가 다가오면 나는 여지없이 창백해졌다. 무너져 내리는 처량한 병세에 몹시 한탄하면서 나는 베레니스가 오랫동안 나를 사랑해왔음을 떠올렸다. 그리고 이토록 불행한 순간에 베레니스에게 결혼에 대한 말을 꺼냈다.

마침내 우리의 결혼식이 다가왔다. 어느 겨울 오후, 아름다운 할시온[2]이 보살피는 것처럼 때 아니게 온화하고 차분하며

---

2) 제우스는 겨우내 14일의 따뜻한 기간을 주셨는데, 인간은 이 온화한 날씨를 가리켜 아름다운 할시온이 보살피는 기간이라고 불렀다(그리스의 시인 시모니데스). ─ 원주

안개가 자욱했던 날 나는 서재에 앉아 있었다. 혼자 앉아 있었다고 생각했는데 고개를 들자 베레니스가 내 앞에 서 있었다.

그녀의 윤곽이 그토록 흔들리고 또렷하지 않은 것은 내 격렬한 상상 때문인가, 대기에 안개가 끼어 있었기 때문인가, 방 안에 흐릿한 땅거미가 지고 있었기 때문인가, 그녀가 회색 천을 두르고 있기 때문인가? 나는 대답할 수 없었다. 베레니스는 아무 말도 하지 않았다. 나는 한 음절조차 입 밖으로 낼 수 없었다. 온몸에 오싹함이 감돌았고 참을 수 없는 불안함이 나를 짓눌렀다. 강렬한 호기심이 내 영혼을 잠식했다. 의자에 주저앉아 베레니스에게 시선을 고정한 채 잠시 숨도 쉬지 않고 미동도 하지 않았다. 아아, 너무나도 수척해져 예전과 같은 아름다운 모습은 조금도 남아 있지 않았다. 내 불타는 시선은 이내 베레니스의 얼굴로 향했다.

이마는 높았고 아주 창백했으며 몹시 차분했다. 한때 칠흑 같던 머리카락 일부가 이마 위로 흘러내렸고 셀 수 없이 많은 곱슬머리가 움푹 꺼진 관자놀이 위를 뒤덮었다. 이제는 선명한 노란색으로 변해버린 곱슬머리는 조화롭게 어울리지 못하고 있었다. 얼굴에는 우울함이 가득했다. 눈에는 생기도 없었고 동공이 없는 것만 같았다. 얇고 움츠러든 입술과 무표정하게 바라보는 시선에 나도 모르게 움츠러들었다. 순간 그녀의 입술이 떨어졌다. 기묘한 의미를 담은 미소를 띠면서 변해버린 베레니스의 치아가 천천히 내 시야에 들어왔다. 나는 이전에 이 치아를 본 일이 없다. 만약 보았다면 난 이미 죽었을 것이다.

문이 닫히는 소리에 정신을 차려보니 베레니스는 방에서 떠나고 없었다. 하지만 치아의 섬뜩한 흰빛이 어수선한 머릿속을 떠나지 않았다. 치아에는 얼룩 하나, 그림자 하나, 상처 하나 없었다. 하지만 그 찰나의 미소는 내 기억 속에 각인되기에 충분했다. 오히려 그때보다 지금 더 선명하게 보이는 듯했다. 치아! 그 치아! 그 치아는 이곳에, 저곳에, 어디에나 있었다. 그 모습은 눈앞에 선명했다. 길고 가느다랗고 지나치게 하얀 치아와 뒤틀린 창백한 입술이 끔찍했던 처음 그 순간처럼 생생하게 보였다. 그러자 나의 편집증이 격렬하게 끓어올랐다. 나는 기묘하고 저항할 수 없는 편집증에 부질없이 끌려갔다. 외부 세계의 수많은 대상 중에서 오직 베레니스의 치아에 대해서만 생각했다. 그것이 바로 광적인 욕망으로 간절히 바라온 것이기 때문이다.

이 한 가지 생각에 모든 다른 문제와 호기심은 뒷전으로 밀려났다. 내 정신적 시야에는 오로지 그 치아만 보였고, 그것만이 내 정신세계의 본질로 자리 잡았다. 모든 빛에 그 치아를 비추어보았다. 모든 자세로 돌려보았다. 그 특성을 조사했다. 특색에 대해 심사숙고했다. 형태에 대해 생각했다. 성질의 변화에 대해 사색했다. 머릿속에서 치아는 감각을 가지게 되었고 입술 없이도 정신적 표현이 가능해졌다. 그렇게 생각하자 몸서리가 쳐졌다. 사람들은 프랑스 무용가 마리 살레에 대해 '그녀의 모든 발걸음이 감정이었다'고 말했다. 그렇다면 나는 베레니스에 대해 '그녀의 모든 치아가 관념이었다'고 믿는다. 관념! 이 멍청한 생각이 나를 파괴했다. 관념! 그렇기에 나는 그토록 그 치아를 탐냈다. 그 치아를 가져야만 내게 평화가 찾아오며 이성을 되찾을 수 있을 거라 믿었다.

저녁이 나를 포위하고 어둠이 다가와서 머무르다 사라졌다. 다시 동이 텄다. 다음 날 밤에는 안개가 자욱하게 모여들었다. 나는 아직도 그 서재에 미동도 없이 앉아 있었다. 아직도 명상에 잠겨 있었다. 아직도 치아의 환영에 끔찍하게 사로잡혀 있었다. 기분 나쁘게 선명한 치아의 모습이 흔들리는 불빛과 방안의 그림자 사이로 떠다녔다. 마침내 공포와 경악으로 가득 찬 비명이 들려와 공상에서 깨어났다. 잠시 정적이 흐른 뒤, 슬픔과 고통에 가득 찬 낮은 신음이 섞인 힘겨운 목소리가 들려왔다. 자리에서 일어나 서재 문 한쪽을 활짝 열자 문밖에서 여자 하인이 눈물 흘리며 서 있었다. 그녀는 조금 전 베레니스가 죽었다고 말했다. 이른 아침에 간질을 일으켰기 때문이었다. 밤이 끝날 무렵인 지금, 무덤이 준비되었으며 모든 장례 준비가 완료되었다.

나는 서재에 혼자 앉아 있었다. 또다시 그곳에 혼자 앉아 있었다. 혼란스러우면서 흥미로운 꿈에서 다시 깨어난 것만 같았다. 지금이 자정임을 알고 있었다. 해가 질 무렵 베레니스가 매장되었다는 것 또한 잘 알고 있었다. 하지만 그 끔찍한 시간 동안 나는 어떠한 것도 확실히 이해할 수 없었다. 하지만 그 기억에는 공포가 가득했다. 모호함보다 더욱 무서운 공포, 애매함보다 더욱 끔찍한 두려움이었다. 내 인생에서 희미하고 끔찍하며 난해한 기억으로 가득 찬 무서운 순간이었다. 이 기억들을 해독하기 위해 노력했지만 수포로 돌아갔다. 세상을 떠난 소리의 영혼처럼 날카로운 여자의 비명이 귓가에 울리는 것만 같았다.

"그건 무엇이었지?"

스스로에게 큰 소리로 물었고 방 안에서 속삭이듯 울리는 메아리가 대답했다.

"그건 무엇이었지?"

곁에 놓인 테이블 위에 램프가 타오르고 있었고 그 근처에 작은 상자가 놓여 있었다. 주목할 만한 특징은 없는 상자였다. 주치의 소유의 물건이었기에 이전에 자주 본 적 있었다. 하지만 왜 이 물건이 테이블 위에 있는 걸까? 나는 왜 이 물건을 보고 몸서리친 걸까? 이 질문에 대답하지 못한 채, 펼쳐져 있는 책 속 밑줄 친 한 문장에 시선을 떨어뜨렸다. 그 문장은 시인 이븐 자이아트의 간단한 시구였다. '벗이 말하길, 사랑하는 이의 무덤을 찾아가면 고통을 덜 수 있으리.' 왜 그 시구를 정독하자 머리카락이 쭈뼛 곤두서고 몸속의 피가 혈관 속에서 얼어버렸나?

그때 누군가 서재 문을 가볍게 두드렸다. 무덤에 묻힌 사람처럼 창백한 얼굴을 한 하인이 조심스럽게 들어왔다. 하인은 공포에 질린 표정으로 낮고 갈라진 목소리를 떨며 내게 말했다. 뭐라고 말했지? 나는 몇몇 불완전한 문장을 들었을 뿐이었다. 울부짖는 소리가 밤의 정적을 깨뜨렸고 저택의 식구들이 함께 모여 그 소리의 진원지를 찾았다고 설명했다. 그리고는 하인의 목소리가 오싹하리만큼 분명해졌다. 베레니스의 무덤이 파헤쳐져 있었고 수의를 입은 시체가 훼손되어 있었는데 그녀가 아직 숨을 쉬고 심장이 뛰고 있었으며 살아 있었다는 것이다.

하인이 나의 옷을 가리켰다. 옷에는 진흙이 묻어 있었고 피가 낭자했다. 나는 아무 말도 하지 않았고 하인은 부드럽게 내

손을 잡았다. 그 손은 인간의 손톱을 가진 톱니 같았다. 그는 벽
쪽에 놓인 어떤 물체로 내 주의를 돌렸다. 삽이었다. 나는 비명
을 지르며 테이블로 달려들어 그 위에 놓인 상자를 움켜쥐었
다. 하지만 열 수 없었다. 손이 떨리는 바람에 상자가 손에서 미
끄러져 떨어졌고 바닥에 강하게 부딪히며 산산조각이 났다. 그
안에서 덜거덕거리며 치과 수술 도구가 굴러 나왔다. 하얗고
상아색으로 보이는 서른두 개의 작은 물질이 바닥에서 함께 뒹
굴었다.

밀회

밀회

그대 거기 머물러주오, 나 곧 따르리니.
저 텅 빈 골짜기에서 그대 만나리.

— 아내의 장례에서, 치체스터 주교 헨리 킹

  오, 심오한 그대, 불운한 이방인이여! 환상이 만들어낸 광휘에 길을 잃고 불꽃 같은 젊음 속으로 가라앉은 이여! 환영 속에서 다시 한 번 나 그대를 보노라. 그대의 늠름한 자태, 눈앞에 다시 솟아오르는구나! 아, 아, 그대의 도시 베네치아, 그 어스레한 도시에서 숭고한 사색의 삶을 버리지 않았더라면 이토록 차갑고 어두운 골짜기에서 방황하지 않을진대. 베네치아는 별들이 사랑해 마지않던 바다의 엘리시움(그리스 신화, 축복받은 사람들이 죽은 후 사는 낙원 – 옮긴이)이며 비통한 여신 팔라스가 침묵의 바다를 응시하던 드넓은 창이었지. 그러하다! 그대 그러해야 했다고 내 거듭 말하리. 필시 이와는 다른 세계가 있으리라. 무수한 이의 생각과 다르며 궤변론자들의 사색과 다른 세계가 있으리라. 누가 그대에게 의구심을 갖으리. 누가 그대 몽상의 세월을 비난하며, 마침내 영원한 활기를 흘러넘치게 한 시간을 낭비한 삶이라 지탄하리오!

　내가 이야기하려는 인물을 세 번쨌가 네 번째 다시 만나게 된 곳은 베네치아에서 탄식의 다리라고 부르는 지붕이 있는 아치길 아래였다. 그날을 회상하려니 혼란스럽던 당시 상황이 함께 떠오른다. 하지만 나는 오롯이 기억하고 있다. 아! 어찌 잊을 수 있겠는가? 깊고 깊은 베네치아의 밤과 탄식의 다리, 아름답고 사랑스럽던 여인, 좁은 운하를 오르내리던 낭만의 천사를!
　그날은 유난히 어둠이 짙게 드리운 밤이었다. 광장을 지키는 거대한 시계는 이탈리아의 저녁이 깃든 다섯 번째 종을 울렸다. 오가는 사람 하나 없는 종탑 광장은 정적 속에 누워 있었고 고풍스런 공작 저택 내 불빛도 빠르게 희미해져갔다. 나는 그랜드 운하를 따라 곤돌라를 타고 광장에서 집으로 가는 길이었다. 곤돌라가 산 마르코 운하 입구의 맞은편에 다다를 즈음 갑자기 밤의 정적을 깨고 운하 안쪽에서 한 여인의 날카롭고 히스테릭한 비명이 길게 이어졌다. 소스라치게 놀란 나는 자리에서 벌떡 일어섰고 곤돌라 뱃사공의 손에서 미끄러진 노는 다시 찾을 길 없는 캄캄한 물속으로 사라져버렸다. 나와 뱃사공은 할 수 없이 큰 운하에서 작은 운하 쪽으로 흐르던 조류에 배를 내맡겼다. 커다란 검은 날개를 편 독수리처럼 곤돌라는 탄식의 다리를 향해 천천히 떠내려갔다. 공작 저택의 계단과 창문마다 걸린 활활 타오르는 수많은 횃불이 진한 어둠 속에 있던 모든 사물을 검푸르고 기이한 모습으로 바꾸어놓았다.

한 어린아이가 엄마 품에서 미끄러져 높은 건물의 창에서 캄캄하고 깊은 운하 아래로 떨어졌다. 잔물결 하나 일지 않던 수면은 조용히 아이를 삼키고 입을 닫았다. 시야에 보이는 것이라곤 오로지 내가 타고 있던 곤돌라뿐이었지만 많은 사람이 아이를 찾으러 물에 뛰어드는 것을 느낄 수 있었다. 그들이 헛되이 물 위에서 헤매고 있는 동안 애타게 찾던 보물은(오, 신이시여) 어느새 심연으로 가라앉고 있었다. 누구라도 한 번 보면 결코 잊을 수 없는 형체 하나가 강기슭에서 몇 계단 떨어지지 않은 광대한 저택 입구의 흑색 대리석 판석 위에 서 있었다. 모든 베네치아인의 흠모의 대상이자 생기 중의 생기이며 아름다운 여인 중에서도 가장 사랑스러운 후작 부인 아프로디테였다. 그녀는 늙고 음흉한 멘토니의 젊은 아내였으며, 하나밖에 없는 사랑스러운 아이의 엄마였다. 그러나 아이는 이제 달콤한 엄마의 품이 그리워 애타게 엄마를 부르다 그 짧은 생을 마감하며 깊은 심연 속으로 가라앉고 있었다.

아프로디테는 홀로 서 있었다. 그녀의 자그마한 은빛 맨발은 흑색 대리석 바닥에 반사되어 빛나고 있었다. 간밤의 무도회를 위한 단장은 아직껏 흐트러지지 않아서 어린 히아킨토스처럼 곱슬곱슬한 머리카락이 고풍스럽게 말린 채 수많은 다이아몬드 속에 탐스럽게 매달려 있었다. 순백의 얇은 가운만이 그녀의 가녀린 몸을 덮어줄 뿐이었다. 조각상 같은 아프로디테의 몸은 미동조차 없었지만 뜨거운 한여름 밤의 음산한 바람이 니오베(그리스 신화, 여신 레토를 비웃다 자식이 모두 살해당하고 제우스에 의해 돌이 됨 - 옮긴이)의 쓰라린 조각상처럼 서 있는 그녀 곁으로 몰려들어 안개 같은 옷을 살랑였다.

아, 그런데 이게 어찌 된 일인가! 가득 고인 눈물로 반짝이는 아프로디테의 눈이 향한 곳은 간절한 어미의 소망이 묻힌 무덤의 강이 아니라 베네치아를 통틀어 가장 장엄한 건물로 알려진 옛 공화국의 감옥이었다. 단 하나뿐인 소중한 아이가 지옥 같은 물속에서 숨이 막혀 죽어가고 있는 지금 어찌하여 터무니없는 건물을 바라본단 말인가? 그 어둡고 음침한 벽감은 후작 부인의 침실에 난 창문 바로 맞은편에서 입을 벌리고 있었다. 그렇다면 벽감 속 그늘진 건축물 안에는 대체 무엇이 있단 말인가? 그녀의 남편 멘토니 후작은 무수히 덩굴에 둘러싸인 그 장엄한 처마를 기이하게 여기지 않았던가? 말도 안 된다! 어떻게 잊을 수 있겠는가, 이러한 때의 저러한 눈빛을? 비애에 찬 얼굴을 수천 개로 늘려놓아 산산이 부서진 거울 같은 눈빛, 머나먼 곳에서 손바닥 위로 떨어진 재앙을 보고 있는 그녀의 눈빛을.

후작 부인이 서 있는 곳에서 얼마쯤 떨어진 아치형 수문 아래 호색한 사티로스 같은 풍채를 지닌 멘토니 후작이 예복 차림으로 서 있었다. 지금 후작은 이따금 퉁기던 기타를 내려놓고 아이의 구조 작업을 여기저기에 지시하고 있었지만 어쩐지 그 끔찍한 죽음조차 권태로워 보였다. 도무지 이해할 수 없는 광경에 어안이 벙벙해진 나는 처음 비명을 들은 그 자리에 그대로 서서 꼼짝할 수가 없었다. 물 위에서 와자하게 술렁이며 불길한 느낌을 풍기는 사람들이 보였다. 나는 백지장 같은 얼굴을 하고 장례 행렬에나 쓰일 법한 곤돌라에 뻣뻣하게 서서 그들 사이를 떠다녔다.

모두의 노력이 수포로 돌아갔다. 온 힘을 다 쏟으며 아이를 찾던 사람들은 이제 침울한 얼굴로 거친 숨만 몰아쉬고 있었다. 아이를 찾을 가능성은 희박해 보였다. 사람들의 절망이 크다고 한들 아이 엄마의 절망만 하겠는가. 하지만 바로 그때, 앞서 말한 옛 공화국 감옥의 일부로, 후작 부인의 침실 창과 마주하고 있던 캄캄한 벽감 안에서 망토를 걸친 형상 하나가 걸어나왔다. 그 형상은 난간 끝에서 아찔한 높이에 잠깐 흠칫 놀라는가 싶더니 그대로 운하를 향해 뛰어내렸다. 얼마 지나지 않아 그는 아직 희미한 숨결이 남아 있는 아이를 품에 안고 대리석 판석 위에 있는 후작 부인 옆으로 갔다. 물에 흠뻑 젖어 무거울 대로 무거워진 망토는 어느새 풀어져 그의 발밑으로 흘러내렸다. 그 모습에 놀라움과 감탄을 감출 수 없던 사람들은 그가 현재 유럽에서 선망의 대상이 되는 있는 바로 그 젊은이라는 것을 알아차렸다.

　　아이를 구조한 청년은 아무 말 없이 서 있었다. 아프로디테, 그녀는 아이를 건네받아 품에 안고 그 어린 영혼과 영원히 떨어지지 않을 것을 맹세하며 숨도 쉬기 어려울 만큼 다정한 입맞춤을 퍼부으려 했다. 오, 그러나 신이시여! 또 다른 손이 그녀에게서 아이를 빼앗아, 이제 겨우 되찾게 된 아이를 빼앗아 아무도 찾을 수 없는 머나먼 곳으로 데리고 가버렸다. 가련한 아프로디테! 아름다운 그녀의 입술은 떨리고 플리니우스의 아칸서스 잎처럼 부드럽고 촉촉한 눈에는 눈물이 가득 고였다. 그렇다, 그녀의 눈에 눈물이 가득 고였다. 보라! 그녀의 영혼이 온몸을 타고 흘러 전율하면서 지금껏 조각상 같기만 했던 아프로디테에게 생명이 시작되었다. 대리석 조각 같은 창백한 얼굴과 대리석처럼 차가운 가슴, 대리석 같은 순수한 맨발에 순식간에 몰려든 제어할 수 없는 핏빛 파도를 보았다. 나폴리의 푸른 초원 위에 피어난 풍성한 은빛 백합 위에서 너울대는 부드러운 바람처럼 아프로디테의 가녀린 몸은 희미하게 떨리고 있었다.

어째서 갑자기 그녀에게 혈색이 돌게 되었을까? 작은 발에 슬리퍼 신는 것조차 생각지도 못하고, 어깨에 걸치고 있던 베네치아풍 얇은 가운을 갈아입는 것도 잊어버리고서 몸서리치며 격렬하게 침실에서 뛰쳐나온 모성 외에 어떤 대답이 가능하겠는가? 그녀에게 그토록 생기가 돌게 된 또 다른 이유가 있기나 할까? 애타게 엄마를 찾는 아이의 그 간절한 눈빛 때문인가? 미친 듯이 고동치는 심장 때문인가? 멘토니 후작이 저택 안으로 들어간 뒤 자신도 모르게 이방인의 손 위에 올려놓았던, 지금은 도무지 진정할 길 없이 발작적으로 떨리는 손 때문인가? 후작 부인이 서둘러 작별을 고하며 무표정한 얼굴로 유난히 목소리를 낮추고 속삭인 까닭은 무엇이었던가?

"난 다 잃었어요."

아프로디테가 말했다. 아니, 어쩌면 물이 웅얼거리는 소리에 속은 건지도 모르겠다.

"당신이 이겼어요…. 동이 튼 후 한 시간 뒤, 만날 수 있을 거예요. 그렇게 해요."

소란은 차츰 잦아들고 저택을 환하게 밝히던 불빛도 사라져 갔다. 그제야 정체를 짐작할 수 있을 것 같은 남자가 판석 옆에 혼자 서 있는 것이 눈에 들어왔다. 보기에 안쓰러울 정도로 불안한 모습으로 온몸을 덜덜 떨며 곤돌라를 찾아 사방을 두리번거리고 있었다. 내가 할 수 있는 일이라면 어떤 도움이라도 주고 싶었고 남자 또한 정중하게 호의를 받아들였다. 수문에서 노를 하나 구해서 우리는 그의 집을 향해 함께 나아갔다. 남자는 곧 냉정을 되찾았고 단순한 우리 인연이 분명히 따뜻한 우정으로 변하고 있노라고 말했다.

내게는 면밀하게 관찰하기 좋아하는 주제들이 있었다. 그 이방인도(나는 이제 이 친구를 이렇게 부르려고 하는데 그가 온 세상에서 여전히 이방인이기 때문이다) 그런 주제 중 하나다. 이방인의 체격은 보통 사람들보다는 조금 커 보이기는 하나 그리 큰 편은 아니었다. 하지만 그가 강한 열정을 보이며 말을 할 때는 몸도 함께 커지는 것처럼 보여 실제로 훨씬 더 거대하게 느껴졌다. 불빛 아래 드러난 이방인의 몸은 그저 강하기만 한 초인적인 힘을 가진 것이 아니라 탄식의 다리에서 보여주었던 것처럼 긴박한 상황에서 증명된 날렵하고 균형 잡힌 모습이었다. 턱과 입매는 신을 닮은 듯했고 두드러지게 크고 촉촉하며 거친 눈빛은 순수한 개암나무 빛 적갈색에서부터 강렬한 칠흑색까지 다양한 색을 띠었다. 숱이 많고 굽슬굽슬한 검은 머리카락이 흘러내린 상아색 넓은 이마는 간간이 빛이 났다. 코모두스 황제의 대리석 조각상을 제외하고, 내가 이제껏 보아온 누구도 내 이방인 친구처럼 고전적으로 조화를 이룬 외모를 가진 사람은 없었다. 이 친구의 외모는 사람들이 살아가며 언젠가 한번은 봤음 직한, 그러나 다시 만날 수는 없을 것 같은 외모였다. 사람들의 뇌리에 유난히 깊이 새겨질 만한 두드러진 점이 있는 것은 아니어서 보고 나면 금방 잊어버릴 테지만 왠지 어렴풋하게 기억에 남아 한 번씩 회상하고 싶은 얼굴이었다. 얼굴의 뚜렷한 특징을 떠올리려는 마음이 어느 때 사라져서가 아니라 세월이 흘러 굳이 떠올리려 하지 않아도 자연스레 기억나는 얼굴이었다.

저택에 도착하여 이방인 친구를 내려주고 떠나려 하자 다음 날 새벽녘에 자신을 방문해줄 수 없겠느냐며 내게 절박한 어조로 간곡히 청했다. 이튿날 여명이 밝을 무렵 나는 리알토 부근 대운하 위에 지어진 그의 집으로 갔다. 음울한 분위기를 자아내지만 환상적인 장관을 보여주는 웅장한 건축물 중 하나였다. 나선형의 넓은 모자이크 계단을 돌아 현관으로 들어서자 열려 있는 문 사이로 화려함의 극치를 보여주는 내부가 순간 섬광이 비치듯 아찔하여 눈이 멀 정도였다.

이방인 친구가 부유하다는 소문은 익히 들어 알고 있었다. 사람들 사이에서 그의 소장품에 관련한 이런저런 말이 오갈 때, 나는 그것이 그저 터무니없는 과장이라고만 여겼다. 하지만 내 눈으로 소문 속 집을 직접 확인하니 유럽 대륙의 어떤 부호도 이만큼 노골적으로 소모적인 화려함과 장엄함을 드러내지는 못할 거라는 생각이 들었다.

동녘 하늘이 이미 훤하게 밝았는데 내실 곳곳의 촛대마다 그대로 촛불이 켜진 채였다. 이런 형편으로 보나 극도로 피곤해 보이는 안색으로 보나 이방인 친구가 지난밤을 뜬눈으로 지새운 것을 알 수 있었다. 내실의 건축 구조와 장식은 입을 다물지 못할 만큼 호화찬란했다. 세계 각국에서 들여온 골동품들은 서로 불협화음을 이루며 각자의 자리에 존재하고 있었다. 장식재들 사이의 어울림이 부족한 느낌이 들었다. 내 시선은 여기저기 떠다니느라 그로테스크한 그리스의 그림들, 이탈리아 전성기의 조각상들, 투박한 이집트의 거대한 조각상 등 어느 한곳에 머무는 법을 몰랐다. 각 방에 걸린 풍성한 휘장은 어디서 들려오는지 알 길 없는 우울한 음악에 맞춰 조용히 흔들리고 있었다. 서로 상생하기도 하고 상충하기도 하면서 마음을 가라앉히는 듯한 향기는 신비스러운 나선형 향로에서 수십 가닥의 혀처럼 너울대는 선녹색과 보라색 불꽃과 함께 흘러나오고 있었다. 새로 떠오른 햇살은 집 안 가득히 쏟아져 들어와 각각의 거대한 통유리 창문을 붉게 물들였다. 처마에서 폭포처럼 쏟아져 내리는 은물 같은 커튼에 수천으로 반사되는 찬란한 자연의 빛줄기는 촛불이 빚어낸 인공적인 빛과 어울려 물결처럼 보이는 풍성한 금실로 짠 양탄자 속으로 스며들었다.

"하! 하! 하! 하! 하!"

방 안으로 들어서자 저택의 영주가 너털웃음을 터뜨리며 내게 자리를 권하고 자신도 긴 터키식 소파에 앉았다.

"나도 알고 있소."

낯선 환영 인사에 어떻게 대처할지 몰라 어색해하고 있는 나를 보며 이곳의 주인이 말했다.

"이 집과 조각상들, 그림들, 건축 구조와 실내 장식이 독특해서 당신이 놀라고 있다는 것을 말이오. 내 웅장함에 완전히 도취된 건 아니오? 허, 용서해주시오, 나의 벗이여!(그의 목소리가 이 대목에서 낮고 조용하게 바뀌어 진실함을 보여주었다) 무례하게 웃은 것에 대해서는 용서를 구하겠소. 많이 놀라셨을 거요. 게다가 조금은 웃다 죽을 정도로 참으로 우스꽝스럽기도 할 거요. 하지만 웃다가 죽을 수 있다면 그보다 더 영광스러운 죽음이 어디 있겠소? 토머스 모어 경, 참으로 멋진 사내였던 토머스 모어 경은 웃으며 죽음을 맞았다지 않소. 〈라비시우스 텍스토르의 부조리〉에도 그런 식으로 황홀한 죽음을 맞이한 사람들의 긴 리스트가 있다오. 아무리 그렇다 하더라도…."

이방인 친구는 잠시 사색에 잠겼다가 다시 말을 이었다.

"고대 스파르타에는 거의 아무것도 알아볼 수 없을 만큼 지독한 폐허로 남은 성채가 하나 있다고 하오. 성의 서녘에 일종의 주춧돌이 있는데 거기엔 Ａ Ａ Ｅ Ｍ이라는 문자가 선명하게 남아 있다오. 그것은 틀림없이 Ｐ Ｅ Ａ Ａ Ｅ Ｍ Ａ를 나타내는 말일 거요. 당시 스파르타에는 엄청나게 다양한 신성에 따른 수없이 많은 사원과 성지가 있었다고 하오. 하지만 그 수많은 제단 중에 웃음 제단만이 남아 있다는 사실은 정말이지 신기한 일이지 않소? 하지만 우리가 살아가는 시대에서는…."

그는 말하는 태도와 어조를 달리 바꾸어 말을 계속했다.

"그런 식으로 웃어서는 안 되는 것이었소. 당신은 아마 많이 놀랐을 거요. 유럽에서는 나의 이 사실私室에 있는 것과 같은 정밀한 제품들을 생산해내지 못한다오. 다른 방들은 좀 다른 방식이오. 그저 무미건조한 유행을 겨우 넘어선 정도랄까. 유행만 뒤쫓는 것보다는 이 방이 오히려 나아 보이지 않소? 하지만 이런 방식도 머지않아 널리 퍼지게 되겠지요. 자신이 가진 모든 재산을 다 쏟아부을 여력이 되는 사람이라면 말이오. 나는 어떻게든 세속적으로 빠지지 않으려고 애써왔소. 단 한 사람만이 예외요. 당신이 본 것처럼 화려하게 치장된 수수께끼 같은 제국의 땅에 허락된 사람은 나 자신과 하인을 제외하면 오직 당신뿐이라오."

몸과 마음으로 전해졌던, 기대하지도 않았던 특별한 이방인의 환대와 함께 나를 압도시킨 웅장한 저택과 향기 그리고 음악에 대해 감사 인사를 전하고 내가 음미한 작품들에 찬사를 더하려 했으나 그는 만류했다. 이방인 친구가 몸을 일으켜 내 팔을 가볍게 끌며 특별한 방 안의 작품들을 소개해주었다.

"이곳에는 고대 그리스부터 최근 치마부에까지 시대를 망라하는 그림들이 있소. 당신도 보다시피 골동품에 대한 호의적인 평가와는 거리가 먼 선택이었소. 그저 모든 작품은 여기 이 내실처럼 휘장과 조화를 이루어놓았다오. 어떤 그림들은 이름 없는 거장들의 명작이오. 여기 이 그림은 당시에는 명성을 날렸지만 지금은 학계에서, 사실 나조차도 모르는 화가들의 미완성 작품이라오. 그리고 이 작품….."

그는 느닷없이 얼굴을 내게로 향하더니 불쑥 물었다.

"이 성모상을 어떻게 생각하오?"

"이것은 귀도(바로크 시대의 이탈리아 화가 - 옮긴이)의 성모상이군요!"

나는 이미 이 매혹적인 걸작에 심취해 있었던 터라 나의 열정을 진실하게 담아 대답했다.

"귀도의 작품이 분명합니다! 아니, 이걸 어떻게 입수하신 거죠? 이 마리아는 필시 조각상에 있던 비너스가 그림으로 구현

된 성모가 틀림없어요!"

"하!"

이방인 친구는 내 감정을 다치게 하지 않으려는 듯 사려 깊게 계속 말을 이었다.

"비너스라고 했소? 그 아름다운 비너스? 메디치가의 비너스를 말하는 거요? 황금빛 찬란한 머릿결에 작은 두상을 가진? 왼쪽 팔의 일부와(이 대목에 이르러 그는 거의 알아들을 수도 없게 목소리를 낮추었다) 오른팔 전부를 복원했다오. 내 생각으로는 교태가 흐르는 오른팔에 허세의 화신이 누워 있는 것 같소. 카노바를 보십시오! 아폴론도 마찬가지요. 죄다 모조품이라는 데 의심의 여지가 없소. 아폴론이 저렇듯 호언장담하는 암시를 못 알아듣는 나는 어리석은 소경이라오. 안타깝게도 나는 안티노오스를 더 사랑하지 않을 수 없다오. 조각상은 이미 대리석 안에 존재한다고 말한 사람이 소크라테스가 아니었소? 한참 세월이 흐른 후 미켈란젤로가 그의 이행시에서 원문과 다를 바 없는 글로 이렇게 표현했다지요."

어떤 대리석도 감추지 않는다.
예술가의 마음에 살아 있는 관념을

진정한 신사라면 어떤 미묘한 차이가 존재하는지 명확하게는 간파할 수 없다 하더라도, 천박함을 내포하고 있는 것과 그렇지 않은 것의 차이를 인식하고 있어야 하고 또 알려야 한다. 나의 이방인 친구가 보여주는 겉모습에 이와 같은 견해를 적용해보면서 나는 그 다사다난했던 아침에 친구의 도덕적 기질과 성격을 파악할 수 있었다. 이방인 친구는 끊임없이 그리고 깊이 사고하는 습관을 지녔는데 이는 다른 사람들과 본질부터 다른 영혼의 소유자임을 여실히 드러내고 있었다. 생각하는 그의 영혼은 하릴없이 시간을 보내는 순간을 포함한 사소한 행동에도 스며들어 있었으며 페르세폴리스 사원 처마에 사는 조소 띤 얼굴에 고뇌하는 눈빛을 가진 살무사처럼 명랑함과 날카로움을 함께 지니고 있었다.

그다지 중요치 않은 문제를 두고 다급하고 따지는 식의 경솔하면서도 엄숙한 어조에서 자신을 과민하게 포장하는 일종의 신경성 불안 심리를 줄곧 볼 수 있었다. 또 흥분해서 횡설수설할 때 나는 친구의 의도를 도무지 이해할 수 없을 뿐 아니라 마음이 몹시 불편했다. 종종 어떤 주제에 대해 말을 시작했다가 도중에 중단하곤 했는데 하려고 했던 말을 잊은 듯했고 내 말에 귀를 기울이는 것처럼 보였지만 실상은 손님에 대한 의례적인 예의를 보이는 짧은 순간뿐이고 대체로 자신의 환영 속에 존재하는 소리를 듣고 있는 것처럼 느껴졌다.

이런 식의 공상 혹은 분명히 넋을 놓고 있는 상황에서 대화가 잠시 중단되었을 때 옆에 있던 터키식 의자 위에 놓인《더 오르페오》가 눈에 들어왔다. 이탈리아어로 쓰인 최초의 희곡으로 시인이자 학자였던 폴리치아노의 아름다운 비극이었다. 무심코 들어 페이지를 넘기다가 연필로 밑줄을 그어놓은 부분을 발견했다. 제3막의 종말을 향하던 단락인데 제아무리 세속에 찌든 남자라도 소설적 감명으로 전율하지 않을 수 없고, 탄식하지 않고 읽을 수 있는 여자가 없을 만큼 감동적인 구절이었다. 페이지는 온통 최근에 흘린 눈물로 얼룩져 있었고 맞은편 간지 위에는 손으로 쓰인 구절이 있었다. 매우 독특한 글씨체여서 정확히 그의 필체인지 확신할 수는 없었지만.

당신은 내게 전부입니다, 그대,
그리하여 내 영혼이 슬퍼합니다.
바다 한가운데 푸른 섬, 그대,
신전 앞마당의 옹달샘이
달콤한 과일과 꽃으로 휘감긴 그곳
꽃은 전부 제 것이었습니다.
아, 너무 아름다워 꿈은 이루어질 수 없었나 봅니다.
아, 별은 꿈이 되어 그렇게 떠올랐건만
몹쓸 구름이 하늘을 가리었습니다.
내일의 목소리가 들려왔습니다.
"앞으로!" 하지만 그건 어제였습니다.
(어두워진 바다) 내 영혼은 바다 위를 떠돌다 누워버렸습니다.
소리도 떠나고 몸짓도 떠나고 두려움만 남았습니다.
오, 신이시여! 함께하게 하소서!
삶의 등불이 꺼졌습니다.
제발 이번, 이번만은…
(기도는 침울한 바다를 붙들어
해변 위 모래까지)
재앙을 이긴 나무도 꽃을 피울 테지요.

날개를 다친 독수리도 날아오를 테지요.
이제 내 모든 시간은 잠이 들었습니다.
나의 어둠을 지배하던 꿈들
어두운 눈이 반짝이던 곳
그대의 발자국 희미하게 빛나던 곳
천사들이 춤추던 그곳
이탈리아 어느 작은 시냇가
아, 저주받은 그 시간
바다 저 멀리 데려가 버렸습니다, 그대,
음탕하고 작위를 단 늙은이에게로, 그대,
음탕한 베개에 머리를 묻은 그대!
나는, 우리의 그윽한
은빛 버드나무는 눈물 흘립니다.

시는 영어로 쓰여 있었으며 이방인 친구가 쓴 시가 틀림없어 보였고 그리 놀랄 일도 아니었다. 그의 풍부한 학식에 대해서는 이미 알고 있었다. 이방인 친구는 자신의 재능을 숨기는 것도 재미있어 했지만 다른 사람이 알아차리는 것도 즐거워했기 때문이다. 하지만 고백하건대 그 시를 쓴 장소에 대해서는 놀라지 않을 수 없었다. 그것은 애초 런던에서 썼다고 적었다가 이후에 조심스럽게 선을 그어 지운 듯했으나 예리한 나의 눈을 속일 만큼 그리 효과적이지는 않았다. 내가 놀란 이유는 조금 전 대화 중에 멘토니 후작 부인을 런던에서 만난 적이 있었냐고 질문을 했기 때문이다. 후작 부인은 결혼 전에 수년간 런던에서 살았다. 내 기억이 틀리지 않다면 이방인 친구는 대영 제국의 수도인 그곳에 단 한 차례도 가본 적이 없다고 대답했다. 물론 귓결에 얻은 정보라 크게 신빙성은 없기는 하지만, 그가 영국 태생일 뿐 아니라 그곳에서 교육을 받았다는 얘기를 한두 번 들은 것이 아니었기 때문에 내 의구심은 커졌다.

"그림이 하나 더 있다오."

친구는 내가 그들 사이의 비극을 알아차린 것을 여전히 눈치채지 못한 채 말했다.

"당신이 보지 않은 그림이 아직 하나 남았소."

그가 휘장 하나를 옆으로 밀어내자 후작 부인 아프로디테의 전신 초상화가 나왔다.

사람의 솜씨로 그녀의 초인간적인 아름다움을 그것 이상 그토록 완벽하게 묘사할 수는 없었다. 전날 밤, 공작 저택 계단 위에 서 있던 천상의 모습 그대로 후작 부인이 내 앞에 서 있었다. 눈이 부시도록 아름다운 미소와 함께 그녀의 얼굴에 나타났다 사라지기를 거듭하는 우울함이란! 영원히 이해할 수 없을 것만 같은 완벽한 아름다움과 결코 분리될 수 없는 슬픔이었다. 그림 속 여인은 오른손을 가슴 위에 살포시 접어 올리고 왼손으로 아래에 놓인 기묘하게 생긴 화병을 가리키고 있었다. 요정처럼 작고 흰 발은 한쪽만 보였는데 가까스로 바닥을 디디고 있었다. 그녀의 사랑스러움을 소중하게 감싸는 듯한, 빛나는 대기 속에서 겨우 알아볼 수 있는 우아한 날개 한 쌍이 상상 속에서 떠다니는 것 같았다. 시선을 그림에서 친구에게로 향했을 때 나도 모르게 본능적으로 채프먼의 《뷔시 당부아》의 격렬한 시구가 떨리는 목소리를 타고 흘러나왔다.

그는 그곳에
로마의 장군처럼 서 있었네. 그는 일어나리라.
죽음이 그를 돌로 만들 때까지.

"이리 오시오."

나의 친구는 에나멜을 풍부하게 바른 거대한 은제 테이블 쪽
으로 걸어가며 나를 불렀다. 그 테이블 위에는 초상화의 전경에
있던 바로 그 커다란 에트루리아 화병 두 개가 놓여 있었다. 환
상적인 빛으로 물든 와인 잔에는 요하니스베르거로 추정되는
술이 가득 담겨 있었다.

"어서 와서 우리 한잔합시다! 좀 이르기는 합니다만 술이나
마십시다. 너무 이른 시간이긴 하지만."

시계 속 아기 천사가 동이 튼 후 처음으로 커다란 금빛 망치
를 내려치자 방 안 가득 종소리가 울렸다. 이방인 친구가 느닷
없이 생동감이 넘치는 목소리로 말했다.

"정말 이른 시간이긴 하오만 뭐 문제될 게 있겠소? 고작 이
방이나 밝히고 있는 저 램프와 향로가 정복하지 못해 안달하는
자못 진지한 저 태양을 위해 건배합시다."

내게 가득 채운 잔을 권하면서 자신은 연거푸 여러 잔을 단
숨에 비웠다.

"꿈을 위하여!"

이방인 친구는 근사한 화병 하나를 이글이글 불타는 향로 위

로 치켜들더니 도무지 종잡을 수 없는 말을 하기 시작했다.

"나는 살아오는 내내 꿈을 꾸었소. 덕분에 당신이 보다시피 이렇게 꿈에 그리던 저택도 지었소. 베네치아의 심장부에서 이만하면 꽤 잘나가는 거 아니겠소? 이 방을 쭉 둘러보면 사실 휘황찬란하기만 한 온갖 잡동사니로 뒤죽박죽이라오. 시답잖은 골동품들로 이오니아의 고상함은 사라졌고 이집트의 스핑크스는 사막 위가 아닌 금실로 짠 카펫 위에 누워 있소. 하지만 그런 눈으로 보는 사람에게만 조화롭지 않게 보일 뿐이오. 이곳, 그리고 특히 지금 이 시간은 악마들이 이 장관을 바라보고 있는 인간들을 겁주기에 가장 적합한 장소라 생각하지 않소? 한때 나는 모든 것을 장식했었지만 어느 순간 내 어리석음을 깨닫게 되었소. 이제 이 모든 것은 내가 하려는 일에 더없이 적절하오. 여기 아라비아풍의 향로처럼 내 영혼은 활활 타오르는 불꽃 속에서 몸부림치고 있으며 그 모습이야말로 내가 지금 서둘러 떠나가려 하는 드넓고 진실한 꿈의 세계를 보여주고 있다오."

친구가 갑자기 하던 말을 멈추고 머리를 가슴께로 툭 떨어뜨리는 순간 나는 무슨 소리를 들은 것도 같았다. 내가 그의 몸을 일으켜 세우자 나의 이방인 친구는 흐릿한 시선을 들어 올리며 치체스터 주교의 시구를 내뱉었다.

그대 거기 머물러주오, 나 곧 따르리니.
저 텅 빈 골짜기에서 그대 만나리.

다음 순간 그는 술기운 탓인지 긴 소파 위로 쓰러져버렸다.

그리고 계단을 오르는 급박한 발소리가 들려왔고 누군가 세차게 문을 두드렸다. 나는 서둘러 문을 열었다. 메모를 전하러 온 멘토니의 하인이 쏟아질 듯 비틀거리며 집 안으로 들어서 울먹이는 음성으로 두서없이 말을 내뱉었다.

"저희 주인마님이, 주인마님께서! 독약을! 독약을! 오, 우리 아름다운 아프로디테 님!"

혼란스럽기 그지없는 상황에 나는 나의 친구가 쓰러져 있는 소파로 달려갔다. 말도 안 되는 소식을 전해주기 위해 그의 몸을 일으켜 세우려고 애썼다. 하지만 친구의 입술은 이미 납빛으로 변해 있었고 사지는 축 늘어졌으며 조금 전까지 광채를 뿜던 눈이 죽음으로 초점을 잃어버렸다. 나는 테이블을 향해 비틀거리며 걸어가 그가 마시던 잔을 들어 올렸다. 시커멓게 변색된 잔에는 금이 가 있었다. 그제야 섬광처럼 내 머리를 스치는 참혹한 진실을 알 수 있었다.

심술 요정

Edgar
A. Poe

심술 요정

충동을 일으키는 감정은 원초적이고 실체가 분명한 인간의 기본 정서로, 정신 활동에서 행위의 동기가 되는 주요한 심리임에도 골상학자들은 정확한 성향을 파악하지 못할 뿐 아니라 그들보다 앞서 있던 도덕주의자들조차도 대수롭지 않게 여겼다. 이성은 늘 감성보다 우위에 있다는 교만한 생각으로 우리 모두 가볍게 취급했다. 〈요한계시록〉에서 말하는 믿음이든 유대 신비주의가 의미하는 믿음이든 종류 여하를 막론한 믿음이나 신뢰의 부족으로 존재 자체를 인정하지 않았다. 탐구하는 노력 없이 개념이 형성되는 일은 결코 없다. 그런 감정 따위는 필요 없다고 생각했기 때문에 성향을 알고자 하는 충동을 회피했다. 우리는 이해할 수 없었다. 아니, 이해했을 리 없을 것이다. 만약 이 원동력의 개념이 자체적으로 형성되었다면 그것이 일시적이든 영구적이든 인간에게 선을 촉진할 목적으로 만들어졌을지도 모른다는 방식으로는 이해하지 못했을 것이다. 골상학을 비롯한 대부분의 형이상학은 많은 영역에서 검증 없이 선험적으로 꾸며낸 학문임을 부인할 수 없다. 사물이나 현상을 관찰하고 이해하기보다는 지력과 논리로만 따지면서 우리가 신의 주관 아래 살아가도록 설계되었다고 믿었다. 이렇게 신의 의도를 간파하고 그중에서 우리의 욕구를 실현할 만한 것을 찾아내 이에 걸맞은 정신 체계를 수도 없이 세웠다.

예컨대 골상학에서는 첫째, 신이 인간으로 하여금 음식을 섭취하도록 설계했다고 한정했다. 그런 다음 우리는 소화 기관을 배정했다. 이 장기는 신이 인간에게 좋든 싫든 강제로 먹도록 한 일종의 벌이기도 했다. 둘째, 인간의 종을 번식시키는 것이 신의 의지라고 한정하고 곧바로 생식 기관을 찾아냈다. 이어 각 기관이 현실적인지 이상적인지 미온적인지 적극적인지를 살펴보았다. 요컨대 같은 방식으로 찾아낸 모든 장기를 대상으로 성향이나 도덕적 견해 혹은 단순히 지적 능력을 부여했다. 이를 바탕으로 인간 행동의 원리를 정리하면서 골상학의 후학인 슈푸르츠하임과 제자들은 신의 목적을 근간으로 인간의 운명이 결정된다는 전임자의 이론을 옳건 그르건, 부분이건 전부이건 그대로 답습했다.

굳이 분류해야 한다면 신이 의도한 기준보다는 통상 인간이 했던 행동과 하고 있는 행동의 토대 위에서 분류하는 것이 좀더 현명하고 안전했을 것이다. 우리 인간이야 신의 행적 중에서 가시적인 것도 이해하지 못하는데 구체적인 형상으로 구현한 의중을 무슨 수로 이해하겠는가? 객관적인 생명체도 이해하지 못하는데 신의 주관적인 심상과 창조 과정을 어떻게 알 수 있겠는가?

골상학은 차츰 귀납적 방식을 통해 인간 행동의 본능적이고 원초적인 원리로서 매우 역설적인 이 충동을 일으키는 감정을 인정하기에 이르렀다. 딱히 더 알맞은 독자적 용어가 없는 관계로 우리는 이것을 '심술'이라고 부르기로 하자. 이 감정은 사실 아무 이유도 계기도 없이 불쑥불쑥 찾아든다. 이 심리에 휘말리면 우리는 납득할 수 없는 행동을 하게 된다. 모순이라는 용어로 이 행동을 이해하려고 한다면, '하지 말아야 하므로 하는 이유'는 '심술이라는 심리에 휘둘리기 때문'이다 정도로 수정할 수 있을 것이다. 참으로 터무니없는 이론이지만 이보다 더 설득력 있을 수는 없다.

특정한 상황에서 어떤 감정들은 도저히 억누를 수 없을 정도로 복받쳐 오른다. 나는 그저 숨을 쉬고 있다는 사실 외에는 극복할 수 없는 힘에 떠밀려 부당하고 잘못된 행동을 확신하고, 그 확신이 행동을 실행에 옮기도록 강하게 몰아친다는 것만 인식할 뿐이다. 이렇게 잘못된 행동임을 알면서 잘못된 행동을 하게 되는 무조건적인 심리는 분석할 수도 없고 숨은 요소를 파악할 수도 없다. 왜냐하면 그것은 근본적이고 본능적이기 때문이다. 골상학에서는 금지된 행동을 하는 행위를 '공격성' 때문이라고 설명하지만 이 이론은 금방 오류로 판명된다. 골상학이 주장하는 공격성은 본질적으로 자기 방어의 필요성을 바탕으로 한다. 부상에 대비한 자기 보호 장치인 셈이다. 공격성의 원리는 인간이 행복 추구를 바탕으로 잘 살고 싶다는 욕망이 커짐과 동시에 공격성 또한 자극된다는 것이다. 그러므로 행복을 향한 갈망은 공격성이 일부 수정된 원리와 함께 동시에 일어나야 한다. 하지만 내가 말한 '심술'의 경우는 행복하고자 하는 갈

망은 없을뿐더러 오히려 강한 '적대감'이 드러나는 감정이라고
할 수 있다.

　궤변론이 비로소 찾아낸 최상의 해답은 자신의 마음에 호소
하는 것이었다. 자신의 영혼을 향해 진실하게 묻는 사람이라
면 문제의 성향에 대한 근본을 낱낱이 부정할 마음은 없을 것
이다. 우리가 고민하는 문제의 원인은 특별하다기보다는 이해
하기 어려울 뿐이다. 예를 들어 사람은 한 번쯤 누군가를 괴롭
혀주고 싶을 때가 있기 마련이다. 대화를 하다가 느닷없이 괜
히 에두르는 표현으로 상대를 곤경에 빠트리고 싶은 강렬한 열
망에 사로잡힌다. 말하는 사람은 듣고 있는 사람이 불쾌하다는
것을 알고 있다. 그는 평소에 상대방이 불편하지 않도록 매 순
간 노력하는 사람으로 짧고 분명하고 간결하면서 명쾌한 말을
입 밖으로 꺼내고 싶어 안달하지만 어렵사리 자제한다. 복잡한
문장에다 덧붙이는 표현까지 섞어 대화를 이으며 혹여 상대가
화가 나서 비난할까 두렵기도 하지만 그 생각은 잠시 스치고
만다. 생각은 생각에서 끝나버린다. 상대를 괴롭히고 싶은 충
동은 바람이 되고, 바람은 소망이 되고, 소망은 결국 간절한 욕
망이 되어 이후에 예상되는 굴욕이나 후회 따위의 결과조차 깡
그리 뒷전으로 밀려난다.

　또 다른 경우를 떠올려 보자. 여기 신속하게 마무리해야 하
는 일이 있다. 일이 늦춰지면 말할 수 없이 심각한 상황을 초래
하게 된다는 것을 잘 알고 있다. 삶이 위기 상황에 닥치면 우리
는 즉각적인 힘과 행동을 불러내게 된다. 마무리 뒤의 영광스
러운 결과에 한껏 부풀어 오른 영혼을 불태우며 일을 시작하려

는 열의에 사로잡힌다. 오늘 당장 일을 시작해야만 한다. 그런데 기어이 우리는 '내일'까지 미루고야 만다. 왜 그런 것일까? 용어에 대한 정확한 이해도 없이 사용하게 되는 바로 그 '심술'의 농간 말고는 어떤 해답도 찾을 수 없다. '내일'이 오고 책임을 다해야 한다는 걱정으로 더욱 초조해지지만 걱정이 앞설수록 이와 동시에 이해할 수 없고 이름 붙일 수도 없는, 단연코 나쁜 심리임에 분명한 '미루고 싶은 열망'이 엄습한다. 미루고 싶은 마음은 시간이 갈수록 점점 강해져 마침내 당장 시작하지 않으면 파멸하는 순간이 코앞에 닥친다. 마음속에서는 드디어 그림자에 가려진 본질, 곧 파멸 아니면 영광이 격렬하게 대립하며 우리 몸을 전율케 한다. 하지만 갈등이 깊어갈수록 그림자가 우세해지는 법이고 우리의 노력은 물거품이 된다. 오랫동안 위협해온 유령에게 아침을 알리는 수탉의 울음, 시계가 울린다. 행복도 무릎을 꿇는다. 염려는 훨훨 날아가 사라져버리고 우리는 드디어 자유를 얻는다. 예전의 에너지가 다시 샘솟는다. 이제 다시 일을 시작한다. 그러나 오, 신이시여. 너무 늦어버리지 않았는가!

이제 우리는 벼랑 끝에 서 있다. 절벽 저 아래 끝도 없는 심연을 바라보고 있다. 욕지기가 나고 어지러워진다. 처음에는 내면으로부터 위험에서 달아나야 한다는 충동이 인다. 그러다 묘한 상황에 남겨진다. 메스껍고 어지럽고 두려웠던 마음이 점차 이름 모를 감정의 구름 속으로 서서히 빠져든다. 여전히 종잡을 수 없는 구름이 차츰 구체적인 형체를 띠며 마치 《아라비안나이트》속 요술 램프에서 거인이 빠져나오듯 스멀스멀 안개가 피어오른다. 구름에서 나온 안개는 옛날이야기에 나오는 어떤 악마나 악령보다 무시무시하고 뚜렷한 형체로 변해 낭떠러지 끝에 걸려 있다. 이것은 비록 아찔할 정도로 섬뜩하기는 하나 공포가 주는 격렬한 짜릿함으로 골수까지 서늘하게 만드는 상상에 지나지 않는다. 아마 그 정도 높이에서 빠르게 떨어지는 동안 떠오를지도 모를 생각일 뿐이다. 그러나 이 파멸을 향해 돌진하는 추락이 이제껏 죽음과 고통을 표현한 그 어떤 상상보다 끔찍하고 지독하며 무자비하다는 단지 그 이유로 우리는 소름 끼치도록 생생하게 추락을 갈망하게 된다. 그뿐 아니라 이성이 우리를 벼랑 끝으로 가지 못하도록 매섭게 제지한다는 바로 그 이유로 기어코 낭떠러지로 다가선다. 벼랑 끝에 서서 온몸을 전율하며 추락을 상상하고 있는 사람만큼이나 악마와도 같은 조바심에 사로잡힌 열정은 없다. 생각에 몰두하여 빠져들면 우리는 잠시 불가피하게 넋을 놓게 된다. 깊이 생각하다 보면 우리 자신을 다시 추스르게 되고 그 과정을 통해 뛰어내릴 수 없게 되는 것이다. 우리를 붙들어주는 다정한 팔이 없거나 스스로 문득 정신을 차려 뒤로 물러나지 않으면 우리는 추락하고 파멸에 이르게 되는 것이다.

인간의 이런 유사한 행동들을 살펴보면 이 행동들이 오로지 심술이라는 감정에서 기인하게 된다는 것을 알게 된다. 단지 하면 안 된다고 느끼기 때문에 문제 행동을 저지르게 되는 것이다. 이런 원리 말고는 다른 어떤 이론으로도 설명할 수 없다. 때로는 이 심술이 선을 촉진하는 데도 작동한다고 알려지지 않았다면 정말이지 악마의 전령이 직접 부추긴다고밖에 생각할 수 없는 욕망이다.

　내가 이렇게 장황하게 말을 늘어놓은 이유는 어쩌다 족쇄를 차고 사형수 감방에 수감되었느냐는 당신의 질문에 어렴풋하게나마 답해주기 위해서다. 이렇게 구구절절 설명하지 않았다면 당신은 아마도 나를 불량배의 무리나 미치광이로 오해했을지도 모른다. 이제 곧 당신은 나야말로 심술 요정의 수많은 희생자 가운데 하나라는 사실을 알게 될 것이다.

　일찍이 이번처럼 진지하게 고민하고 치밀하게 계획한 일도 없었다. 몇 주 동안 아니 몇 달에 걸쳐 어떤 방법으로 그자를 해치울 것인가에 대해 궁리했다. 발각될 가능성이 있는 계획들을 수도 없이 제외시켰다. 그러던 어느 날, 한 프랑스 잡지의 체험기를 읽다가 필라우라는 여성이 우연히 독이 함유된 양초 때문에 치명적인 병을 얻게 되었다는 사실을 알게 되었다. 이 방법은 전광석화처럼 순식간에 내 상상력을 자극했다. 내가 표적으로 삼은 자는 책을 읽다 잠드는 습관이 있다는 것을 알고 있었다. 또 살고 있는 집이 협소하고 통풍이 잘되지 않는다는 사실도 이미 알고 있었다. 하지만 쓸데없이 자세한 묘사로 여러분의 화를 돋울 필요는 없을 것 같다. 그자의 침실에서 찾아낸 양초와 촛대를 내가 만든 것으로 바꿔놓은 비교적 간단한 작업에 대해서도 길게 설명하지 않겠다. 다음 날 아침 그는 자신의 침대에서 시신으로 발견됐고 검시관의 평결은 자연사였다. '신의 부름으로 인한 죽음'이라나 뭐라나.

　나는 그의 재산을 상속받았고 몇 년간 순탄하게 잘 지냈다. 범죄가 발각될 소지는 눈곱만큼도 존재하지 않았다. 살인에 사용했던 양초는 신중히, 철저하게 처리했다. 나를 범인이나 심지어 용의자로 지목할 만한 어떠한 단서도 남겨놓지 않았다. 절대적으로 안전하다는 생각에 내 가슴은 흡족함과 벅찬 환희로 부풀어 올랐다. 아주 오랫동안 나는 이런 느낌의 행복에 수시로 빠져들곤 했다. 범죄로 얻을 수 있었던 몇 푼 안 되는 세속적인 혜택과는 비교할 수 없는 진정한 기쁨이었다. 그러던 어느 날 드디어 그 순간이 왔다. 벅찬 기쁨이 거의 눈에 띄지 않을 만큼 서서히, 그러나 끊임없이 두려움으로 변해갔다. 한 번 시작된 생각은 도저히 멈출 수가 없었고 좀처럼 지울 수 없어 더욱 끔찍했다. 수시로 귓전에 맴도는 평범한 노랫말이나 지루했던 오페라의 단편적인 문구가 머릿속에서 떠나지 않는 것이 성가시게 느껴지는 건 당연한 일이었다. 만약 괜찮은 노래였거나 잘 만들어진 오페라였더라도 딱히 덜하지는 않을 것이다. 결국 나는 부단히 안전에 집착하면서 이런 식으로 온종일 쉴 새 없이 중얼거리고 있었다.

"나는 안전하다."

어느 날 거리를 어슬렁거리며 산책하는 도중에 습관적으로 이 음절들을 중얼거리다가 어느 정도는 꽤 큰 소리로 입 밖으로 내기도 하는 나를 발견하고 흠칫 멈춰 섰다. 순간적으로 짜증이 치밀어 오르며 속에서 맴돌던 음절들을 내뱉고야 말았다.

"나는 안전하다, 천치같이 내 입으로 이실직고하지 않는 이상. 그럼, 나는 안전하지, 안전하고말고!"

말이 쏟아지자마자 심장이 얼음처럼 차갑게 얼어붙는 것을 느꼈다. 도저히 성향을 헤아릴 수 없는 심술이란 놈은 살면서 이미 수없이 경험해왔지만 저들의 공격을 단 한 번도 성공적으로 방어해낸 기억이 없었다. 하지만 돌연 떠오른 살인을 자백할 만큼 얼간이 같은 인간이라는 자기 암시가 내 앞을 가로막고 서서, 마치 내가 살해한 바로 그자의 유령이라도 되는 양 지옥으로 오라고 손짓하고 있었다.

처음에 나는 이 영혼의 악몽을 떨쳐버리려 발버둥을 쳤다. 필사적으로 빨리, 점점 더 빠르게 걷다가 나중에는 죽을힘을 다해 달렸다. 격렬하게 소리 지르고 싶은 미친 듯한 열망에 사로잡혔다. 오, 신이시여. 이전에 느끼지 못했던 낯선 공포가 끝없이 이어지는 생각의 파도와 함께 나를 휘감아왔다. 이런 상황에서 문득 그 말이 떠올랐다. '생각에 빠진다는 것은 잠시 정신을 놓아버리는 것'이다.

나는 여전히 빠른 속도로 걸었다. 북적거리는 도로를 마치 미치광이처럼 휩쓸고 다녔다. 사람들이 처음엔 놀란 눈으로 쳐다보다가 마침내 나를 쫓아왔다. 나는 운명의 종말을 느꼈다. 혀를 찢어발길 수만 있다면 그렇게 했을 것이다. 거친 목소리가 뒤에서 들려왔고 곧 더 거친 아귀힘이 어깨를 움켜잡았다. 나는 뒤를 돌아보았고 그저 숨만 헐떡였다. 숨이 멎을 것만 같았다. 아무것도 보이지 않았고 들리지 않았고 머리가 어지러웠다. 그리고는 눈에 보이지 않는 악마, 악마의 커다란 손바닥이 내 등을 세게 쳤다고 느꼈다. 오랫동안 감춰두었던 비밀이 내 영혼 바깥으로 쏟아져 나왔다.

교수형으로 지옥행에 내맡겨진 사람이 그렇듯 짧지만 많은 의미를 담은 말을 채 끝내기 전에 방해를 받을까 두려운 듯 다급한 말투로 속사포 쏘듯 말을 했다고 사람들이 전했다. 하지만 또렷한 어조였고 간간이 강조도 잊지 않았다고 했다.

적어도 재판상의 판결에 필요할 만한 관련된 모든 것을 쏟아내고 나는 완전히 기진맥진하여 그 자리에 쓰러지고 말았다.

내가 이 이상 더 말해야 하는 이유가 있을까? 오늘 나는 결박된 채 여기 이 자리에 있다! 내일 나는 드디어 이 족쇄를 풀게된다! 그리고 나는 어디로 갈 것인가?